KB250432

FANTASY FRONTIER SPIRIT
이성현 판타지 장편 소설

ARCHIMAGE OF
IMMORTAL

불멸의 대마법사 1

이성현 판타지 장편 소설

초판 1쇄 찍은 날 § 2011년 9월 26일
초판 1쇄 펴낸 날 § 2011년 9월 30일

지은이 § 이성현
펴낸이 § 서경석

편집부장 § 권태완
편집책임 § 박우진

펴낸곳 § 도서출판 청어람
등록번호 § 제1081-1-89호
등록일자 § 1999. 5. 31
어람번호 § 제1-1275호

주소 § 경기도 부천시 원미구 심곡2동 163-2 서경B/D 3F (우) 420-822
전화 § 032-656-4452팩스 § 032-656-4453
http://www.chungeoram.com
E-mail § chungeoram@chungeoram.com

ⓒ 이성현, 2011

ISBN 978-89-251-2641-8 04810
ISBN 978-89-251-2640-1 (세트)

1
Rebirth

이성헌 판타지 장편 소설

FANTASY FRONTIER SPIRIT

불멸의 대마법사

ARCHMAGE OF IMMORTAL

청람
도서출판

CONTENTS

Prologue

베르시아 신성력 1364년 4월 7일.

비석들이 빽빽이 들어선 한 묘지 터.

이곳에선 얼마 전 사망 처리된 한 여성에 대한 장례식이 엄숙하게 진행되고 있었다.

참석한 이들 모두 추모의 의미로 검은색의 복장을 하고 있었고, 평소 흰색의 의상을 걸치는 사제 역시 장례식 절차용의 검은 법의로 갈아입고 장례식을 진행하고 있었다.

"베르시아님의 이름으로 떠나간 이의 영원한 안식과 축복을 비옵니다."

사제의 기도문이 끝남과 동시에 깊이 파인 땅 속에 자리 잡고 있는 관 위에 흙이 끼얹어졌다. 삽을 들고 흙을 퍼서 얹는 이는 10대 중후반쯤 되는 소년이었다.

서너 차례 흙이 끼얹어지자 소년 대신 묘지기들이 관 위에 흙을 연달아 끼얹었다. 관은 흙 속으로 모습을 감추었고, 장례식에 참가했던 이들은 하나둘씩 자리를 떠났다.

그들 중 마법사 협회에서 나온 이들의 입에선 푸념과 불평이 쏟아져 나왔다.

"제국과의 협상이 진행 중이라면서?"

"말이 협상이지 속국이 되는 거 아냐? 그래 봤자 우리는 그냥 하던 일이나 계속하면 되겠지. 안 그래?"

"그러게 말이야. 그나저나 이년이 죽었으니 더 이상 제국에 밉보일 일은 없어서 다행이로군."

"자자, 다들 술이나 하러 가세. 이곳까지 행차하느라고 짜증이 가득 쌓였거든."

단지 형식상 참여했을 뿐 그들에게 고인에 대한 안타까움은 조금도 없었다.

그들의 말을 옆에서 듣던 소년의 오른손이 꽉 쥐어졌다. 소년은 매서운 눈으로 그들을 노려봤지만, 일개 소년의 눈빛을 그들은 무시하고 낄낄거릴 뿐이었다.

"저 자식, 그년의 제자라고 했지?"

"아주 죽일 듯한 눈으로 노려보던데? 그래 봤자 지가 뭘 어떻게 하겠어?"

그들은 지나가면서 소년의 어깨를 일부러 툭툭 쳤다.

소년은 그들의 얼굴에 주먹이라도 갈기고 싶었다. 하지만 떠나간 스승의 마지막 길을 배웅하기는커녕 어지럽히고 싶지 않았다.

조문객들이 모두 떠나고 묘지기들이 관을 모두 파묻자 흙투성이의 땅 위에 하나의 비석이 새로 들어섰다.

샤를로트 M. 만델. 1338~1364.

비석에는 그녀의 이름과 태어나고 죽은 연도 말고는 그 어떠한 문구도 표시되지 않았다.

이는 죽은 마당에 무슨 말이 필요하겠냐는 그녀의 평상시 의지가 반영된 바이기도 했다.

검은색 로브를 걸친 소년은 묘지기들조차 떠난 자리를 홀로 지켰다. 시간이 지나 해가 지평선에 내려앉으며 저녁놀이 자리 잡았지만 소년은 움직일 줄을 몰랐다.

소년은 계속 비석을 응시했다.

"거짓말."

소년은 침묵을 깨뜨리고 입을 열었다.

"거짓말쟁이……."

스승은 결국 소년과의 약속을 지키지 못했다.

그 어떤 일이 있어도 반드시 찾아오겠다는 약속. 스승과 만난 지 7년이 되었지만 스승과 한 유일한 약속이었다.

소년은 입술을 굳게 닫고 어금니를 깨물면서 터져 나오려는 울음을 가까스로 참았다. 하지만 꾹 감은 눈 사이에서 조금씩 배어나오는 무언가를 닦아내기 위해 소매로 눈가를 비볐다.

우두커니 서 있는 소년의 뒤로 누군가가 빠른 걸음으로 다가왔다. 숨을 헐떡이며 뛰어온 30대 초반의 남자는 이마에 흐른 땀을 닦아낸 뒤에 소년을 바라보았다.

"제이워드, 괜찮으냐?"

그의 말에 제이워드는 등을 진 채로 고개를 끄덕거렸다.

"미안하구나. 일이 있어서 샤를로트의 가는 길을 배웅 못했구나. 정말로 미안하다."

"아니에요."

뒤늦게 묘지를 찾아온 남자, 호리스 M. 발리언트는 고인의 유일한 친구이자 동료였다. 고인과 함께 전쟁에 참여했던 그는 그녀와 다른 부서로 배속되었고, 얼마 전 그녀가 전사했다는 사실을 뒤늦게 알고 부리나케 전쟁터에서 이곳으로 달려왔다.

그가 묘지 앞으로 다가가자 제이워드는 왼쪽으로 비켜서 자리를 내주었다. 호리스는 아직 채 마르지 않은 흙 위에 두 무릎을 꿇고선 슬픈 얼굴로 비석을 바라보았다.

"샤를로트, 왜 먼저 간 거야? 나는 그렇다 치더라도 이 어린 제이워드는 어떻게 하라고."

말이 없고 감정 표현에 무뚝뚝하던 그녀지만, 제자 제이워드의 이야기를 할 때만은 살짝 미소를 짓곤 했다.

전쟁에 참여하기 전 샤를로트는 호리스에게 만약의 경우 자신이 돌아오지 못한다면 대신 제이워드를 보살펴 달라고 부탁했다. 그는 자신에게 하는 첫 부탁이 왜 이런 거냐며 투덜거렸다. 절대 그런 일은 없을 테니 쓸데없는 소리하지 말라며 핀잔을 주었다.

그러나 이런 식으로 그녀의 처음이자 마지막 부탁을 들어주게 될 줄은 몰랐다.

호리스는 자리에서 일어나 제이워드의 어깨에 손을 얹으려고 했다. 그의 손이 닿기 직전, 소년은 그동안 숙이고 있던 고개를 쳐들었다.

"스승님은 잘못하신 게 없죠?"

"샤를로트 말이냐?"

"왜 다들 스승님을 비웃는 거죠? 스승님은 그 누구보다 먼저 전쟁터로 향했어요. 모두 가는 걸 꺼려하는 곳에 자진해서 간 그분을 왜 깔보고 욕하는 거죠?"

소년의 말에 호리스는 굳게 입을 다물었다.

필시 그녀에게 불만이 많았던 마법사 협회의 일당이 이 자리에 와서까지 푸념을 했을 리 분명하다. 호리스의 꽉 쥐어진 오른손이 부들부들 떨고 있었다.

"전 다른 것은 필요없어요."

스승 샤를로트가 자신에게 무슨 일이 생길 경우에 펼쳐 보라고 제이워드에게 남긴 편지 한 장.

자신이 돌아오지 못할 경우엔 자신의 모든 재산을 단 한 명뿐인 제자에게 물려줄 것이며, 귀족인 자신의 성까지도 대물

림해 주겠다는 이야기가 적혀 있었다.

하지만 소년이 진정으로 바라는 것은 단 하나도 적혀 있지 않았다.

소년이 바란 것은 단 하나.

무뚝뚝하며 차갑지만 자신을 수렁에서 구해준 스승이 무사히 돌아오는 것뿐이었다.

"전 이것만 있으면 돼요."

그녀가 사라진 이상 제이워드가 필요로 하는 것은 단 하나뿐이었다.

소년이 마법사 자격 시험에서 통과했을 때 스승이 사준 펜던트. 그녀에게 처음으로 받은, 그리고 마지막으로 받게 된 선물이었다.

"제이워드……."

호리스는 차마 자신이 널 거두겠다는 말을 꺼내지 못했다.

펜던트를 움켜쥐고 있는 제이워드의 오른손에서 핏방울이 배어나와 땅바닥으로 뚝뚝 떨어졌다.

그와 동시에 빗방울이 대지를 적시기 시작했다.

'크루디아 제국…….'

그동안 스승의 말에 따라 자기 자신을 위해 달려가던 소년에게 흔들리지 않을 목표가 생겼다.

'스승님의 부모님과 남동생, 그리고 스승님마저 앗아간 원수…….'

빗방울이 굵어지면서 폭우가 쏟아지기 시작했다.

제이워드는 고개를 치켜들고 하늘을 바라보았다.

소년은 더 이상 울지 않았다. 단지 하늘에서 쏟아지는 비가 그의 얼굴을 타고 아래로 흘러내릴 뿐이었다.

'크루디아라는 이름을 절대 이 세상에 존재하지 않게 하겠어. 크루디아와 관련된 것이라면 그 어떤 것이든 흔적조차 남지 않도록 만들겠어!'

17세의 소년 제이워드.

그는 훗날 마법사의 최고봉인 '아크메이지(Archmage)' 제이워드 M. 만델이 된다.

Chapter 01
새로운 육체

1

베르시아 신성력 1392년 5월 10일.

"크흑⋯⋯."

창백한 표정의 남자가 가슴을 움켜쥔 채 비틀거리며 앞으로 걸어갔다. 그의 로브는 상처에서 흘러내리는 피로 인해 붉게 물들고 있었다.

그를 노리던 열 명의 암살자 전원 시체가 되어 바닥에 쓰러졌고, 연구실 바닥은 시체에서 흘러나온 피로 홍건히 젖었다.

"이대로 죽을 수는 없어⋯⋯."

제이워드 M. 만델.

크루디아 제국의 야망에 맞서 싸운 다섯 명의 영웅 중 하나이며, 마나를 사용하는 마법사 중 최고의 경지인 '아크메이지'의 칭호를 얻은 천재.

제국은 멸망했지만 불씨 자체는 완전히 꺼지지 않았다.

그는 다시 부활할지 모르는 제국을 견제하기 위해 강력한 마법 연구에 몰두했다. 그를 노린 암살자들이 끊이지 않았지만, 그의 마법 앞에서 암살자들은 그저 시체가 될 뿐이었다.

하지만 이번은 달랐다. 절대 자신을 배신하지 않으리라 여겼던 옛 동료 중 한 명이 그의 가슴 한가운데에 치명상을 입혔기 때문이다.

"그래, 이거야."

제이워드는 피투성이가 된 두 손으로 투명한 수정구를 들어올렸다. 마법의 힘으로 출혈을 억제하고 있지만 그의 육체는 죽음에 서서히 다가가고 있는 중이었다.

항상 암살의 위협에 시달리던 그는 만약의 경우를 대비해 수정구에 엄청난 양의 마나를 모아두었다.

손을 통해 육체에 남아 있던 마나가 수정구 안으로 스며들면서 수정구가 강렬한 빛을 발했다. 죽음의 고통 속에서도 제이워드의 입가에 희미한 미소가 맺혔다.

'나의 영혼이여! 이 육체를 벗어나 다른 이의 육체로……!'

연구실 안을 환하게 비추던 빛이 사그라지자 수정구가 아래로 떨어지면서 산산조각 났다.

동시에 제이워드는 힘없이 주저앉았다.

쾅!

마법에 의해 굳게 닫혀 있던 문짝이 튕겨 나갔다.

검은 복면을 두른 이들이 재빠르게 방 안으로 뛰어들어 왔고, 맨 마지막에 한 여성이 걸어들어 왔다.

그녀 역시 검은 복면을 두르고 있었다. 오른손에 쥐어진 검의 검신은 오러에 휘감겨 밝게 빛나고 있었다.

"제이워드는?"

"죽었습니다."

부하의 대답에 그녀는 제이워드의 시체를 향해 걸어갔다. 제이워드 본인인지 얼굴을 확인한 뒤 맥박을 짚어 확실히 숨이 멎었다는 걸 직접 파악한 후에야 그녀의 입가에서 안도의 한숨이 흘러나왔다.

'다행이야. 조금이라도 방심했다면 쓰러진 건 그가 아니라 내가 되었을지도 몰라.'

그녀의 시선은 제이워드의 오른손을 응시하고 있었다.

마지막 숨을 거두는 순간, 남은 힘을 짜내어 손에 움켜쥔 은색의 펜던트. 그녀는 검끝으로 펜던트만을 툭 쳐 올리더니 왼손으로 낚아챘다.

그사이 부하들은 연구실 곳곳에 가지고 온 기름을 뿌렸다.

부하들이 밖으로 나가자 홀로 남게 된 그녀는 주머니에서 성냥갑을 꺼냈다. 불이 붙은 성냥을 휙 내던지자 불길이 치솟아 오르며 연구실을 불태우기 시작했다.

활활 타오르는 제이워드의 시체를 보던 그녀는 두르고 있던 복면을 벗었다.

"미안해요, 제이워드."

하지만 말과 달리 그녀의 입가에는 미소가 자리 잡고 있었다.

2

베르시아 신성력 1392년 8월 10일.

거대한 대륙, 프라디나스 대륙 남동쪽에 위치한 길레터 왕국.

그 길레터 왕국의 이름난 귀족 케인즈는 근심이 가득한 얼굴로 창문 너머를 응시하고 있었다.

무가(武家) 출신으로 잘 알려진 크로이덴 가문의 가주로, 그의 장남 케이지와 함께 오러(Aura)를 익힌 소드 마스터로 잘 알려져 있다. 현역에서 은퇴한 지금 그의 두 아들이 자신의 뒤를 이어 가문을 빛낼 거라 기대했다.

하지만 차남인 레이지가 오러를 익히는 과정 중 마나 컨트롤에 실패해서 쓰러진 뒤 어느덧 3개월이 흘렀다. 왕국 내 유명한 의사들은 물론 사제들까지 초빙해 레이지의 상태를 살펴봤지만 치료하기엔 이미 늦었다는 대답만을 듣고 좌절했다. 결국 케인즈 본인도 거의 포기하다시피 하고 연신 잎담배를 피우기만 했다.

'역시 서두르지 말고 기다렸어야 했나?'

대부분의 오러 유저들이 20세쯤에 오러에 눈뜨는 것에 반해, 마나 컨트롤에 능숙했던 레이지라면 케이지처럼 17세의 이른 나이에도 성공할 거라 믿어 의심치 않았다. 하지만 그 결과로 침대 위에 두 눈을 감고 깨어나지 않는 잠에 빠지게 되었다.

　"주, 주인님!"

　우당탕 하는 소리와 함께 문이 열리면서 집사 페리슨이 바닥에 나뒹굴었다.

　"무슨 일인가?"

　인상을 쓰는 케인즈 앞에서 페리슨은 비뚤어진 안경을 고쳐 쓰면서 자리에서 벌떡 일어났다.

　"도련님이 깨어나셨습니다!"

　"뭐?"

3

　25년.

　그의 스승이 죽은 지 흘러간 세월.

　그리고 동시에 그에게 '복수'라는 목적이 세워진 후 지나간 시간.

　제이워드는 불타오르는 크루디아 제국의 수도 켈티스 성을 바라보면서 희미하게 미소 짓고 있었다.

　「이제야 이 기나긴 전쟁이 끝을 맞이했군.」

그는 이제까지 단 한 번도 느껴보지 못했던 희열을 느꼈다.

하지만 그의 뒤에 서 있는 다른 이들의 표정은 가지각색이었다.

졸다크 왕국의 그랜드 마스터 '검제(劍帝)' 프레드릭 A. 테일런은 검에 묻어 있는 혈흔을 바라보며 고개를 숙였다.

「너무 많은 피를 흘려야 했어.」

「하지만 어차피 흘려야 했던 피지. 죄책감을 느끼는 거야 네자유지만 너의 검이 틀렸다고 생각하지는 않아. 안 그래, 나르디안?」

제이워드의 말에 케이서스 공화국의 여성 그랜드 마스터 나르디안 A. 모르올이 입술 왼쪽 끝을 살짝 올리며 미소를 지었다.

그녀 옆에 서 있는, 같은 왕국 출신의 그랜드 마스터 베른 A. 올가스는 말없이 켈티스 성을 바라보고 있었다.

세 명 모두 제이워드와 달리 명확하게 감정을 드러내지 않았다. 그들의 얼굴에 증오, 해한, 후회, 허탈함 등의 여러 가지 감정이 서로 교차하며 흘러 지나갔다.

다섯 명 중 유일하게 한 명만이 타오르는 켈티스 성을 향해 무릎을 꿇고 두 손을 모아 기도를 하고 있었다.

「베르시아님이시여, 전쟁이라는 슬픈 운명 속에서 죽어간 모든 이에게 축복을 내려주시옵소서…….」

신성함과 순결함을 뜻하는 백색의 법의를 걸치고 있는, 베르시아 교단의 여성 추기경[Cardinal] 베아트리체 H. 그란디아는 기나긴 전쟁 동안 사라져 간 모든 이를 혼자서 추모하고 있었다.

「축복?」

'축복' 이라는 단어에 제이워드의 표정이 일그러졌다.

하지만 다른 이들은 그의 등만을 볼 뿐이었다.

「더러운 제국 놈들에게 신의 축복이라니, 베르시아님도 참으로 인자한 분이시로군. 안 그래?」

「제이워드, 그만둬.」

프레드릭의 지적에 제이워드의 입가에서 피식 하는 웃음소리가 흘러나왔다.

「뭐, 나도 그 베르시아 '님' 을 믿는 베아트리체의 기도로 살아남을 수 있었지. 그것까지 비꼬진 않으니 걱정하지 마.」

20대와 30대인 다른 동료들과 달리 유일하게 40대이며 가장 나이가 많은 제이워드의 감정 표현은 그 누구보다 솔직하고 거침없었다.

그래서인지 그들 중 가장 복수라는 목적에 맞추어 행동했다. 대부분 이번 전쟁에 참여한 이유가 모국을 지키기 위해서라든지 신의 가호를 받아서라든지 등의 이타적인 이유였던 것에 반해 제이워드의 목적은 순수하게 복수 그 자체였다.

「이제 제국이 쓰러졌으니 평화가 찾아오겠지?」

기대가 섞인 프레드릭의 말에 다른 이들은 침묵을 지켰다.

대륙의 완전한 지배를 지향하던 크루디아 제국의 소멸은 20년 넘게 진행되었던 '프라디나스 대륙전쟁' 의 종말을 의미해야 했다.

「과연 그럴까?」

하지만 이것이 모든 분쟁의 끝을 의미하지 않는다는 걸 제이워드는 잘 알고 있었다. 그에겐 제국 그 자체의 소멸로 복수가 완성되는 건 아니었다.

「난 절대 방심하지 않아. 크루디아 제국의 이름 그 자체가 완전히 모두에게 사라지기 전까진 불씨는 꺼진 게 아니야. 다시 한 번 이렇게 모여서 피를 흘려야 할지 모르지.」

그는 열일곱 살의 어린 나이 때부터 전쟁을 참여했고, 25년이라는 시간을 제국과의 전쟁에 쏟아부었다.

아무것도 모르던 소년은 어느새 대륙 내에서 가장 뛰어난 마법사로 인정받았고, 소심하던 성격은 함부로 가까이하기 힘들 정도로 괴팍하고 직설적으로 변했다.

하지만 언제나 목표는 하나였다.

제국의 완전무결한 소멸.

그리고 지금 이 순간은 그 목표의 일부만이 달성된 것에 불과했다.

「그때가 되면 다시 한 번 내 등 뒤를 부탁하도록 하지. 괜찮겠어?」

그 말을 끝으로 불타오르던 켈티스 성이 천천히 어둠에 휘감겼다.

한 치 앞도 보이지 않는 칠흑의 어둠.

다섯 명은 각기 다른 방향으로 걸어가기 시작했다.

서로 멀어져 가는 발자국 소리를 들으면서 각자 새로운 삶을 선택했다.

「크윽⋯⋯.」

하지만 제이워드는 더 이상 앞으로 걸어나갈 수 없었다.

전쟁이 끝난 이후에도, 완전한 복수를 위해 2년이 넘게 멈추지 않았던 제이워드.

그는 등을 꿰뚫은 상처를 안고서 앞으로 쓰러졌다.

상처에서 흘러나온 피가 어둠을 밀어내며 주변을 붉게 물들였다.

「역시 너였군, 나르디안!」

제이워드는 분노에 가득한 고함을 내지르며 고개를 간신히 들었다.

「이대로 끝날 거라고 생각하지⋯ 마라.」

자신의 죽음 따위, 아무래도 상관없다.

하지만 완성되지 않은 복수를 놔두고 사라질 수는 없었다.

「난 절대로⋯ 이런 식으로 끝나지 않아. 절대로⋯ 절대로!」

✻　　　✻　　　✻

“⋯⋯.”

제이워드는 눈을 떴다.

흐릿한 시야가 천천히 선명해지면서 천장이 눈에 들어왔다.

꿈속에서 보았던 불타오르고 있는 켈티스 성은 보이지 않았다. 그 뒤 꿈속에서 보았던 어둠과 피로 점철된 공간 역시 더 이상 존재하지 않았다.

맨 먼저 가슴을 만져보았다.

이제까지 느꼈던 고통보다 훨씬 강렬했던 통증은 더 이상 느껴지지 않았다. 옷 안으로 손을 집어넣어 피부를 더듬자 흉터 하나 없음을 확인했다.

눈을 비비며 상체를 일으킨 그는 방 안을 둘러보았다.

온갖 마법 서적이 무질서하게 쌓여 있던 예전의 방과는 정반대로 깔끔하게 정돈된 분위기가 낯설기만 했다.

"여기는⋯⋯."

그는 눈을 비비며 침대 아래로 내려왔다.

순간 다리가 후들거리더니 힘없이 주저앉았다.

제이워드는 침대에 손을 대고 다시 일어서려고 했지만, 다리에 좀처럼 힘이 들어가지 않았다. 몇 번이나 주저앉고 일어서기를 반복한 후에야 그는 간신히 몸을 일으킬 수 있었다.

걸음을 내딛는 것은 더 힘들었다. 한 걸음 내딛는 순간 몸이 휘청거리면서 균형을 잡기가 너무나 까다로웠다.

"젠장, 몸이 말을 듣지 않아."

그는 불평불만을 늘어놓으면서 천천히 걸음을 옮겼다.

침대로부터 세 걸음이나 걸어가는 데 성공한 제이워드는 허리에 양손을 대고선 주변을 둘러보았다.

의식을 잃기 전 마지막으로 보았던 장면은 자신의 발밑에서 주변으로 퍼져 나가던 피 웅덩이였다. 그가 있어야 하는 곳은 질서라곤 조금도 찾을 수 없는 마탑의 최상층이어야 한다.

"……!"

제이워드는 맞은편 벽에 걸려 있는 거울을 바라보았다.

40대 남성이었던 육체 대신 10대 중후반 정도로 앳돼 보이는 금발 소년의 모습이 시야에 들어오자 눈을 크게 떴다.

"이게 나?"

그는 거울을 응시하며 서 있었다.

믿을 수 없었다. 그는 거울 앞에 선 채로 자신의 얼굴을 매만져 봤다. 손끝에서 느껴지는 감촉은 꿈이 아님을 여실히 알려주었다.

"도, 도련님?"

접시가 떨어지는 소리와 함께 어느새 방에 들어온 하녀가 소리를 질렀다. 그리고 부리나케 복도를 달려나갔다.

4

하녀들과 집사 페리슨, 그리고 케인즈는 불안한 시선으로 침대에 도로 누운 레이지를 바라보았다. 가문의 주치의인 제이건은 고개를 갸웃거리며 자리에서 일어났다.

"아, 아들의 몸은 어떠한가?"

"몸에 특별한 이상은 없는 것 같습니다. 단지……."

"단지?"

"보다시피 기억상실증에 걸리신 것 같습니다."

"뭐라고?"

케인즈는 카펫 위에 털썩 주저앉았다. 페리슨이 낑낑거리며 케인즈를 일으켜 세웠지만 도로 주저앉을 뿐이었다.

"다시 한 번 확인해 보게나! 기억상실증이라니?"

"아마도 마나 컨트롤에 실패한 영향이 아닌가 싶습니다."

오러를 사용하기 위해 육체에 내재된 마나의 컨트롤을 익히는 것은 필수다.

하지만 컨트롤에 실패할 경우 육체가 파손되며 심할 경우 목숨까지 잃는다. 마나 컨트롤에 실패한 이후 3개월이나 병상에 누워 있던 레이지가 깨어난 것 자체가 기적이지만 오히려 그대로 누워 있는 것보다 못한 상황이 되어버렸다.

"아니야. 그럴 리가 없어."

케인즈는 현실을 쉽사리 받아들이지 못했다. 그는 레이지의 손을 꽉 붙들고 얼굴을 내밀었다.

"아들아! 나다! 아버지다! 기억나지 않느냐?"

"죄송합니다. 기억이 나지 않습니다."

"겨우 깨어났다고 기뻐했건만 이게 무슨 불상사냐. 정말로 내가 누구인지 모르겠느냐?"

케인즈의 간곡한 바람에도 불구하고 레이지는 고개를 가로저었다. 다시 자신의 이름을 부르짖으며 아들의 기억이 돌아오길 바랐지만 결국 케인즈는 고개를 떨어뜨렸다.

"우선 아드님의 기억이 다시 돌아오기를 천천히 기다리는 수밖에 없습니다. 솔직히 다시 깨어나신 것만 해도 크나큰 축복입니다."

"그렇지. 그렇겠지⋯⋯."

아들이 눈을 떴다는 크나큰 기대 때문일까.

기억을 송두리째 잃었다는 슬픔이 레이지 본인보다 아버지인 케인즈에게 더 큰 아픔으로 다가왔다.

"깨어나셨지만 아직 상태를 더 두고 봐야 합니다. 마나 컨트롤에 실패한 이후 다시 악화되는 사례가 결코 없지 않기 때문입니다. 무엇보다 안정이 필요합니다. 건강 상태는 내일 다시 확인해 보도록 하겠습니다."

제이건은 의료 장비가 든 가방을 챙기고 자리에서 일어났다.

집사 페리슨이 기력이 빠진 케인즈를 부축해 밖으로 나갔고, 하녀들이 뒤따라 방을 떠났다.

방 안을 가득 메웠던 이들이 모두 사라지자 레이지는 거울을 바라보며 살며시 미소 지었다.

"내가 진짜로⋯ 다시 살아났구나."

*　　　*　　　*

영혼전이마법(靈魂轉移魔法).

죽기 직전 자신의 영혼을 육체로부터 분리시켜 다른 이의 육체로 옮기는 서클(Circle) '0'의 마법.

먼 옛날에 사라졌다고 알려진 고대 마법 중 하나이며, 아크메이지라 하여도 서클 0[Zero]에 도전하기 위해선 엄청난 양의 마나와 무수한 노력, 그리고 마법에 대한 탁월한 이해를 필요로 한다.

'솔직히 성공할 거라 생각하지 못했는데, 진짜 성공해 버렸어.'

그는 오른손의 주먹을 꽉 쥐었다.

손목 위에 드러난 혈관의 푸르스름한 색은 그가 살아 있음을 증명했다.

1,000여 년 전, 마법이라는 것이 탄생한 이래 서클 0의 마법에 성공한 경우는 역대 마법 역사를 정리한 책에서조차 열 손가락 안에 꼽힐 정도다.

서클 0의 마법은 다른 세계의 인간을 불러오거나 시간을 되돌리는 등의 절대 불가능하다고 여겨지는 일들을 가능케 하는 마법의 극치.

그 마법 중 제이워드가 발견하고 익힌 마법은 영혼전이마법.

수십 년간 살아온 기억과 지식을 고스란히 안고 새로운 육체로 새 삶을 살 수 있게 하는 이 마법은 인간 수명의 한계를 극복하려는 극소수의 유능한 마법사들에 의해 오래전에 개발되었다.

'모 아니면 도라는 심정으로 시도한 것인데 이렇게 성공할 줄이야. 난 역시 악운이 강해.'

특이한 점은 단순히 영혼을 옮기는 정도에 그치지 않는다는 사실이다. 다른 이들보다 더 오래 살기 위함과 더 강해지고자 하는 인간의 두 가지 욕망을 동시에 달성하기 위해 만들어진 이 마법은 예전 육체가 가졌던 특징 중 하나를 선택해 옮길 수 있다.

제이워드가 택한 것은 '지능'.

아크메이지에 도달할 때 가장 큰 역할을 했던 뛰어난 지능을 옮기도록 영혼전이마법을 개조했고, 성공인지 실패인지는 검증해 봐야 했다.

"어디, 확실히 옮겨졌는지 확인해 볼까?"

그는 두 눈을 감고 서클 0을 제외하면 최고의 마법에 해당하는 서클 7의 마법 중 하나를 택해 마법 주문을 머릿속에 떠올리며 단어를 하나하나 마음속으로 읊기 시작했다.

웬만한 책 반 권에 해당하는 주문이 그의 머릿속에 처음부터 하나씩 나열되기 시작했다. 어두워진 시야 속에 룬 문자로 구성된 문장들이 빠른 속도로 나타나면서 아래로 밀려 사라졌다.

"좋아, 지능은 확실히 이전되었군."

10초 만에 주문 모두를 기억하고 주문을 완결하기 위한 마지막 구절만을 제외하고 머릿속에 나열한 그는 감았던 눈을 뜨며 희미하게 미소 지었다.

단순히 기억에 남아 있다 해서 할 수 있는 성질의 것이 아니다. 예전의 지능 그 자체가 복사되지 않는 이상 불가능하다.

"하하, 하하하… 하하하하!"

그는 오른손으로 얼굴을 감싸쥔 채 웃음을 터뜨렸다. 천천히 고개를 들면서도 입에선 웃음이 멈추질 않았다.

영혼전이마법의 유일한 단점인, 되살아날 수 있는 육체를 선택할 수 없다는 점 따위는 신경 쓰이지 않았다. 절대 빠져나올 수 없는 죽음이라는 구렁텅이를 기어나왔다는 사실에 순수하게 기뻐했다.

"나르디안……."

하지만 기쁨도 잠시뿐이었다.

레이지가 된 제이워드는 자신도 모르게 꽉 움켜쥔 오른손 주먹을 부들부들 떨었다.

크루디아 제국을 멸망시킬 때 같이 싸웠던 네 명의 동료 중 하나인 그녀가 자신의 목숨을 빼앗을 줄은 꿈에도 생각하지 못했다. 필시 제국의 잔당들과 결합했다는 사실 정도야 쉽게 유추해 낼 수 있었지만 그 이상은 알 수 없었다.

'왜 나를 죽였는지 지금 알려고 해봤자 소용없어. 확실한 건 나를 노린 이들은 분명히 내가 죽어 사라졌다고 여길 거야.'

다시 새 육체를 얻으면서까지 목숨을 이어간 그의 목표는 분명했다.

자신을 노렸음이 분명한 제국의 잔당들에 대한 완벽한 복수.

물론 자신을 배신한 나르디안에 대한 복수도 포함되었다. 하지만 당장 쳐들어가 복수를 시도할 마음은 없었다.

'우선 새 육체에 적응하고 지금 내가 어떤 상황인지 파악해

야 한다.'

분노는 복수를 향한 가장 큰 원천이지만, 반대로 판단력을 흐트러뜨려 복수에 도달하지 못하게 한다.

그는 냉정함을 되찾고 현재 자신이 해야 할 일을 하나씩 정리하기 시작했다.

'지금 새 육체가 누구이고 주변 인물과 어떤 관계인지 알아내야 해.'

그렇게 생각에 잠겨 있던 레이지의 시선이 문으로 옮겨졌다. 노크 소리가 문밖에서 들려왔기 때문이다.

"들어와."

그의 대답에 나이대가 비슷한 어린 하녀가 조심스럽게 방 안으로 들어와 고개를 숙이며 인사를 했다.

"레이지 도련님, 괜찮으신가요? 갑자기 웃음소리가 들리기에……."

레이지를 걱정하는 말투와는 달리 눈빛에는 두려움이 역력히 자리 잡고 있었다.

'골치 아픈 일에 걸려들었다는 태도 같군.'

기억을 잃었다가 갑자기 웃기까지 하면 미친놈으로 취급받기 딱 좋다. 하지만 레이지는 그런 사소한 문제 따윈 신경 쓰지 않기로 했다.

"어이."

"네, 넵."

자신을 부른 레이지의 말투에 당혹함을 느낀 하녀는 돌처럼 굳어 움직이지 않았다.

"물어볼 게 좀 있는데, 시간 좀 내줄 수 있겠어?"

"네? 어떤 걸······."

5

"흐음, 그렇단 말이지."

침대에 다리를 꼬고 걸터앉은 레이지는 오른손으로 턱을 매만지며 고개를 끄덕거렸다.

"수고했어. 가봐도 좋아."

손짓으로 나가라고 하자 하녀 크레아는 두 눈을 크게 뜨고 레이지를 쳐다보았다.

"그냥 가도 되는 겁니까?"

"그냥?"

생각해 보니 거의 두 시간 가까이 물음에 답했으니 뭔가 주긴 해야 했다고 레이지는 뒤늦게 깨달았다.

그는 책상으로 걸어서 책상 위와 서랍 안을 뒤졌지만 동전 하나도 나오지 않았다. 그는 멋쩍은 표정을 지으며 뒤통수를 긁었다.

"아, 미안. 돈이라도 주고 싶은데 돈이 어디 있는지 기억이 안 나네. 기억상실증이니 이해해 줘."

"아, 아니, 그게 아니라······."

크레아는 쭈뼛거리며 계속 레이지의 눈치만 보고 있었다.

"흐음? 돈 말고 다른 걸 줘야 해?"

"그, 그런 게 아닙니다."

레이지는 방 안을 둘러보았다.

아까와는 달리 창문 커튼이 처져 있었고, 침대 위에 침대보가 가지런히 정리되어 있었다. 이 모두 크레아가 그에게 질문을 받기 전 후다닥 행한 일이었다.

'아하, 그런 거였나.'

그는 쓴웃음을 지으며 고개를 가로저었다.

"기억을 잃기 전의 내가 어떠했는지 모르지만, 지금의 난 그럴 기분이 아니니 그냥 물러가도 좋아."

"정말입니까?"

"그냥 보내는 게 그렇게 아쉬워? 그러면 기억을 잃기 전처럼 해줄까?"

"아, 아닙니다! 이만 물러나겠습니다!"

크레아는 허리를 푹 숙이며 인사를 한 뒤 후다닥 방 밖으로 나갔다. 레이지 앞에서 워낙 긴장한 탓인지 피곤한 기색이 역력했다.

그녀가 문을 닫고 나가자 레이지는 그녀에게 두 시간 가까이 들은 내용들을 정리하기 시작했다.

'내가 있는 이곳은 대륙 동남부에 위치한 길레터 왕국, 그리고 이 육체의 이름은 레이지 크로이덴, 나이는 열일곱 살……'

그리고 아까 울먹이며 안타까워했던 남자는 아버지 케인즈

A. 크로이덴.

크로이덴 가문은 길레터 왕국에서 나름 알려진 무가이며, 케인즈의 자식은 아들 둘로 레이지는 차남이고, 장남의 이름은 케이지 A. 크로이덴이다.

'아버지와 장남 모두 소드 마스터라……. 꽤 실력있는 가문이겠군.'

이름과 성 사이에 부여되는 칭호 중 'A'는 랭크 5 이상의 소드 마스터 등급에 해당하는 오러 유저에게만 부여되는 명예로운 칭호이다.

'그리고 이 몸은 차남이고…….'

현 레이지의 육체, 즉 레이지는 3개월 전 오러를 구현하기 위한 수련 도중 마나 컨트롤에 실패하여 쓰러진 뒤 이제야 깨어났다.

그의 원래 육체, 제이워드의 죽음 이후 정확히 3개월이 흘렀으며, 그로 인해 전쟁 같은 혼란은 일어나지 않았다.

레이지는 아까 눈을 떴을 때 봤던 하녀들의 얼굴과 크레아에게 들은 이름들을 하나씩 매치시키며 두뇌에 각인시켰다. 마법사 중에서도 특별히 기억력이 뛰어났던 그는 단번에 저택 안의 인물들을 거의 다 기억했다.

'얼굴을 보지 못한 자들은 다른 하인들과 형 케이지, 그리고 어머니 브렌다 정도로군.'

크레아에게 인물들의 성격에 대해서도 들은지라 아직 보지도 않은 형과 어머니에 대해 나름 추측을 해보았다.

크레아의 말에 따르면 케이지는 열일곱 살에 오러를 터득한 이후 스무 살에 랭크 5에 도달, 소드 마스터가 되었다고 한다. 그 결과 스물두 살에 왕궁 기사단의 최연소 기사단장에 취임하여 스물다섯 살인 지금까지 기사단의 핵심 인물로 활약하고 있다.

실력, 인품, 가문 그 어느 것도 떨어지는 것이 없는 '완벽한' 남자라고 들었다. 외모에 대해서는 구체적인 설명을 듣지 못했지만, 케이지 이야기를 할 때 크레아의 얼굴이 사랑에 빠진 여자처럼 붉게 달아오른 것으로 보아 설명이 사실상 필요없었다.

브렌다에 대해서는 직접 보지 않고선 판단하기 힘들었다.

현재 브렌다는 지병이 악화된 탓에 3년 전부터 멀리 떨어진 별장에 요양 차 머무르고 있다는 말만을 들었다. 크레아의 경우 브렌다가 저택을 떠난 이후 들어온 터라 그 이상의 사실은 알지 못했다.

'뭐, 대충 집안 돌아가는 분위기는 파악했으니 나중에 천천히 직접 겪는 수밖에.'

주변 정보를 나름 입수한 레이지는 방 밖으로 나와 복도를 걸었다. 처음으로 눈을 떴을 때의 후들거림은 완전히 사라진 후였다.

'이제 내 몸에 대해서 최대한 빨리 파악해야 해.'

이번에는 새 육체 '레이지'에 대한 정보를 스스로 파악해야 했다. 어느 부분에 강하고 약한지를 빨리, 그리고 정확히 알아내야 앞으로의 행보를 결정할 수 있다.

"레, 레이지 도련님!"

걸어가던 도중 레이지와 마주친 하녀들이 놀라며 옆으로 물러섰다.

"도, 도련님! 몸은 괜찮으십니까?"

"걱정하지 않아도 돼. 보다시피 쌩쌩하잖아?"

"하지만 우선 방에서 쉬면서 안정을 취하시는 편이……."

"괜찮다니깐. 만일 아버님께서 날 찾으시면 근처 사냥터로 산책 나갔다고 헬렌이 전해줘."

헬렌은 자신을 알아보는 레이지의 말에 화들짝 놀라며 뒤로 물러섰다.

"도, 도련님, 혹시 기억이 돌아오신 것입니까?"

"아니. 크레아한테 물어봐서 안 거야. 난 한 번 본 사람의 얼굴은 웬만해서 안 잊어먹거든."

"그 아이에게 말입니까?"

하녀장을 맡고 있는 40대의 하녀 헬렌은 안색이 하얗게 질렸다.

'레이지라는 녀석의 평판을 대충 알 수 있겠군.'

귀족 남성이 고용인 여성에게 손을 대는 게 그리 드문 일은 아니었지만, 자신이 한 짓도 아닌데 이렇게 오해받는 게 썩 기분 좋지 않았다.

"그렇게 걱정하는 표정 짓지 않아도 돼. 손가락 하나 안 건드렸으니까. 정 궁금하면 본인에게 직접 물어봐도 되고."

"죄, 죄송합니다!"

"그렇게 겁먹지 말도록 해. 난 그런 인간 아니거든."

믿어줄 리 없겠지만 이런 식으로 변명하는 수밖에 없었다.

"그냥 전과 다른 인간이라고 생각해 줘. 나도 그 편이 편해."

레이지는 헬렌 옆에 나란히 서 있는 하녀들을 한 명씩 손가락으로 지적했다.

"검은 머리색에 왼쪽 눈 아래 점이 있는 게 도로시, 키가 큰 편이고 왼손잡이가 레나, 눈이 크고 입술이 새빨간 애가 체르디 맞지? 그러면 난 간다."

오른손을 흔들며 계단을 통해 아래층으로 내려가는 레이지의 뒷모습을 네 명의 하녀가 멍하니 바라만 보고 있었다.

"레이지 도련님이 저렇게 기억력이 좋은 분이시던가?"

"마치 딴 사람 같아."

"같은 게 아니라 진짜 딴 사람 아닐까?"

＊　　＊　　＊

저택 뒤에 자리 잡은 크로이덴 가문 전용의 사냥터로 들어온 레이지는 깊게 숨을 들이마셨다.

우거진 수풀 속에서만 만끽할 수 있는 신선한 공기에 그의 머릿속은 상쾌하기 이를 데 없었다. 사냥터지기들에 의해 관리되는 구역인 만큼 맹수나 몬스터는 보이지 않았고 토끼나 사슴 같은 연약한 동물들만 간혹 눈에 띄었다.

"휴우!"

크게 숨을 내쉰 레이지는 잔디밭 위에 드러누웠다. 두 손을 머리 아래에 놓고 올려다본 하늘은 푸르렀다.

"진짜 이 육체가 3개월 동안 누워 있던 게 사실인 것 같군."

사냥터로 들어가려던 그를 저지한 사냥터지기들은 레이지의 얼굴을 확인하는 순간 귀신이라도 본 듯 기겁하면서 엉덩방아를 찧었다.

잠시 산책하러 왔다는 말에 그들은 걱정이 담긴 눈빛으로 괜찮겠냐고 물어봤지만 레이지가 눈을 한 번 부라리니 화들짝 놀라며 뒤로 물러섰다.

"레이지란 녀석, 고용인들에게 아주 막 대했을 게 분명해."

아버지와 하녀들, 그리고 사냥터지기들의 반응으로 보아 '레이지'에 대한 인식은 '고약한 도련님' 그 자체였다.

귀족 자제라는 지위에 취해서 아랫사람을 마구 대하는 안하무인격의 성격이었다. 특히나 하녀들 사이에서의 평판은 직접 물어보는 걸 포기할 정도였다. 그냥 눈빛만 봐도 두려움과 경멸을 한꺼번에 느낄 수 있었기에.

아버지 케인즈는 차남의 횡포에 보다 못해 혹독한 수련을 시켰지만 오히려 그것 때문에 쌓인 스트레스를 고용인들을 통해 풀 따름이었다.

"성격이야 시간이 지나면 완전히 변한 걸 다들 알아챌 테고……. 소드 마스터가 직접 지도했다고 했으니 어느 정도 기본은 되었겠지. 확인해 볼까?"

레이지는 자리에서 일어나더니 소매를 걷어 근육을 만져보았다.

"호오, 이 정도까지 단련되었을 줄은 몰랐는데?"

마법사였던 예전의 육체에 비해 확연히 튼튼함을 느낄 수 있었다. 손바닥을 펼쳐 자세히 살펴보니 크고 작은 물집들이 터지고 다시 아문 흔적이 보였다.

그는 가슴, 배, 다리 등, 몸 이곳저곳을 매만져 보았다.

열일곱 살이라는 어린 나이가 믿기지 않을 정도로 근육이 발달했다. 게다가 3개월이나 누워 있는 동안 근육이 줄어들었다는 걸 감안한다면, 무궁무진한 발전 가능성을 지녔다는 이야기로 해석될 수 있다.

"그럼에도 개새끼 같은 성격은 그대로란 말이지? 뭐, 억지로 몸을 단련시켜 봤자 성격까지 바꾸긴 힘들지."

사실 원래 마법사였기에 육체의 강함은 그다지 중요하지 않았다. 그는 예전에 가졌던 '힘'이 지금의 육체에도 적용되는지 시험해 보기로 했다.

레이지는 주변을 둘러본 뒤 아무도 없다는 걸 확인하고 두 눈을 지그시 감았다. 두 무릎을 꿇은 자세에서 지면에 손을 대고 정신을 집중했다.

'과연 이 몸은 어느 정도의 자질을 지니고 있을까?'

두 손을 통해 대지에 흐르고 있던 마나가 그의 육체 안으로 흘러들어 가더니 복부에 모이기 시작했다. 이마에서 땀이 송

골송골 맺히기 시작하더니 급기야 방울져 뚝뚝 아래로 떨어졌다.

10여 분 넘게 대지의 마나를 육체의 마나와 결합하여 모으던 레이지는 인상을 쓰며 두 눈을 떴다.

"쳇, 예상은 했지만 역시나야. 17년밖에 안 된 몸이기도 하고 매직 유저로서의 수련을 하나도 안 해서인지 마나량이 극도로 적어."

손가락 마디를 쫙 벌리자 손바닥에 남아 있던 마나가 퍼지면서 허공 속에서 사라졌다. 대충 예상하고 있던 바이지만 속이 쓰리는 건 어찌할 수 없었다.

인간의 몸에 내재되어 있는 힘의 원천, 마나(Mana).

원래 자연 속에 극도로 옅은 농도로 퍼져 있는 마나를 살아가면서 조금씩 육체로 흡수해 자신의 것으로 만든다. 그 마나를 이용해 오러를 구현하거나 마법을 구사할 수 있게 된다.

예전 육체의 나이는 정확히 마흔다섯 살.

30년이 넘도록 자연으로부터 흡수하고 단련을 통해 증폭시킨 마나량은 지금의 육체가 지닌 양에 비해 수백 배에 가깝다. 그 덕분에 그는 마법사 중에서 최고봉인 아크메이지가 될 수 있었고, 그 힘으로 제국을 멸망시키는 데 한부분을 담당했다.

"그래도 한 번 더 확인해 봐야겠어."

레이지는 오른손을 들어 올리고 주문을 외웠다. 비록 새로운 육체를 얻었다 하여도 마법을 구성하는 주문 자체는 온전히 기억하고 있는 터라 마법 시전에는 무리가 없었다.

"라 바스(불이여, 솟아올라라)."

룬(Rune) 문자로 구성된 주문이 끝나자 손바닥 위에 주먹만 한 불길이 확 솟아올랐다. 레이지의 표정에는 노골적인 실망이 가득했다.

"휴우, 메이지(Mage) 수준도 안 되는 마법이라니. 예전 같으면 2미터 정도의 높이로 불길이 치솟았는데."

그는 일그러진 표정으로 오른손을 쥐었다. 움켜쥔 불덩어리가 여러 조각으로 찢겨 나가더니 흩어지면서 사라졌다.

마법사는 익히고 사용할 수 있는 마법의 서클에 따라 분류되며, 더 높은 서클의 마법을 익힐수록 칭호도 부여된다.

메이지는 서클 3~4에 해당하는 마법을 구사하는 수준의 마법사. 위저드는 그 위에 해당하는 서클 5~6에 속한다. 최고봉인 아크메이지는 서클 7. 하지만 지금 그가 구사한 마법의 위력은 서클 1에 불과하다.

"이대로라면 복수는 꿈도 못 꾸겠어."

예전에 완벽히 꺼뜨리지 못한 불길을 잠재우기 위해선 최소한 제이워드였을 때만큼 강해져야 한다. 하지만 이 상태라면 그때처럼 강해지기 위해 꽤 많은 시간을 소요하게 된다.

물론 아크메이지로서의 지식 자체는 고스란히 기억하고 있다. 문제는 그 지식을 마법으로 구현시킬 마나량이 터무니없을 정도로 부족했다.

"예전 수준의 마나량을 얻기 위한 노력만 하더라도 최소한 5년에서 10년이 걸릴지도 모르겠군. 너무 길어."

40대에 도달했던 경지를 20대에 얻을 수 있다는 것만으로도 놀라운 성장이지만 그에게는 그리 많은 시간이 남아 있지 않았다. 자신의 전 육체를 해치운 자들의 음모가 지금 이 시간에도 속속들이 진행되고 있을지 모른다는 조급함이 그를 안달하게 만들었다.

"당장 마나를 대폭 늘리기엔 사실상 불가능하고…… . 어떻게 해야 할까나."

레이지는 턱을 오른손으로 매만지며 걷기 시작했다. 8자를 그리며 빙빙 도는 건 예전에 지녔던 그의 습관 중 하나. 새로운 마법식을 고안하거나 고대 마법을 해석할 때 종종 나오기도 했다.

"예전에 마련해 둔 비밀 연구소들을 차례대로 들러서 마나를 회복하… 기엔 다소 무리겠군. 지금의 내가 '예전의 내가' 설치해 놓은 마나의 장벽을 뚫을 수 있을지도 미지수고."

그렇게 30여 분이 넘게 계속 생각에 잠기던 레이지는 뭔가 떠오른 듯 시선을 아래로 내렸다.

"이 육체, 의외로 튼튼하네?"

예전이었다면 20분 정도만 걸어도 다리가 아파서 앉아서 쉬었겠지만 지금은 아무런 문제가 없었다. 물론 예전의 몸으로 전투에 임할 때엔 신체 반응 속도나 방어력을 높이는 마법을 걸고 육체의 한계를 버텼다. 마법 없이 이렇게 오래 걷는 건 처음이었다.

"그러고 보니 오러를 구현하려다가 쓰러졌다고 했지?"

레이지는 제자리에 멈춰 서서 두 눈을 감았다.

아까 마나량을 감지할 때엔 마나를 한곳에 모으는 데 집중했지만 이번에는 마나를 육체 곳곳에 퍼뜨린 뒤에 하나의 흐름으로 죽 이어지도록 정신을 가다듬었다.

"흐음, 원형의 끈을 떠올리며 마나를 순환시킨다고 했었던가?"

오러를 써본 적이 없는 그였지만 오러를 능숙하게 다루는 이들을 많이 접한 까닭에 구현 원리 자체는 지식으로 알고 있었다. 무엇보다 적이 오러 유저일 경우 오러 자체를 알지 못하는 이상 상대하기 힘들었기에 나름 상세하게 알고 있는 터였다.

"호오, 이것 봐라? 이런 느낌은 처음인데?"

마법사일 때 느껴보지 못했던 신기한 감각이 그를 사로잡았다.

마법을 쓸 때의 응축된 느낌이 아닌, 물 흐르듯 마나가 머리에서 발끝까지 순환하는 느낌에 몸이 부들부들 떨렸다.

그는 심호흡을 연신 반복하며 마나의 흐름을 유지했다. 그리고 오른손에 마나를 집중시키자 미약한 빛이 생성되면서 주변을 밝혔다.

"이것이 오러?"

마법사 시절에는 단 한 번도 구현할 수 없었던 새로운 힘을 손쉽게 구현하자 맥이 빠졌다.

"하, 하하, 하하하……."

어이없는 웃음이 그의 입에서 힘없이 터져 나왔다.

한 번 죽기 전에는 엄청난 양의 마나를 소유했지만 그것을 하나로 이어 오러로 구현하는 데에는 번번이 실패했다.

"옛날에는 죽어도 안 되었는데 이렇게 쉽게 성공하다니. 이 육체가 지닌 자질 덕분이란 이야기로군. 그리고 마법과 달리 오러는 마나량에 크게 구애받지 않는 것도 알게 되었어."

이는 오러의 구현에는 무엇보다 육체 자체가 오러 구현에 적합해야 하기 때문이다. 또한 소유한 마나량 자체에 따라 구현할 수 있는 마법의 서클이 구별되는 것과 달리 오러는 마나를 하나로 이어 순환하는 것에만 성공하면 마나가 적든 많든 간에 구현하는 데 크게 문제가 없다.

"마나를 머리로 이해하는 자, 매직 유저(Magic User)이며, 마나를 신에게서 허락받은 자, 홀리 유저(Holy User), 그리고 마나를 몸으로 느끼는 자, 오러 유저(Aura User)라는 말이 허언이 아니었군."

예전에 비해 극소량에 불과한 마나를 지녔음에 좌절한 것도 잠시뿐.

또 다른 힘에 눈을 떴음에 레이지의 눈동자가 희열로 가득 찼다. 결코 많지 않은 마나량에도 불구하고 오러를 구현할 수 있는 육체라는 점은 너무나 매력적이다.

"어차피 마나는 천천히 증가시킨다고 치고, 거기에 예전에 지니지 못했던 오러 구현 능력까지 더해진다면!"

마법사이자 오러까지 사용할 수 있는 절대 영역에 도달하게 된다.

정신은 물론 육체적으로 강해지는 것이 가능하다. 예전 아크메이지로 제국을 공포로 몰아넣었을 때의 힘보다 더 우위에 설 수 있다.

"오러와 마법의 듀얼 마스터, 워락(Warlock)의 경지에 다다를 수 있을지도 몰라."

듀얼 마스터(Dual Master).

대부분의 인간들은 오러 유저, 매직 유저, 홀리 유저 중 하나의 길을 택해서 강해진다.

하지만 극소수의 선택받은 이들은 하나가 아닌 두 개의 힘을 동시에 다룰 수 있다.

예전 대마법사라 칭송받던 그도 듀얼 마스터는 엄두도 내지 못했다. 아니, 정확히는 이미 매직 유저로서 최정상인 아크메이지에 도달한 당시의 그로선 다른 힘에 흥미를 느낄지언정 매달리지 않았다.

"오히려 새 육체를 얻은 게 행운일지도 몰라."

실망에서 기대로.

그의 사고 전환은 무척이나 빨랐다. 어차피 안 되는 일에 매달리기보단 가능한 일에 뛰어드는 게 낫다는 사고방식 때문이었지만.

Chapter 02
추잡한 과거

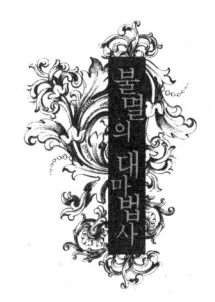

1

레이지의 육체로 새 삶을 살게 된 제이워드.

그는 하녀 크레아를 통해 수시로 집안 내력과 인간관계에 대해 알아냈고, 그 덕분에 달라진 환경에 쉽게 적응했다. 간혹 다른 이들이 이해할 수 없는 행동을 하더라도 기억상실증이라는 핑계는 아주 좋은 해결책이었다.

예전 육체에서 전수받은 지능에 기반을 둔 특출 난 기억력은 그가 자세히 모르고 있던 귀족의 예절마저 단 이틀 만에 모조리 기억해서 집사 페리슨이 감탄할 정도였다.

다만 저택에 없는 새어머니 브렌다와 형 케이지에 대해서는 직접 만나보지 않는 한 타인의 평가로 판단할 수밖에 없었다. 물론 지금의 그에게 두 사람은 그리 중요하지 않았다.

"흐음, 역시 홀로 파고드는 것에는 무리가 있어."

레이지는 자신의 방 침대에 걸터앉아 오러를 구현하는 중이었다. 체내의 마나를 하나의 흐름으로 만들어 오른손, 혹은 왼손에 구현하여 빛을 내는 것까지는 손쉽게 할 수 있었다. 문제는 오러 유저들이 검에 오러를 부여하는 식으로 강력한 위력을 이끌어내는 것은 불가능했다.

"더 마나를 모아야 가능한 것일까, 아니면 다른 방법이 있는 걸까? 밖에 나가서 머리라도 맑게 만든다면 떠오를지도 모르겠는데……."

케인즈는 지난번 레이지 혼자 저택 뒤 사냥터에 다녀온 것을 알고 엄청 화를 내며 절대 저택 안을 벗어나지 말라고 불호령을 내렸다. 기억도 온전히 못 찾은 상태에서, 더군다나 허약한 몸으로 밖에 나가지 마라는 보호 차원에서였다.

결국 레이지는 3일 동안 멀쩡한 몸임에도 방 안에 홀로 누워 있는 척을 해야 했다. 물론 자신을 돌봐주는 하녀들이 방 밖으로 나가면 문을 걸어 잠그고 오러를 이끌어내는 방법을 궁리했다.

그가 기억하고 있는 오러 유저들은 굳이 검만이 아니라 물체를 쥐는 것만으로도 오러를 부여할 수 있었다. 레이지는 오러 유저들이 오러를 구현할 때의 특징이나 습관, 행동 등을 하나하나 떠올리며 따라 해봤지만 그저 손이 빛나기만 할 뿐 움켜쥔 물건에 오러를 구현하는 데 번번이 실패했다.

"오러 랭크(Rank)가 낮아서일까?"

매직 유저들이 서클로 구별되듯이 오러 유저들의 경우 '랭크'라는 이름으로 강함을 표시한다. 당연히 랭크가 높으면 더 강한 오러 유저이지만 어떤 기준에 의해 랭크의 높고 낮음이 부여되는지 레이지는 잘 알지 못했다.

"밖에 나간다면 마나량을 늘리는 수련이라도 할 수 있을 텐데, 이렇게 방에 처박혀 있기만 하면 할 수 있는 게 너무 적어."

지금의 시점에서 그가 해야 할 일은 명확했다.

아버지 케인즈의 과보호에서 벗어나는 것.

"오러 수련을 소드 마스터인 케인즈… 에게 요청할 수도 있겠지만 바로 그 아버지에게 수련을 받다가 예전의 레이지가 쓰러졌다고 했어. 뭔가 더 조사해 봐야 해."

그는 이제까지 타인의 입장에서 알게 된 레이지의 육체가 아닌, 예전의 레이지 본인의 시선에서 파악할 필요성을 느꼈다.

레이지는 우선 침대 밑을 살펴보았다. 매일 하루에 한 번씩 크레아가 청소를 한 덕분에 먼지 하나 찾기 힘들었다.

다음 장소는 책상 서랍 안. 아직 쓰지 않은 고급 종이들과 개봉도 안 한 잉크병이 자리 잡고 있었다. 계속해서 다른 서랍을 열어서 안을 뒤지던 중 열리지 않는 서랍을 발견했다.

그는 혹시나 하는 마음에 책상 위를 꼼꼼하게 살폈다. 10분이 지난 후에야 꽂혀 있던 책 뒤에서 자그마한 열쇠를 발견했다. 그 열쇠를 잠긴 서랍의 열쇠구멍에 넣고 돌리니 찰칵 하는 소리가 들렸다.

"역시, 성질 한번 개판인 놈이었으니 이런 걸 쓸 줄 알았지."

서랍 안에는 손때가 묻은 두툼한 책이 세 권 들어 있었다. 그중 가장 새것으로 보이는 것을 들고 좌르륵 페이지를 넘기자 절반 이후부턴 백지가 보였다.

"일기장용으로 샀나 보군. 좋아, 일기처럼 본인을 잘 나타내는 물건은 없지."

2

3월 20일.

오늘도 땀에 흠뻑 젖은 채 쓰러졌다.

눈을 떴을 땐 아버님이 데리고 온 기사가 나에게 찬물을 끼얹은 뒤였다. 죽일 듯한 눈으로 노려보는 내 시선에도 녀석의 입에서 피식 하는 비웃음이 새어 나왔다.

내일은 기필코 아버지에게 이놈을 자르라고 이야기를……

"쪼잔한 녀석일세."

레이지는 그 뒤에 주렁주렁 매달린 불평불만이 적힌 부분을 뛰어넘어 다른 날짜의 일기를 읽어 내려갔다.

3월 22일.

오늘은 그녀가 3개월 만에 집을 방문했다.

아름다운 그녀의 모습을 볼 때마다 내 심장이 쿵쾅…….

"쓸데없는 연애담 같은 건 적지 말라고."

레이지는 예전 육체의 주인이 품었던 사랑 같은 감정에는 관심조차 없었다.

그 뒤 한 10일 가까이 그녀에 대한 그리움과 열망이 적힌 부분을 보고 얼굴을 찌푸린 레이지는 휙휙 페이지를 넘겼다.

4월 12일.

데이지가 하녀 일을 그만두고 저택을 떠났다고 한다.

망할 년 같으니라고. 떠나면서 나에 대한 말을 어떻게 했는지 몰라도 아버지의 성화가 더해졌다.

나름 몸은 쓸 만했기에 나중에 첩으로라도 삼을까 싶었는데. 역시 천한 년들은 이래서 안 된다.

"쓰레기 같은 녀석."

레이지의 입에서 실소가 흘러나왔다.

고작 한다는 짓이 하녀들에게 손대는 망나니짓이라니. 이제 겨우 열일곱 살인데 이런 식의 행동은 옳지 않다. 그는 레이지의 원래 영혼이 사라지길 잘했다고 거듭 생각했다.

4월 14일.

형이 집을 방문했다.

날 첩의 자식이라고 괄시하는 눈빛이 분명하다.

그건 아랫도리를 제대로 관리 못한 아버지의 탓이지 내 탓인가? 같이 이야기하자고 했지만 난 언제나처럼 욕설을 내뱉으며 내 방에 들어박혔다.

언젠가 널 뛰어넘고 말 테다. 핏줄 따위, 중요하지 않다는 걸 직접 증명해 주겠다.

"첩? 이놈, 서자였나?"

크레아로부터 듣지 못한 새로운 사실을 알아냈다.

"특별한 이유가 없는 한 서자를 본가에 들이는 경우는 드문데, 역시 아들이 하나밖에 없어서 그런 거겠지?"

본처로부터 아들이 둘 이상 있다면 모를까, 달랑 하나만 있을 경우 그 아들이 요절할 경우를 대비해야 한다.

"크레아 녀석, 진작에 알려줄 것이지."

왠지 모르게 일이 복잡해질 거라는 예감이 그의 뇌리를 스치고 지나갔다.

"하기야… 나보고 냅다 도련님은 서자라고 말하기엔 무리겠지."

왜 이렇게 고약한 성격이 되었는지 대충 짐작이 되었다.

서자라는 신분상의 페널티는 남에게 고운 시선을 받기 힘들다. 이럴 경우 세 가지 패턴으로 바뀌게 된다.

첫 번째는 자신에 대한 편견을 노력으로 극복하려는 경우.

두 번째는 남의 시선만을 의식해 소심하게 변하는 케이스.

마지막으로, 발악하면서 자신을 제외한 모두를 적으로 만드는 최악의 선택.

　안타깝게도 원래 레이지의 선택은 맨 마지막이었다.

　"하지만 그런 놈이 아버지보다 더한 짓을 하면 쓰나?"

　아버지보고 아랫도리 관리 잘하라고 말하는 놈이 정작 본인이 더 관리를 안 하고 있지 않았던가.

　게다가 형에 대한 열등감 표출이 너무나 맘에 안 들었다. 열등감을 노력으로 승화시켜야지 그저 분노에 불타서 매달릴 경우 효율이 떨어질 수밖에 없다.

　예전의 제이워드 역시 인간관계가 그리 좋다고는 할 수 없었지만 마법에 대한 노력만큼은 그 누구도 따라오기 힘들 정도였다. 마법을 익힐 때엔 분노보다는 철저한 계산하에 효율적인 수련을 택했고, 그 결과 아크메이지에 올라설 수 있었다.

　"그저 개새끼에 불과한 녀석이었군."

　여기서 일기장을 내팽개치고 싶었지만, 더 확실히 알기 위해서 그는 짜증을 억누르고 다음 페이지를 펼쳤다.

　4월 16일.

　뭔가 이상하다.

　몸이 피곤한 건 어떻게 버틸 수 있었다. 하지만 가문의 비전대로 마나를 운용하면 운용할수록 구역질 때문에 버틸 수 없다. 아버지는 내 의지가 부족해서 그렇다고 하셨지만, 의지와 구역질이 무슨 관계가 있는지 알 수 없다.

4월 20일.

오늘도 또 토했다.

한 달 전에 바뀐 기사 녀석은 노골적으로 얼굴을 찌푸리며 내가 토한 걸 흙으로 뒤덮었다. 그렇게 싫다면 관둘 것이지 왜 내 뒷바라지를 하는지 알 수 없다.

"그야 네 아버지가 시켜서 그런 거잖아. 그런 것 정도는 알아서 파악하라고, 이 멍청아."

일기장을 읽어 내려갈수록 욕설만 나왔다.

이렇게 타인에 대한 배려가 없는 인간은 진짜 오래간만이었다.

"결국 내가 골치 아프게 된다는 거잖아. 젠장."

레이지의 육체로 오게 된 것을 이렇게 후회하게 될 줄은 몰랐다. 그는 반쯤 체념한 기분으로 페이지를 획획 넘겼다.

5월 2일.

고열 때문에 하루 종일 누워 있었다.

지금 일기를 쓰는 이 순간도 골이 지끈거린다. 비전이라는 게 이렇게 고통스러운 것일까?

제이건 영감이 만들어준 약을 먹어도 나아질 기미가 안 보인다. 아버님은 여전히 의지박약 때문이라고 날 무섭게 노려보실 뿐이다. 이대로 간다면 난 진짜 망가질지도 모르겠다.

"흐음……."

레이지는 날카로운 눈으로 일기장을 읽어 내려갔다.

화를 내기보단 일기장에 쓰인 글 이면의 내용을 파악하는 데 주력했다.

5월 5일.

오늘은 다소 기분이 나아졌다.

형의 부하가 기분 나쁜 눈빛으로 날 흘겨보기에 냅다 싸대기를 갈겨서일까. 역시 기분 푸는 데엔 형의 부하만 한 족속들이 없다.

부하 중 제법 쓸 만한 여기사가 있기에 이름을 물어봤지만, 그년은 대답도 하지 않고 내 말을 씹어버렸다. 그래서 발로 걷어차 쓰러뜨렸다. 아무 말도 하지 못하고 걸어가는 모습이 아주 상쾌했다.

5월 7일.

더 이상 형에게 비교당하는 것은 질색이다.

아버님께선 말끝마다 '네 형은 말이다'를 반복해서 붙이시곤 한다. 그렇다면 그 형을 없애 버리면 되지 않을까?

이럴 때마다 그녀의 얼굴이 보고 싶다. 하루라도 빨리 그녀와 함께 이곳에서 벗어나고 싶다.

그나마 그 여자의 면상이 안 보인다는 게 조금이나 위안이 된다. 이 대로 병이 악화되어 죽는다면 진심으로 기쁠 것 같다.

이제 오러 따윈 익힐 마음은 조금도 남아 있지 않다.

내가 혹시라도 가주가 된다면 비전 따위 하나도 남기지 않고 불태워 버릴 것이다. 오러 따위 없어도 살아갈 수 있지 않은가?

5월 9일.

그동안 남몰래 모은 돈을 들고 그곳을 찾아갔다.

하지만 100골드나 낸다는 말에도 내 의뢰를 거절했다.

젠장할 것들. 그렇게 케이지가 두려운가?

그렇다면 내가 직접 해치워 주겠어.

그놈이 사라져야 더 이상 비교당하지 않아도 되고, 이놈의 지긋한 오러 수련에서도 벗어날 수 있겠지.

내일 케이지가 오래간만에 집에 온다고 하니 좋은 기회다. 이 독약만 먹이면 이제 내 세상이 온다. 실제 효과가 있는지 확인하기 위해 사냥터에 갔다. 잡아온 사슴에게 먹이니 곧바로 쓰러졌고, 1분도 지나지 않아 죽었다.

이제 이 사슴은 케이지가 될 것이다.

3

5월 9일을 마지막으로 뒷부분은 백지가 이어졌다.

"아주 인간 말종일세, 이놈."

쓰러지기 전날 행한 게 친형을 암살하기 위한 음모였다 니.

물론 이 일기장만으로 누가 옳고 그른지 정확하게 판단하기는 일렀지만, 레이지의 예전 평판을 생각한다면 사실 정답은 진작에 나온 거나 다름없다.

무엇보다 예전의 자신이 그 암살이라는 것에 당했다는 걸 생각하면 더더욱 예전 레이지의 행동에 악평을 줄 수밖에 없다.

"흐음, 역시 섣부르게 가문의 비전을 따르는 건 포기해야겠어. 또다시 쓰러지는 건 사양이니까. 먼저 읽어보기를 잘했어."

무가(武家), 그것도 역사가 제법 있는 가문이라면 비전이 하나둘 정도 전수되게 마련이다. 현재 레이지가 가장 빨리 강해질 수 있는 방법이 도리어 독이었고, 앞으로도 그럴 가능성이 있다는 걸 알았다는 것만으로도 큰 수확이었다.

"썩 내키진 않지만, 녀석처럼 집안을 삼켜 버릴까?"

예전 레이지의 행동을 욕했지만, 그건 비뚤어진 마음에서 나온 의도를 비판한 것이지 귀족 가문 내에서의 권력 암투는 흔한 일이다.

감정적으로는 화내면서도 그는 냉정하게 자신의 실력과 입지를 올릴 수 있는 방법을 구상하기 시작했다.

"다시 한 번 확인해야겠어."

그는 침대 위에 드러누운 채 일기장을 다시 처음부터 빠르게 읽어 내려갔다.

눈으로 처음 읽을 때 놓쳤던 부분을 다시 기억하면서 동시에 머릿속으로는 어떻게 하면 집안의 주도권을 잡을 수 있을

지를 궁리했다.

"역시 무리야."

하지만 지금 입장에선 불가능에 가깝다.

우선적으로 이 신체의 나이는 고작 열일곱 살.

아무리 똑똑하고 영악한 이야기로 상대를 구워삶더라도 어
린놈이 잔머리만 굴린다고 무시당하거나 꾸중을 듣게 마련이
다.

그리고 이전까지의 입지가 너무나 좁았다. 가문을 휘어잡기
위해선 우선 아랫사람들을 잘 구슬려야 하는데, 이건 주위를
온통 적으로 만들어놓은 상황이다. 그것 때문에 형의 우월함
을 더욱 빛나게 만든 것도 사실이고.

암살?

그것 역시 힘들다.

까놓고 자신을 제외하고 가문의 뒤를 이을 사람들을 알 수
없는 이유로 죽인다고 해도 결국 자신 혼자만이 남는다는 것
만으로도 알 수 없는 이유는 '알게 되는 이유'가 되어버린다.
예전 레이지가 택한 방식은 성공하더라도 자신까지 휘말리게
되는 양날의 검이었다.

"게다가 체질적으로 권력 암투는 취향이 아니니까."

예전의 제이워드는 마법사의 최고봉 아크메이지가 되었음
에도, 강성한 제국을 지도상에서 지워 버릴 정도의 영향력과
힘을 지녔음에도 정치적인 일에는 관심이 거의 없었다. 매번
마법 연구보단 자신의 입지를 어떻게든 올리려는 마법사들

의 권력 다툼에 질려서 혼자 마탑에 틀어박히곤 하지 않았던 가.

"우선은 현재의 내가 도움 받을 수 있는 것들을 찾아야겠어."

가장 만만한 것이 바로 부모.

그는 침대 위에서 일어나 아버지의 방으로 향했다.

4

"몸은 괜찮으냐?"

우려 섞인 눈빛으로 아들을 바라보는 케인즈에 비해 레이지는 싱긋 미소를 지으며 고개를 끄덕거렸다.

'일기장에선 아주 위압적인 모습으로만 그려졌는데 지금은 완전히 기가 죽었잖아? 역시 3개월 동안 쓰러져 있던 효과는 최고로군.'

아무리 엄해도 부모는 부모.

자식에겐 약할 수밖에 없다.

레이지는 지금이 최적의 타이밍임을 알아챘다.

"그래, 무슨 부탁이 있어서 날 찾아온 것이냐? 네가 이런 식으로 날 찾아온 것은 이번이 처음이라 좀 얼떨떨하구나."

고약한 성격을 고친다는 이유로 둘째 아들에게 억지로 검을 쥐어준 결과 기억상실증까지 걸리게 했다는 죄책감 때문일까.

케인즈의 표정은 밝지 못했다.

"설마 오러 수련을 포기하겠다고 말하러 온 거냐?"

3개월 동안 레이지가 죽은 듯 침대 위에 누워 있는 동안 그는 제대로 자본 적이 없었다. 몇 번이고 한밤중에 깨어나 식은 땀을 비 오듯 흘렸으며 혹시나 하는 마음에 아들의 방을 밤새 몇 번이나 들락거리기도 했다.

"네가 그만두고 싶다면 그만두어도 좋다. 그동안 서운했다면 솔직히 사과하마. 나는 레이지 네가 그렇게 될 줄은 생각도 못했기 때문에……."

"그런 말이 아닙니다."

"그러면 어떤 부탁이냐?"

케인즈는 혹시라도 더 이상 이 집안에 머물 수 없다는 대답이 나올까 봐 잎담배를 연신 뻑뻑 피워댔다.

레이지는 그런 케인즈가 재미있어 보여서인지 잠시 뜸을 들였다. 갑자기 아들이 말이 없어지자 케인즈의 속은 더욱 타들어 갔다.

"집을 나간다는 말만큼은 하지 말거라. 네가 섭섭하게 생각한다는 것, 충분히 알고 있으니 한 번 더 신중하게 생각을……."

케인즈는 말끝을 흐리면서 레이지와 시선을 맞추지 못했다. 예상 못한 대응에 레이지는 의아함을 품었다.

'뭔가 이상한데? 아무리 자식이 둘밖에 없다고 해도 서자인 나에게 왜 이리 매달리지?'

혹시 레이지의 원래 육체에 잠재된 힘을 파악하고 그럴지도 모른다는 판단이 들었다.

'그렇다고 쳐도 이미 장남이 소드 마스터인데 욕심이 심하군. 나까지 포함해서 한 가문에서 동시에 세 명의 소드 마스터를 배출할 생각인가? 꿈도 커.'

욕심이란 품으면 품을수록 한계를 모르고 커갈 뿐이다.

하지만 이로써 케인즈가 레이지를 내보낼 생각이 없다고 파악한 것은 큰 수확이었다. 사실 일기장에 적힌 그동안의 망나니짓을 떠올린다면 쫓아낸다 해도 할 말이 없었기 때문이다.

레이지는 약간 안도하면서 여유를 가지고 입을 열었다.

"그동안 중지했던 수련을 계속 해보고자 해서 말입니다. 아버지께서 계속 외출을 금지하신 터라 수련을 하고 싶어도 할 수가 없습니다."

케인즈의 입에 물려 있던 잎담배가 탁자 위에 툭 떨어졌다.

"수련을 포기하는 게 아니라, 반대로 계속하겠다고?"

"네. 문제될 것이라도 있습니까?"

"집을 나가는 게 아니라?"

"제가 지금 나가봤자 얻는 게 뭐가 있습니까?"

케인즈는 정면으로 아들 레이지의 얼굴을 뚫어져라 응시했다. 아들의 얼굴에선 원망의 그림자가 조금도 드리워 있지 않았다.

"나, 나야 네가 계속 오러 수련을 하겠다면 기꺼이 도와줄 수 있다!"

"그러면 이야기가 쉬워지겠군요."

"하, 하지만 말이다. 너는 마나 컨트롤에 실패해서 쓰러지지 않았느냐? 혹시라도 같은 일이 또 발생한다면 난 먼저 저세상에 간 네 어미를 볼 면목이 없단다."

케인즈의 우려에 레이지는 빙긋 미소를 지으며 오른손을 들어 올렸다.

"이게 오러 맞습니까?"

선명한 백색의 빛이 그의 오른손에서 구현되자 케인즈는 의자 뒤로 벌렁 넘어졌다. 그리고 허겁지겁 다시 일어나 아들의 손을 붙들었다.

"레, 레이지! 성공한 거냐?"

"아버지께서 이렇게 놀라시는 걸 보니 확실한 것 같군요."

혹시나 하는 우려는 케인즈의 반응으로 완전히 날아갔다. 새로운 육체 덕분에 얻지 못했던 힘을 획득한 레이지의 입술 왼쪽이 살짝 위로 올라갔다.

하지만 더 기뻐하는 쪽은 케인즈였다. 그는 그답지 않게 눈물까지 글썽이며 아들의 손을 두 손으로 꽉 붙들었다.

"아들아! 기어이 성공했구나! 이 아버지는 너무 기쁘구나!"

"그러면 하던 이야기를 계속하도록 하지요. 오러 구현 자체에는 성공했지만 이걸 어떻게 무기에 응용시킬지는 잘 모르겠습니다. 적절한 교본이라도 구할 수 있습니까?"

교본이라는 말에 케인즈는 오른손으로 자신의 가슴을 팡팡 두들겼다.

"날 누구라고 생각하는 거냐? 길레터 왕국의 10대 소드 마스터 중 하나인 내가 가문의 비전을 통해 직접 가르치겠다! 교본 같은 건 필요없다!"

잔뜩 기대의 부푼 눈을 한 케인즈와 달리 레이지는 입술을 굳게 다물었다.

"오러를 구현하는 데 성공했으니 몸은 괜찮은 거겠지? 언제부터 시작할까?"

"말씀은 고맙습니다만, 혼자서 오러에 대해 파고들고 싶습니다."

"무슨 소리냐! 크로이덴가(家) 비전의 오러 수련법을 배우면 될 것을 왜 혼자서 고생하려고 하느냐?"

워낙 흥분한 탓인지 케인즈는 자신의 의견을 강하게 밀어붙였다. 하지만 레이지는 차분하게 이야기를 이어나갔다.

"아버지의 가르침을 저야 왜 안 받고 싶겠습니까?"

"다른 이유라도 있는 거냐? 역시 이전에 너에게 호되게 훈련시킨 것 때문에?"

"애초에 전 예전의 기억이 없지 않습니까? 우선 이것을 읽어보시길 바랍니다."

레이지는 들고 온 두터운 일기장 세 권을 케인즈의 책상 위에 올려놓았다.

"이건 뭐냐?"

"기억을 잃기 전 제가 썼던 일기입니다."

"일기? 이걸 나에게 보여줘도 되는 거냐?"

아들이 일기를 쓰고 있다는 것 정도는 이미 알고 있었다.

반년 전에 아들의 방에서 일기장을 발견하고 보려고 할 때 격하게 화를 내는 레이지를 보고선 화들짝 놀랐던 기억을 떠올렸다. 그렇게 화내는 레이지는 처음이자 마지막이었다.

"뭐 어떻습니까? 전 예전의 기억이 하나도 없습니다. 특별히 부끄러울 것도 없고요."

"흐음, 그래도 이건 좀……."

"꼭 읽어주시길 바랍니다."

레이지는 일기장 하나를 꺼내 직접 펼쳐 케인즈에게 건넸다.

"일기 옆에 붉은색 종이를 껴서 표시해 놨습니다. 해당 페이지를 펼친 뒤 빨간 테두리로 쳐진 곳만 읽으셔도 됩니다."

케인즈는 그답지 않게 우물쭈물하며 일기장을 읽기 시작했다. 아무래도 남의 일기장을 읽는다는 게 마음 편하지 않은 터라 빨간 테두리가 쳐진 곳만 골라서 읽으면서 다른 곳은 일부러 무시하고 넘어갔다.

하지만 그건 온전한 일기장이 아니었다.

레이지 본인에게 불리할 수 있는 부분, 예를 들면 형의 암살 시도 같은 절대 그냥 넘어갈 수 없는 내용들은 일부러 뜯어서 따로 보관했다. 그가 아버지에게 건넨 내용들은 대부분 아버지의 훈련 때문에 망가지는 아들의 모습이 주를 이루었다.

"흐음, 네가 이런 생각을 하고 있었다니. 흐음, 게다가 이건……."

케인즈의 이마에 주름이 잡혔다.

그는 아들을 힐끗 쳐다봤지만, 레이지는 미소를 지으며 개의치 않으니 계속 읽으라는 눈빛을 보냈다.

20분이라는 시간 동안 일기장을 모두 읽은 케인즈의 입에서 깊은 한숨이 새어 나왔다.

"그동안 내가 너에게 너무 무심했구나. 미안하다."

"아닙니다. 어차피 전 기억하지 못하는 일뿐이라 일기에 쓰인 것처럼 서운함을 느끼거나 하는 건 일체 없습니다."

아들이 오러를 익혔다는 기쁨은 완전히 사라진 지 오래였다.

흥분을 가라앉힌 케인즈는 의자에 앉아 아들의 말을 경청하기 시작했다.

"그러니까 네 말인즉, 가문의 비전이 너에게 그리 효율적이지 못하다는 이야기냐?"

"효율적이지 못하다는 것에 그치면 차라리 낫습니다. 제가 3개월 동안 누워 있어야 했고, 결국 기억을 잃은 것을 감안한다면 가문의 비전이 저에게 악영향을 끼쳤다고밖에 생각할 수 없습니다. 그렇기에 비전에 의지하지 않고 혼자 파고들어 보겠다고 말씀드리는 것입니다."

아무렇지 않은 표정으로 이야기하는 레이지였지만 속마음은 정반대였다. 빠르게 갈 수 있는 길을 피해 돌아가야 하는 안타까움 때문이었다.

"아, 물론 비전의 유무와 상관없이 아버지의 실력이 결코 떨어진다는 게 아닙니다. 페리슨이나 다른 하녀들에게 들은 바, 아버지는 10대 소드 마스터 중 최정상이라고 칭송을 아끼지 않더군요."

"허허, 다들 그렇게 생각하고 있었나."

"그렇기 때문에 다른 이들이 벽이라고 생각하는 부분을 큰 고난 없이 쉽게 넘어가셨을 가능성이 높습니다. 본인 자신이라면 그런 경우가 발전을 위해 큰 도움이 되었겠지만, 타인을 가르쳐야 하는 입장에선 그 '벽'을 넘어서는 방법까지 설명해야 하죠. 아버님께선 그냥 훌쩍 뛰어넘은 부분을 말입니다."

"아하, 네 말을 듣고 보니 그렇구나."

"역설적이게도 아버님의 그 뛰어난 자질이 교육자의 입장에선 독이 된 셈입니다."

사실 이건 레이지가 제이워드였을 때의 이야기이기도 했다.

타고난 지능을 바탕으로 한 엄청난 기억력과 분석 능력 덕분에 매직 유저 중 최고봉인 아크메이지에 다다를 수 있었으나, 직속제자는 단 한 명뿐이었다. 그나마 수련 도중 도망치기까지 했다. 자신의 기준으로 남을 가르친 탓에 그의 마법 수업을 따라올 수 없었다.

"지금 와서 생각해 보니 네가 쓰러지기 전 매번 같은 실수를 하는 걸 보고 이해할 수가 없었지. 난 실수없이 넘어간 부분이었거든. 그래, 그렇구나."

자신의 단점을 지적하는 아들의 말에 케인즈는 고개를 끄덕거렸다. 평소 같으면 '어디서 감히 아버지가 시키는 대로 따라 하지 않고 무슨 말이냐!' 라고 혼찌검을 냈겠지만, 자신의 강요 때문에 아들이 3개월이나 누워 있던 걸 생각하면 죄책감을 떨쳐낼 수 없었다.

무엇보다 일기장에 구구절절 적힌 분노와 억울함은 읽는 케인즈 본인마저 화가 나게 할 정도였다. 본인이 저지른 일임에도 불구하고.

"미, 미안하구나."

"아닙니다. 아들의 미흡한 성장을 보다 못해 초조해지셨기 때문이겠죠. 게다가 제가 보통 개자식이었습니까? 저는 괜찮습니다."

"그, 그렇게 말할 것까지야 있느냐?"

"아, 제가 실수했군요. 개자식이라면 아버지를 개로 표현한 셈이니까요. 너그럽게 넘어가 주시길 바랍니다."

어차피 자신의 영혼이 자리 잡기 전에 일어난 일.

레이지는 마치 남의 일인 양 과거의 일을 아무렇지도 않게 넘어갔다.

"그래서 말입니다만, 혹시 가문에서 이 비전을 익히지 못한 조상 분들에 대한 목록이라든지 왜 비전을 익히지 못했는지에 대한 분석 자료 같은 건 없습니까?"

"그, 그게 말이다. 비전을 익히지 못하면 그냥 포기하는 경우가 대다수여서 따로 정리해 둔 건 없단다. 내 아버지, 즉 너의 할아버지의 경우가 그러했지만 말이다."

레이지는 작게 한숨을 내쉬었다.

"그렇다면 혹시 할아버님께서도 저처럼 3개월씩이나 쓰러지신 적이 있었습니까?"

"그런 적은 없으셨을 거다. 단지 비전대로 아무리 수련해도 오러 랭크를 올릴 수 없었다고 하셨지."

"제 일기장에 적힌 것처럼 구역질이라든지 아프신 경우가 있었습니까?"

"그, 그것까진 잘 모르겠구나."

"그렇군요."

레이지는 무덤덤하게 대답하며 고개를 옆으로 돌렸다. 케인즈의 시야가 닿지 않는 부분의 얼굴이 살짝 일그러졌다.

'몸만 쓰는 놈들은 이래서 문제야. 그런 걸 체계적으로 정리해야 나중에라도 비전을 익히지 못하는 자가 나타날 경우 합리적으로 대처할 수 있잖아.'

근본이 마법사였던지라 생각이라곤 도통 하지 않는 무가 특유의 가풍에 레이지는 씁쓸함만을 느꼈다.

하지만 지금 와서 불평하는 건 소용없다. 포기할 부분은 재빨리 포기하고 다른 방법으로 나가는 수밖에 없다.

"그래도 스승 없이 홀로 수련하기엔 너무 힘들지 않느냐? 내가 적절한 사람을 골라 비전이 아니더라도 오러 수련에 도움을 주도록 하고 싶은데, 괜찮겠느냐?"

"아닙니다. 그저 홀로 수련에 집중할 수 있는 수련장 정도만 있으면 됩니다."

"가문 대대로 쓰이던 곳이 있긴 한데, 그것만으로 충분하냐? 진짜 스승이 필요하지 않느냐?"

"사실 제가 기억을 잃기 전 평판을 대충 알아보니 도저히 다른 곳에서 스승을 구할 수 있는 상황이 아니더군요. 크로이덴이라는 가문의 이름에도 불구하고."

"……."

"지금이야 기억을 잃어서 그랬는지조차 잘 모르지만 그걸 다른 이들이 당장 알아볼 수 없지 않습니까?"

"그렇다고 해도 스승 없이 오러의 길을 걷는 건 좀……."

끝내 스승이 필요없다는 레이지의 고집에 케인즈는 고개를 갸웃거렸다. 하지만 이는 레이지 나름대로의 계산이 들어간 발언이었다.

'아무래도 저 케인즈라는 남자는 케이지처럼 둘째 아들도 빠른 성장을 할 거라고 믿은 거 같아. 단순히 버르장머리를 고치기 위해 직접 혹독하게 몰아붙인 것만은 아닐 거야.'

열일곱 살에 오러를 습득하고 열아홉 살에 소드 마스터가 된 레이지의 형 케이지.

최소 오러 랭크 5에 도달해야 부여받을 수 있는 소드 마스터의 칭호를 오러에 눈을 뜬 지 단 2년 만에 얻었다는 경우는 예전 제이워드의 육체로 살았을 때도 들어본 적이 없다.

'이건 비전 이전의 문제야. 자식의 과도한 성장을 바라는 부모 밑에서 늘어나는 건 증오와 환멸뿐일 거야. 지금이야 3개월이나 쓰러졌던 것과 일기장 덕분에 내 앞에서 우물쭈물하지만 다시 나를 가르친다면 원래대로 권위적으로 나올 게 뻔해.'

인간은 여러 요소에 의해 변하긴 한다.

하지만 원래 지닌 본질은 쉽사리 바뀌지 않는다. 제이워드 일 때 그는 그걸 40년 넘는 시간 동안 살면서 뼈저리게 느꼈다.

무엇보다 지금은 레이지로 살아야 한다.

혹시라도 예전 제이워드를 떠올리게 하는 그 어떤 행동도 남에게 들켜서는 안 된다. 아버지가 골라준 스승이라면 수련 도중 발생할 자신의 일거수일투족을 하나하나 아버지에게 다 보고할 것이 뻔하다.

"한번 스스로 오러에 대해 깨달아가고 싶습니다. 부탁입니다."

"네가 그렇게 오러의 길을 걷고 싶어하다니… 기쁘면서도 왠지 착잡하구나."

자신에게 불평불만을 늘어놓기만 했던 아들의 옛 모습은 온데간데없었다. 넘치는 의욕을 보여주며 능동적으로 변한 지금의 아들에게 이제까지 만끽하지 못했던 기쁨이 느껴졌다. 하지만 반대로 전혀 딴 사람이 된 듯한 아들의 이미지는 낯설기만 했다.

"그러면 지금 당장에라도 수련장으로 가보도록 하겠습니다."

"너무 빠르지 않느냐? 아직 몸 상태를 더 살펴봐야……."

"보다시피 저는 멀쩡합니다. 몸이 정상인 이상 하루라도 시간을 허비할 수 없습니다. 의욕이 생겼을 때 진행해야죠."

솔직히 지금 케인즈와 이야기하는 시간조차도 아깝게 느껴졌다.

결국 케인즈는 아들의 고집을 꺾지 못하고 수긍했다.

"알겠다."

"그러면 이만 물러나겠습니다."

말을 마친 레이지는 문 쪽으로 걸어갔다.

"아들아."

복도로 나가 문을 닫으려는 순간, 케인즈는 나지막한 음성으로 아들을 불렀다.

"네가 너무 낯설구나. 마치 딴 사람이 된 거 같아."

"그렇습니까? 전 예전의 기억이 없어서 잘 모르겠습니다. 혹시 압니까? 지금의 제가 진짜 모습이었을지도 모르지요."

"그렇긴 하다만 너무 달라졌어. 진짜 내 아들이 맞긴 한 거냐?"

서랍에서 잎담배를 꺼내 입에 문 케인즈의 표정은 다소 우울했다.

"저도 솔직히 말하면 아버지가 남처럼 느껴집니다."

"그러냐."

"하지만 제가 아버지의 아들이 분명하듯이 아버지 역시 저의 아버지임이 분명하죠. 명확한 사실에 괜히 의심을 가지긴 싫습니다. 고민하는 거 자체가 시간 낭비죠."

그 말을 끝으로 레이지는 문을 닫고 나갔다.

케인즈는 부싯돌로 담뱃불을 붙인 뒤 연기를 길게 내뿜었다. 그의 시선이 향한 곳은 맞은편 벽에 걸려 있는 고인이 된 레이지의 어머니, 크리스티나의 초상화였다.

Chapter 03
오러 유저의 길

1

대대로 오러 유저를 배출한 크로이덴 가문에는 그들만의 전용 수련장이 따로 존재한다.

길레터 왕국의 건국과 그 역사를 공유하는 크로이덴이란 이름은 200여 년간 맥을 이어왔다.

레이지는 사냥터 옆에 자리 잡은 공터에 홀로 서 있었다.

"엄청 황량하군."

원래 크로이덴 가문의 본 저택이 있었던 자리로, 길레터 왕국의 반 이상이 전란에 휩싸였던 100년 전 전쟁 때문에 초토화된 쓰라린 기억이 서린 곳이다.

다른 가문이라면 흉한 곳이라며 근처에도 얼씬거리지 않았을 것이다. 하지만 옛날의 수모를 잊지 않고 수련에 매진하자는 의미로 당시 가주는 이곳을 수련장으로 만들었다. 그 전통이 100년이나 이어졌다.

물론 크로이덴 가문에 애착이 없는 지금의 레이지로선 구태의연한 이야기일 뿐이다.

"이곳에 일부러 찾아올 사람도 없을 테고, 적당해."

수련장에 따라왔던 페리슨에게 레이지는 방해받고 싶지 않으니 급한 일이 아닌 이상 이곳에 찾아오지 말아달라고 언질을 한 터였다.

레이지는 커다란 바위 위에 걸터앉았다. 두 눈을 감고 체내의 마나를 하나로 이어 순환시켰다. 어두워진 시야 속에서 작은 빛이 감긴 눈꺼풀을 넘어 들어왔다.

'고작 오러 구현을 하다가 쓰러질 정도라니……. 이렇게 쉬운 걸 못하고 쩔쩔맸다니 이해할 수 없어. 성격이라도 좋았으면 또 몰라.'

자신을 걱정하는 케인즈의 태도에서도 대충 짐작할 수 있었다. 덕분에 별다른 이견 없이 자신이 원하는 대로 수련에 임할 수 있어서 다행이지만.

레이지는 바위 위에서 천천히 몸을 일으켰다.

이젠 움직이면서도 두 손에 오러를 유지시키는 것까지 가능해졌다.

그는 바위 위에 올려두었던 검술 교본을 집어 들었다. 책상 안에 처박혀 있던 책이다. 처음에는 페리슨에게 부탁해 검술 교본을 아무 거나 사오게 하려 했지만, '예전의 레이지' 가 익했던 교본대로 한다면 몸이 기억하고 있을 거라는 판단 때문에 선택했다.

"그러면 시작해 볼까?"

그는 교본에 마법을 걸어 공중에 떠오르게 한 뒤에 그걸 보면서 허리에 찬 검을 뽑아 들었다.

"흐음, 찌르기는 이런 방식이로군. 그러면 다음에는……."

마나가 담긴 손가락을 살짝 휘젓자 페이지가 넘어갔다.

아주 근본적인 검술이지만 지금의 그에겐 반드시 익혀야 할 요소다.

마법사 시절에는 오러 유저와 최대한 거리를 벌리면서 원거리에서 마법을 날려야 했지만, 같은 오러 유저의 입장에선 근접전을 벌일 수밖에 없다. 마법사 시절 자리 잡힌 사고방식부터 깨부숴야 했다.

"역시… 익숙하게 느껴져."

분명히 처음 보는 교본임에도 따라 하기에 큰 무리가 없었다. 오히려 아직 읽지 않은 진도까지 몸이 알아서 따라주고 있었다.

"몸으로 기억하고 있다는 거, 생각보다 편하군."

지금의 머리에는 없는, 육체에 남아 있는 동작이 큰 도움이 되었다.

"이 페이스라면 그리 오래 걸리지 않겠어."

그는 우선 동작 자체를 익혀두기 위해 방해가 되는 갑옷과 윗옷을 벗어던지고 검을 휘둘렀다. 몸이 기억하는 동작은 최대한 넘어가면서 제대로 되지 않는 동작을 집중적으로 반복했다.

얼마의 시간이 흘렀을까.

그의 몸에서 비 오듯 땀이 흘러내리고 있었다. 페리슨이 가지고 왔던 가죽 물주머니를 벌써 세 개나 비웠다.

"헉, 헉! 육체를 단련시킨다는 게 이런 느낌이로군. 곤죽이 된 거 같아."

그는 땀범벅이 된 상태에서 땅바닥에 드러누웠다. 원래 과도한 훈련은 하지 않는다는 생각이었지만 자신이 모르는 동작을 몸이 기억하고 있다는 게 신기하면서도 재미났다.

2

한동안 신나게 검을 휘두르던 레이지는 검집에 검을 집어넣었다. 그리고 두 눈을 감고 마나의 흐름을 제어했다.

머리 위에서 손끝까지 마나가 하나로 이어졌다는 걸 느끼자 그는 두 눈을 떴다. 그러자 오른손과 왼손에서 백색의 빛이 뿜어져 나왔다.

"흐음, 랭크 1단계라는 이야기로군."

그는 허공에 '오러의 모든 것' 이라는 제목의 오러 수련용 교본을 펼쳐 놓고 페이지를 넘겼다.

오러 유저가 되기 위한 가장 큰 벽은 다름 아닌 오러 구현 그 자체.

지금 이 페이지를 읽는 당신이라면 이미 그 벽을 깨뜨린 랭크 1의 오러 유저일 것이다. 조급해하지 말고 다음 랭크에 들어서기 위해 마음을 가다듬도록.

조급해하지 말라는 책 내용에 그의 입에서 쓴웃음이 절로 나왔다.

"막상 오러를 구현해도 검에 부여하지 못하면 아무런 쓸모가 없잖아. 그러면서 조급해하지 말라니, 말이 되는 소리를 적을 것이지……."

그의 입에서 절로 책 저자에 대한 쓴소리가 흘러나왔다.

사실 웬만한 귀족 가문의 경우, 오러 구현 자체에 성공만 하더라도 귀빈과 친지들을 모아 성대한 파티를 하는 게 풍습이다. 물론 대부분 오러 구현 그 자체에만 머무는 경우가 고작이지만 힘에 눈떴다는 것 자체에 크게 기뻐하게 마련이다.

무가라고 해서 크게 다르지 않다. 하지만 레이지 입장에서 오러 랭크 1은 큰 의미가 없었다.

오러를 구현하기 위해선 마나의 흐름을 하나로 잇는 것이 필수적이다. 기본적으로 몸 이곳저곳에 퍼져 있는 혈관을 통해 마나를 하나의 큰 원처럼 순환시킨다는 구조로 퍼뜨려야 할 것이다. 그렇기에 검과 같이 자신의 육체가 아니고, 혈관처럼 마나를 순환시키기 위한 매개체가 없는 사물에 오러를 부여하는 건 어려운 일일 것이다. 하지만 좌절하지 마라. 차분히 오러를 유지하다 보면 언젠가 그대가 쥐고 있는 검이 오러로 빛날 것이다. 그것이 바로 랭크 2단계에 들어섰음을 의미한다.

레이지는 연습용 검을 꺼내 양손에 쥐고 마나를 순환시켜 봤지만 오러는 검 자루를 쥐고 있는 양손에 머무를 뿐이었다.

"지식이 아닌 감성에 의존하는 형식이로군. 이래서야 뜬구름 잡는 식이지. 꽤나 귀찮은 방식이야."

마법은 마법을 구성하는 주문의 의미를 깨닫고, 그 주문에 상응하는 마나가 부여되면 발동되는 식이다. 의미를 깨닫는 데 필요한 건 지식과 이해이지 감각은 아니다.

오러 유저들이 항상 검을 차고 다니는 이유는 랭크 2의 벽을 넘는 것의 힌트와 직결된다. 쓰지 않을 때에도 항상 허리에 차고 다니면서 이것이 자신의 몸 일부라고 끊임없이 생각하며 느껴야 한다.

"그래서였나?"

레이지는 왜 오러 유저들이 항상 무기를 차고 다니는지 이해할 수 있었다. 그전까지는 오러 유저라는 사실을 과시하기 위한 시위용으로만 인식했지만.

느껴라. 그러다 보면 언젠가 검에도 오러를 부여하는 게 가능해진다. 최소 석 달은 잡고 꾸준히 느낌에 집중해라.

"흐음."

그는 검을 왼손에 쥐고서 오른손으로 턱을 매만졌다.

이해는 된다 쳐도 그 '느낌'이라는 것이 너무나 막연했다.

'마법이라면 그냥 이해하는 순간부터 모든 게 해결되잖아. 오러는 왜 이리 복잡하지?'

이성과 감성의 차이점.

레이지의 마음속에서 짜증이 조금씩 일어나기 시작했다.

하지만 이내 지우고선 다시 정신을 집중하기 시작했다. 투덜거리는 것은 마법을 익히든 오러를 익히든 간에 하등 도움이 안 되기 때문에.

3

첫날의 수련 이후 레이지는 교본에 적힌 내용에 따라 항상 검을 허리에 차고 다녔다.

홀로 수련할 때는 물론 식사 중에도, 심지어 잠을 잘 때도 검집 안에 든 검을 두 손에 쥐고 침대에 드러누웠다.

검을 허리에 차고 스테이크를 써는 레이지를 본 페리슨은 '예법에 어긋납니다'라고 충고했지만 레이지는 예법보단 우선 이게 중요하다며 무시해 버렸다. 하녀들 역시 레이지의 뒤에서 수군거렸지만 구경거리가 되는 것 따위 그는 개의치 않았다. 덕분에 레이지에 대한 그들의 평은 '고약함'에서 '괴의함'으로 바뀌었다.

그렇다고 그저 구경거리에만 그칠 수는 없었다. 레이지는 그 나름대로의 궁리도 빠지지 않고 연구를 거듭했다. 검을 구성하고 있는 물체의 특징을 분석해 머릿속에 각인했고, 검뿐만 아니라 다른 물체를 대상으로도 시도해 보았다.

돌멩이처럼 단순한 형태의 물체에서 의자처럼 직선을 위주로 이루어진 물체에 이르기까지 그가 오러를 주입하기 위한 시도는 끊이지 않았다.

그렇게 해괴한 방식의 수련이 이어진 지 어느덧 보름째가 되었다.

*   *   *

"어?"

점심 식사 중이던 레이지의 두 눈이 크게 떠졌다.

그의 옆에 서 있던 페리슨은 안경을 벗어 손수건으로 닦은 뒤 다시 썼다. 식사 시중을 들던 크레아는 유리잔에 물이 넘쳐 흘러 식탁보를 적시고 있음에도 물병을 계속 기울이고 있었다.

"할아범도 봤어?"

"서, 설마 그거 오러입니까?"

페리슨의 반문에 레이지는 나이프를 쥐고 마나의 흐름을 하나로 이었다. 그리고 반쯤 남은 스테이크에 가져가자 나이프가 밝게 빛났다.

"고기가 종잇장처럼 매우 잘 썰리는데? 오러의 효과인가 봐."

힘을 주지 않고 슥 그었음에도 스테이크는 선명한 단면도를 남기면서 슥슥 잘렸다.

이번에는 샐러드 접시를 가져와 그어보았다.

"와, 샐러드도 휙휙 썰리는군. 오러를 익히면 요리할 때 무척 편하겠어. 안 그래?"

오러로 식사를 하는 해괴한 장면을 본 페리슨은 안경을 다시 벗고선 안경에 무슨 이상이 있나 연달아 확인했다.

신이 난 레이지는 넓은 식탁 위에 있는 모든 음식을 자신 앞에 가져와 썰기 시작했다. 고기, 빵, 채소, 과일 등등, 오러에 휩싸인 나이프 앞에 속수무책으로 썰렸다.

'나이프로 고기를 써는 과정은 식사 중에 자연스러운 행동이야. 게다가 나이프의 목적 자체가 음식을 썰기 위해 만들어진 거고. 나이프 자체는 철 하나로 이루어져 있고 모양 자체도 하도 봐서 익숙했어. 그렇다면……'

물체를 이해하기 위한 요소 중 두 가지.

형태와 목적.

이제까지 물체의 구성원과 형태에 집중하고 있던 레이지에게 '목적'은 떠올려 본 적이 없었다.

'드디어 랭크 2로 들어섰군. 뭔가 한 가지 깨달은 거 같아. 앞으로 갈 길이 멀지만 우선 순수하게 기뻐하자.'

레이지는 오러가 깃든 나이프와 포크로 신나게 식사를 마친

후 자리를 떴다.

"이거 어떻게 하죠?"

크레아는 엉망진창이 되어버린 식탁을 바라보며 울상을 지었다. 예리하게 썰린 접시와 식탁보가 나뒹굴고 있는 것을 보자니 페리슨의 한숨 소리는 깊어만 갔다.

"어쩌겠나. 도련님이 하신 일이니 우리가 뒤처리해야지."

"전보다 착해지신 것 같아서 좋긴 한데, 대신 엉뚱해지셨어요."

하녀들 중 가장 막내인 크레아는 선배 하녀들로부터 레이지의 악명에 대해 누누이 들었다. 현재까지 레이지가 손댄 까닭에 저택을 떠난 하녀가 벌써 여섯 명이나 되고, 걸핏하면 음식이 맘에 안 든다고 식탁을 뒤엎기 일쑤였다.

막상 크레아가 저택에 들어왔을 땐, 레이지는 쓰러져 침대에 의식을 잃고 누워 있기만 했다. 겉으로 보기엔 제법 잘생기고 귀여운 귀공자 같은 이미지였지만 깨어나면 악마로 돌변할 거라는 생각에 혼자서 방 청소를 할 때에도 절로 긴장될 정도였다.

그런 그가 처음 깨어난 뒤 자신을 지목해 뭔가 물어볼 때는 올 게 왔다는 심정이었다. 하지만 막상 물을 것만 물어보고 돌려보내자 이야기와는 전혀 딴 도련님이라고 느꼈다.

지금 그녀는 그 느낌이 확신으로 변했다.

나쁜 사람은 아니다. 단, 괴의한 사람으로 확정되었다.

"그래도 예전처럼 굴지 않으시니 그것만으로 다행으로 여

겨야지. 안 그런가?"

"네. 그런데 이거 저 혼자 다 치우기엔 벅찰 거 같아요."

"헬렌을 불러오겠네. 아이고."

4

길레터 왕국의 수도 벨거스 성(城).

그 성안에 위치한 왕궁 기사단 건물 내에 한 남성이 편지를 펼쳐 들고 흐뭇한 미소를 짓고 있었다.

20대 중반의 얼굴에 짧게 자른 금발이 화려하면서도 단정한 이미지를 동시에 보여주었다. 그동안 무수한 시련과 험난한 실전을 겪은 터라 얼굴에는 크고 작은 상처가 자리 잡고 있었지만 거칠다는 이미지는커녕 오히려 야성미를 부여했다.

그의 이름은 케이지 A. 크로이덴.

스물두 살의 나이에 길레터 왕국 최연소 왕궁 기사단 단장으로 취임한 이후 스물다섯 살인 지금까지 3년 동안 활약하고 있는 신진 기대주 중 하나이다.

그의 아버지는 길레터 왕국에서 이름난 소드 마스터 케인즈 A. 크로이덴. 아버지의 뒤를 이어 기사단장을 역임한 것을 넘어서리라는 기대를 주변에서 받고 있었다.

"다행이야. 정말로… 다행이야."

그는 최근 몇 개월 동안 시름에 잠겨 있었다. 하나밖에 없는 동생 레이지가 마나 컨트롤에 실패한 여파로 의식 불명 상태에 빠져 있었기 때문이다.

사실 동생과의 사이는 결코 좋다고 할 수 없었다. 자신에 대해 노골적으로 열등감을 드러내는 동생은 그에 대해 강한 분노와 증오를 발산했고, 그런 동생 앞에 형은 어쩔 줄 몰라하며 대처할 방법을 찾지 못했다.

그런 동생이 지난달에 드디어 깨어났다는 소식을 접했다.

집사 페리슨이 보낸 편지를 읽고 나자 그는 한시름 놓았다는 표정을 지으며 한숨을 내쉬었다.

그때 문 너머에서 노크 소리가 들렸다.

"들어오도록."

문이 열리면서 20대 초반의 여기사가 경례를 붙인 뒤 그의 책상 앞으로 걸어왔다.

"오, 제나 경이로군. 순찰 임무는 다 마쳤나?"

"네."

케이지가 워낙 어린 나이에 기사단장이 된 덕에 제나 마르키스 역시 아직 어린 스물두 살임에도 그의 부관이 될 수 있었다. 자연스럽게 그의 곁에 젊은 기사들이 모여들었던 까닭도 있지만.

"뭔가 즐거운 일이라도 있으십니까?"

상관의 감정 변화를 알아챈 제나의 말에 케이지는 멋쩍어하면서 편지를 다시 봉투 안에 넣고 책상 위에 내려놓았다.

"그동안 내 고민거리 중 하나가 드디어 해결되었거든."

"동생 분께서 깨어나셨다는 이야기 말입니까?"

"아, 제나 경도 들었나?"

그는 기쁨을 감추지 못하고 얼굴 가득 미소를 머금었다.

"참으로 다행이야. 사실 모두 포기하고 있었던 거나 다름없거든."

"그렇군요."

여자임에도 건조한 성격에 속하는 제나는 상관의 말에 무뚝뚝하게 대답했다. 단지 평소와는 달리 뒷짐 지고 있는 두 손에 땀이 흠뻑 배어 있었다.

"그런데 안 좋은 소식도 함께야. 막상 깨어나긴 했지만 원래의 기억을 송두리째 까먹었다는군."

"그게 사실입니까?"

"솔직히 나도 믿기 힘들지만, 주변 사람들 모두 그렇게 말하고 본인 역시 기억 못한다고 하니 어쩌겠나. 참으로 안타까워."

모든 것이 잘될 수만은 없는 법.

케이지는 그저 동생이 다시 깨어난 것에 순수하게 기뻐하기로 했다.

"이번 달 중순쯤에 휴가를 신청해서 본가에 들를 예정이야. 지금이야 업무가 밀려서 어쩔 수 없지만 이번 달 내로 어떻게든 시간을 내봐야지. 휴가 관련 일정은 제나 경에게 일임할 테니 잘 부탁하네. 사실 그것 때문에 부른 거거든."

"네, 잘 알겠습니다."

제나는 들어올 때와 마찬가지로 조용히 방 밖으로 사라졌다.

홀로 남은 케이지는 뭐가 그렇게 기쁜지 연신 미소를 지으면서 저녁노을이 깔린 창문 밖을 응시했다.

"정말 다행이다, 정말로……. 레이지."

*　　　*　　　*

완연한 어둠 속에서 홀로 빛나고 있는 촛불.

하루 일과를 마치고 취침 전까지의 짧은 자유시간을 만끽하기 위해 기사들이 모여드는 휴게실은 평소와 달리 어두컴컴했다.

탁자 위에 놓인 촛불에 비춰진 기사들의 얼굴에는 그림자가 짙게 깔려 있었다. 그들에게 절대 있어서는 안 되는 일이 얼마 전 발생했다는 소식 때문이었다.

"……!"

문이 열리는 소리에 탁자에 앉은 이들 모두 몸을 움찔거렸다. 도로 문이 닫힌 후 누군가가 걸어왔고, 촛불 앞에 얼굴을 드러내자 기사들은 비로소 안도의 한숨을 내쉬었다.

"제나 경, 본인이라고 밝히고 들어오면 좀 좋잖아?"

"미안하다."

그녀는 무뚝뚝하게 대답한 뒤 의자에 앉았다.

"빠진 사람 없지?"

"비번인 테르오 경과 현재 야간 근무 중인 오르앙 경에겐 미리 말해두었어. 여기 모인 네 명을 합하면 전부 맞아."

그들의 공통점은 왕궁 기사단장인 케이지의 직속 부하라는 사실이다. 일명 '케이지 친위대'라고까지 불리는 그들은 유달리 케이지에 대한 충성심으로 기사단 내에 소문이 자자했다.

"제나 경은 그 소식 들었어?"

"레이지가 깨어났다는 이야기?"

동료 기사 바르테스의 질문에 제나의 눈초리가 살짝 가늘어졌다.

"방금 전 단장님께 직접 확인했다. 레이지가 깨어난 게 확실해."

그녀의 말에 동료 기사들은 일제히 얼굴을 일그러뜨리며 분통을 터뜨렸다. 분을 참지 못하고 누군가가 탁자를 걷어차자 촛불이 좌우로 크게 흔들리면서 사라졌다가 다시 어둠 속에서 모습을 드러냈다.

"그 망할 개새끼가 도로 깨어나다니, 신은 너무해. 왜 그런 녀석을 데려가지 않는 거지?"

"단장님을 죽이려 한 주제에 멀쩡히 숨쉬고 있다니, 참으로 낯짝도 좋군."

"역시 근본이 천한 것들은 어쩔 수 없어. 첩의 자식 주제에 가만히 재산이나 얻어갈 것이지……."

레이지에게 일방적인 분노를 쏟아내는 데에는 나름대로의 이유가 있었다.

그들은 모두 예전 레이지에게 최소 한 번 이상 화풀이를 당한 경험이 있었다. 특히 바르테스의 경우 다른 기사단원들이

보는 앞에서 따귀를 맞은 후 얼굴에 침까지 묻어버린 수모를 겪어야 했고, 제나의 경우 여자임에도 그의 발에 얻어맞고 쓰러진 뒤 발길질에 수십 번이나 걷어차이기까지 했다.

레이지가 같은 오러 유저였다면 기사의 명예를 실추시켰다는 이유로 결투라도 걸 수 있겠지만 그렇지 않기에 마음속으로 삭여야만 했다. 또한 그들이 진심으로 따르는 케이지의 동생이라는 점 때문에 맘에 안 들더라도 겉으로 표현하는 것조차 힘들었다.

하지만 그건 어디까지나 레이지가 넘지 말아야 할 선을 지켰을 때에 해당하는 이야기였다.

"앞으로 어떻게 하지? 이대로 기다리고 있을 수는 없잖아?"

레이지가 깨어났다는 사실은 그들에게 재앙의 부활이나 마찬가지였다.

수모를 다시 당하는 것까진 어떻게 참아 넘길 수 있다.

하지만 또다시 케이지 경에 대해 허튼 짓을 하려 한다면 이전처럼 사전에 막아야 한다.

그들은 탁자를 사이에 두고 고민에 빠졌다.

예전과 달리 여러 가지 변수가 생겼기에 섣부르게 행동했다간 그들의 상관인 케이지에게 누가 갈 수 있다.

"재미있는 이야기를 들었어."

침묵을 가장 먼저 깬 이는 제나였다.

"단장님의 말에 의하면 레이지는 깨어난 이후 이전의 기억을 모두 잃었다고 해."

"그게 정말이야?"

"최소한 단장님은 그렇게 믿고 있다."

전혀 의외의 변수가 등장하자 기사들은 동요하기 시작했다.

"기억을 잃은 게 과연 진짜일까?"

"마나 컨트롤 실패로 기억을 잃었다는 경우는 아직 본 적이 없어. 거짓말일 가능성이 커."

"아니면 자신을 누군가 노렸다는 걸 눈치채고 연막작전을 펼치려는 것일지도 몰라."

"이미 우리라는 걸 알아챈 거 아닐까?"

추측만이 서로 오가는 가운데 그 누구도 확실한 결론을 내리기 어려운 상황이 자리 잡았다.

서로 한바탕 이야기를 주고받은 뒤에 다시 침묵이 이어졌다.

"우선 지켜보자."

이번에도 침묵을 먼저 깬 이는 평소에 가장 말이 적고 짧은 제나였다.

"그래도 괜찮을까?"

"우리라는 증거가 있다면 깨어나자마자 신고했을 거야. 단장님이 몰락하길 가장 바라는 인간인데 가만히 있다는 건 우리라는 심증만 있고 증거는 못 잡았을 가능성이 커."

그녀의 말에 다른 기사들은 모두 고개를 끄덕이며 동의했다.

"하지만 그렇다고 이렇게 기다리고만 있을 수는 없어. 지난번처럼 먼저 손을 써야 해."

유일하게 바르테스만이 그녀의 의견에 반박하며 강경론을
펼쳤다.

"어떻게?"

"같은 방식은 쓸 수 없으니 다른 수를 모색해야지."

레이지에게 당하기만 하던 이들을 하나로 모아 계획을 짠
자는 다름 아닌 바르테스였다. 그는 어떻게 해서든 레이지라
는 존재 자체를 이 세상에서 지워 버리고 싶었다.

"바르테스 경, 이것만은 명심해 줘."

촛불이 만들어내는 희미한 빛 속에서 그녀의 눈빛이 날카롭
게 변했다.

"우리가 레이지를 없애려 하는 이유는 어디까지나 단장님
을 위해서지 우리 자신을 위해서가 아니라는 것 말이야."

Chapter 04
귀찮은 인연

1

베르시아 신성력 1392년 9월 15일.

제이워드가 레이지가 된 지 한 달이 훌쩍 지나갔다.

평소처럼 크로이덴 가문 전용의 수련장에서 구슬땀을 흘린 레이지는 근처에 자리 잡은 호숫가에서 몸을 말끔히 씻었다. 그리고 가지고 온 여벌의 옷으로 갈아입은 뒤 저택 안으로 들어갔다.

"레이지 도련님, 고생하셨어요."

"이거 좀 부탁해. 언제나 고마워."

그는 어느 때처럼 들고 온 갑옷을 입구에서 기다리고 있는 하녀 크레아에게 맡기고 기지개를 폈다. 몸 이곳저곳이 쑤시는 게 무척이나 피곤했지만 그만큼 성장했다고 생각하며 나름 성취감을 느끼는 중이었다.

"응?"

평소와 달리 저택 안 분위기가 어수선했다. 하녀들이 종종 걸음으로 이리저리 돌아다니며 저택 안 구석구석을 청소하는 중이었고, 꽤나 향기로운 음식 냄새가 조리실에서 흘러나오고 있었다.

뭔가 다급한 표정으로 하녀들에게 지시를 내리던 집사 페리슨은 뒤늦게 레이지를 발견하고는 후다닥 뛰어왔다.

"도련님, 죄, 죄송합니다. 워낙 바쁜 상황이라……."

"괜찮아. 한눈에 봐도 정신없어 보이는데, 뭘. 그런데 무슨 일이야?"

이렇게 고용인들이 북적거리는 건 레이지의 육체로 들어왔을 때 이후 처음이었다. 페리슨은 안경을 고쳐 쓰며 식은땀을 손수건으로 닦아냈다.

"그게… 안젤라 아가씨와 마리에타 아가씨 두 분께서 오신다고 합니다."

"안젤라? 마리에타? 누구야?"

크레아에게 자신과 관련된 인물에 대해 죄다 물어봤지만, 유독 두 여성의 이름만큼은 기억나지 않았다.

"나 기억상실중인 거 알지? 이렇게 부산을 떨 정도면 꽤 중요한 인물인가?"

"크로이덴 가문과 오래전부터 친분을 이어온 포르테 가문의 아가씨들이십니다. 안젤라님은 케이지님과 약혼한 사이지요."

"포르테?"

낯설지 않은 성이었다.

레이지는 턱을 매만지며 옛날의 기억을 떠올렸다.

'보르가이나 공선전 때였던가. 즈루즈 언덕 공방전이었을 때였나?'

왠지 모르게 전쟁에 관련된 기억만이 연관되어 떠올랐다.

하녀들은 여전히 저택 안을 깔끔하게 청소하느라 정신이 없는 반면, 두 눈을 감고 홀로 냉정하게 생각에 잠겨 있는 소년의 모습은 매우 이질적이었다.

"아!"

레이지는 손바닥을 치며 기억 속에 깊게 파묻혀 있던 이름을 기억해 냈다.

"그 포르테 가문인가?"

"그 포르테라고 하심은……."

"거 왜 있잖아, 프라디나스 대륙전쟁 때 나름 활약한 마법사 가문."

수많은 전장을 거쳐간 레이지는 잠시 자신과 함께 전쟁에 참여했던 노년의 마법사를 기억해 냈다.

길게 자란 흰 수염이 인상적인 60대 나이의, 서클 6의 마법사 펠튼 M. 포르테는 자신보다 서른 살이나 어림에도 서클 7인 아크메이지의 경지에 다다른 레이지에게 크나큰 관심을 보였다.

하지만 레이지 입장에선 그 나이가 되도록 아크메이지의 아래 등급인 위저드(Wizard)에 머무른 할아범 따위는 거들떠보지도 않았다. 그래도 전투에선 그의 기준으로 그럭저럭 활약한 터라 나름대로 기억에 남아 있었다.

"나름이라뇨! 길레터 왕국 최고의 마법사인 펠튼님의 가문입니다! 두 분은 바로 그 펠튼님의 손녀라고요!"

포르테 가문을 대수롭지 않게 여기는 레이지의 말투에 페리슨은 펄쩍 뛰었다.

"도련님, 두 아가씨께선 1년에 몇 번 저택으로 직접 찾아오시는 귀빈 중 한 명이십니다."

"그래서 다들 저리 난리를 피운 거로군."

"게다가 안젤라님은 조만간 새 가족이 되실 분입니다. 그러니……."

"알았어. 알았다고. 예의 바르게 행동하란 말이지?"

귀찮은 것은 질색인 레이지였지만 귀족의 아들인 이상 어쩔 수 없었다.

'그러고 보니 일기장에서 본 기억이 나는 것 같기도 해.'

하지만 얼굴도 본 적이 없는 여자에게 관심없는 그에겐 일기장에 가끔씩 스쳐 가는 이름에 불과했다. 그래서 굳이 기억하려고 노력하지도 않았다.

"하아임! 졸리네."

막 수련을 마치고 돌아온 터라 연신 하품이 나왔다.

"할아범, 나는 잠 좀 자고 올 테니 그 안젤라인지 마리에타인지 뭔지 하는 아가씨 오면 건강상 문제가 있다고 못 나온다고 전해줘."

"도련님!"

"피곤하단 말이야. 잘 둘러대 줘. 난 할아범밖에 없다니깐."

2

페리슨의 탄식을 뒤로하고 방으로 돌아온 레이지는 문을 닫았다. 눈을 좀 붙일 작정으로 침대에 드러누웠지만 막상 잠은 오지 않았다.

30분 동안 침대 위에서 뒤척이던 레이지는 결국 자는 걸 포기하고 책상 앞에 앉았다. 무질서하게 쌓여 있는 마법 관련 서적들은 정리와는 거리가 먼 옛날의 모습과 판박이었다. 그는 책갈피를 꽂아놨던 책을 꺼내 펼쳤다.

"제길, 내가 이따위 주문이나 익혀야 한다니."

그가 읽던 책은 마법서 중에서도 서클 1이나 2에 해당하는 마법이 기록된 서적이다.

아무리 많은 지식과 경험을 기억하고 있다 하여도 인간의 뇌에는 기억할 수 있는 용량의 제한이 분명 존재한다. 특히나 고위 서클에 해당하는 마법일수록 엄청나게 긴 해석이 항상 따르며 주문의 길이도 엄청나게 길다.

아크메이지 시절의 그는 어릴 적 익혔던 하위 서클의 마법 대신 최소 서클 5 이상 마법만을 기억하는 식으로 기억 용량을 제어했다. 어차피 당시 그의 마나는 엄청나서 고위 서클의 마법을 마구 써도 마르지 않는 샘처럼 마나가 흘러넘쳤다.

그러나 지금의 육체는 높은 서클의 마법을 쓰기엔 마나가 턱없이 부족했다. 물론 깨어나자마자 시험삼아 써본 마법처럼 서클에 구애받지 않는 몇몇 특수한 마법도 있긴 하다. 하지만 그런 마법의 경우 시전자의 마나량에 따라 위력이 결정되기 때문에 지금의 그로선 손바닥만 한 크기의 불길밖에 일으키지 못한다.

결국 당장에라도 사용 가능한 낮은 서클의 마법을 익히기로 결정했다. 오러든 마법이든 수련을 게을리 하면 엄청난 속도로 실력이 감퇴하기 때문에 기초라도 익혀놔야 한다. 무엇보다 말이 초급이지 오러만 쓰는 검사보다 마법도 같이 익힌 쪽이 좀 더 유리하다는 판단 때문이기도 했다.

"어디 한 번 시험해 볼까?"

레이지는 책을 덮고 방금 전 읽었던 주문을 입으로 외우면서 왼손을 문 쪽으로 가져갔다.

"후스(잠겨라)."

보통 마법이 두 개 이상의 단어로 시전되는 것과 달리, 단 하나의 룬 문자로 구성된 주문에 반응한 마나가 빛을 내며 손에서 빠져나가더니 문에 닿으면서 사라졌다.

"역시 간단하군."

이건 서클 1의 마법적인 잠금을 실시하는 주문으로, 열쇠가 있어도 열지 못한다. 게다가 평상시 쓰는 말이 아닌 직접 룬 문자를 발음해서 시동한 거라 한 서클 더 높은 위력을 발휘한다.

물론 낮은 서클이라 더 높은 서클의 잠금 해제 주문에 파훼되며 강력한 물리력 앞에서도 풀려 버린다.

그는 문에 다가가 손잡이를 돌려봤다. 잠그지 않았음에도 열리지 않음을 확인하고 고개를 끄덕거렸다.

"역시 해석 자체는 어렵지 않아. 룬 문자로 구동하는 것도 어렵지 않고. 마나량만 원래대로 회복되길 기다려야지."

투덜대긴 했지만 현재 그는 적은 마나로도 마법을 효율적으로 사용 중이었다.

대표적인 예가 체력 회복용 포션을 스스로 제작해서 매일 복용하고 있다. 현재 보유한 체력을 가급적 빨리 수련으로 소모시키고 포션으로 회복한 뒤 다시 소모하는 식으로 효율을 꾀했다.

단순히 매일 일정 시간 동안 수련하는 것만으로 실력은 쉽게 늘어나지 않는다. 최대한 집중한 상태에서 마나든 오러든 수련하는 게 중요하다. 예전 마법사 시절에도 먹는 시간은 물론 씻는 시간과 잠까지 잊어버릴 정도로 마법 해석과 연구에 집중해 몰두했다.

그때엔 마법을 사용한 뒤 빠른 마나 회복을 위해 마나 회복용 포션을 들이켰지만 지금은 오러 수련을 위한 체력 회복이 급선무였다.

포션 제작은 서클 1의 마법에 해당하지만 재료 자체가 제법 값이 나가는 터라 쉽사리 복용하기 힘들다. 다행히 귀족 가문 인지라 돈만큼은 모자라지 않았다.

"흐음, 이번 마법은……."

그는 다시 책상 앞으로 가더니 마법서를 읽기 시작했다.

페이지가 넘어가는 소리만이 들릴 정도로 방 안은 고요했지만 그의 눈동자는 빠른 속도로 좌에서 우로 움직이며 내용을 파악했다.

순식간에 책 한 권을 다 읽은 레이지는 다음 책을 꺼내 펼쳤다. 도중에 쓸 만한 마법이 나오면 직접 시전해 보면서 확인하는 식이었다.

한 시간 동안 두 권의 두툼한 마법서를 독파한 레이지는 뼈근함을 느끼며 기지개를 켰다. 목을 돌리다 우두둑 하는 뼈 소리가 들렸다.

"휴우, 이젠 진짜로 자야겠어."

수련과 노력을 꾸준히 하는 만큼 휴식도 확실히 취해둬야 한다. 체력 회복 포션으로 회복한다 해도 한계는 분명히 존재한다. 특히나 육체의 성장이 밑거름이 되는 오러의 수련에 무리는 금물임을 직접 수련하면서 깨달았다.

똑똑.

"뭐야?"

하품을 하며 침대로 걸어가던 그의 귀에 노크 소리가 들렸다.

"무슨 일이야?"

하녀들, 혹은 페리슨이라 생각한 레이지는 졸음 때문에 살짝 짜증을 내며 이불 안으로 들어갔다.

"혹시 그 안젤라인가 마리에타인가 하는 아가씨가 와서 그런 거라면 신경 끄라고 해. 도저히 일어설 수 없을 정도로 피곤하다고 대충 둘러대 줘."

"……그런 것치곤 말을 참 잘하는군요."

"어?"

날카로운 여성의 음성이 문 너머에서 흘러 넘어왔다.

레이지는 침대 밖으로 나와 문에 걸었던 잠금 마법을 해체하고 문을 열었다.

"오래간만이에요, 레이지."

3.

아름다운 금발을 허리 아래까지 기른 젊은 여성은 다소 인상을 쓰며 레이지를 바라보았다. 화사한 드레스가 잘 어울리는, 레이지와 비슷한 나이 또래인 10대 중후반으로 보이는 귀족 여성이었다.

아무 말 없이 자신을 관찰하고 있는 레이지의 행동에 여성은 콧방귀를 뀌며 고개를 치켜올렸다.

'언니 쪽인가, 아니면 동생 쪽이려나. 확실한 건 첫인상만 봐도 꽤나 도도해 보여. 이거 상대하기 피곤하겠어.'

자신을 바라보는 시선은 절대 동등한 인간을 바라보는 시선이 아니었다. 흡사 자신의 하인을 대하는, 고개를 살짝 쳐들고 눈동자를 밑으로 내린 상태에서 내려다보는 시선을 레이지는 '레이지'가 된 이후로 처음 겪어봤다.

'저 시선은 진짜 맘에 안 드는데? 예전의 레이지가 지닌 평판을 생각한다면 이해가 안 가는 것까진 아니더라도……. 서자 출신이라는 것 때문에 얕보는 건가? 아무튼 억지로라도 앉혀야겠어.'

레이지는 그녀를 책상 옆의 의자에 앉도록 권했다. 그러면서 열린 문틈을 살펴보았다.

그곳에선 불안한 표정으로 자신을 몰래 살펴보는 페리슨이 서 있었다.

"할아범, 이 아가씨 성함이?"

"마, 마리에타 M. 포르테님이십니다."

"동생 쪽이셨군. 할아범, 마실 거라도 좀 내오도록 해."

"네, 넵! 알겠습니다."

페리슨은 레이지의 말이 떨어지기가 무섭게 허겁지겁 달려나갔다.

'동생 쪽이 이런데 언니 쪽은 얼마나 더할까? 귀족 여성들은 이래서 상대하기 골치 아파. 그나저나 M의 칭호를 지니고 있다니…….'

레이지는 마리에타의 이름과 성 사이에 'M'이란 칭호가 붙은 것에 의외라는 표정을 지었다.

'이 육체와 비슷한 나이대로 보이는데 벌써 위저드? 아니

지. 여자이니 위치(Witch)겠군. 그 나이에 최소 서클 5의 마법 사라니 조금 대단하군.'

다른 마법사 기준으로 조금이 아니라 '엄청' 대단한 편이지 만 레이지의 입장에선 풋내기에 불과했다.

'마나를 억제하고 있지만 그 본질 자체는 서클 5를 넘어서 기에 충분해. 서클 6의 지독한 한계만 넘어설 수 있다면 또 한 명의 아크메이지가 탄생할지도 모르겠군. 아니, 그건 역시 무 리일 거야.'

레이지는 마리에타의 몸에서 흘러나오는 마나를 감지하며 나름대로의 평가를 머릿속에서 내리고 있었다.

그러나 마리에타의 얼굴은 여전히 살짝 일그러진 그대로였 다.

"레이지, 소문이 사실인가요?"

"소문 말입니까?"

소문이라는 단어에 레이지는 자신도 모르게 몸을 움찔거렸 다. 워낙 전의 레이지가 악평만을 얻었기에 또 무슨 귀찮은 일 을 저질렀나 하는 짜증이 살짝 밀려왔다.

"네, 마나 컨트롤에 실패해서 쓰러진 뒤 깨어나 보니 기억상 실증에 걸렸다면서요?"

"아, 그거 말입니까? 보다시피 기억을 못하겠습니다."

아주 좋은 핑계, 기억상실증.

레이지는 이때다 싶어 한숨을 내쉬며 안타까운 표정을 일부 러 지었다.

"저도 많이 답답합니다. 상대는 내가 누구인지 잘 아는데 막상 전 처음 보는 사람들뿐이니까요."

그는 침대 위에 걸터앉은 채로 한 차례 더 한숨을 길게 내쉬었다.

물론 기억을 잃은 척하면서 귀찮은 질문을 피하려는 의도였다. 어차피 모르는 사실을 계속 캐물어 봤자 대답을 안 하면 되니까.

"진짜인 모양이네요. 절 보고도 처음 보는 사람처럼 대하다니."

"그야 지금 제 입장에선 진짜 처음 뵈는 분이죠. 혹시 기억을 잃기 전의 제가 마리에타님하고 친분이 있었습니까?"

일기장을 다시 뒤지면 대충 알 수 있겠지만 본인이 눈앞에 나타난 이상 직접 물어보는 것이 가장 효과적이다.

천연덕스럽게 물어보는 레이지에게 마리에타는 질렸다는 표정을 지었다.

"진짜… 모르는 모양이군요."

이번에는 마리에타가 길게 한숨을 내쉬었다. 그리고 시선을 다른 곳으로 돌렸다. 방 안을 둘러보던 그녀는 책상 위에 쌓여 있는 책을 집어 들더니 의외라는 반응을 보였다.

"마법서?"

"네, 요즘 마법에 흥미가 생겨서 심심풀이 겸으로 보고 있죠."

사실 심심풀이가 아닌 원래 그의 특기가 마법이다.

물론 서클 7의 아크메이지였다는 사실을 숨기기 위해 대충 둘러댔다.

"지금 심심풀이라고 했나요?"

"네? 그렇습니다만 무슨 문제라도 됩니까?"

마리에타는 어이없다는 표정으로 레이지를 바라보았다. 그리고 오른손을 불쑥 내밀더니 삿대질을 하기 시작했다.

"마법을 우습게 보지 말아요. 단순히 검만 휘둘러서 될 수 있는 오러 유저와 달리 매직 유저의 길은 진지한 노력과 성찰을 필요로 한다고요. 이래서 풋내기들이란……."

그녀는 노골적으로 레이지를 비웃으면서 쥐고 있던 책을 뒤로 휙 던졌다. 이번엔 레이지가 어이없다는 표정을 지었지만 이내 미소를 지으며 원래 표정을 감추었다.

'하아, 지금 누구 앞에서 풋내기라는 말을 내뱉는 거야?'

비록 마나가 적어서 초급 마법밖에 쓰지 못하지만 아크메이지였던 레이지에게 마리에타의 말은 오만함 그 자체였다.

예전 같았다면 호통을 치며 내쫓았겠지만 지금은 그럴 입장이 아니다. 무엇보다 그렇게 과격하게 나오면 혹시라도 자신의 진짜 정체에 대해 의심을 살 수 있다.

레이지는 억지로 미소를 유지하면서 인내심을 발휘했다.

"굳이 신경 써주실 필요는 없습니다. 말 그대로 심심풀이에 지나지 않거든요. 오러 수련만 하다 보면 지겨워서 그런 겁니다."

"오러 수련을 하면서? 듀얼 마스터라도 될 생각인가요?"

마리에타는 코웃음을 치면서 레이지를 향해 얼굴을 불쑥 내밀었다.

"마나 컨트롤에 실패해서 3개월이나 쓰러졌으면 몸 생각해야 하는 거 아닌가요?"

걱정이 아닌 비아냥거림.

레이지는 난생처음 보는 어린 여성이 자신에게 왜 이렇게까지 적의를 드러내는지 이해할 수 없었다. 매직 유저로서 자부심을 가지는 것까지야 납득할 수 있지만 같은 귀족 출신을 대하는 태도치고는 꽤나 무례했다.

'아니, 충분히 그럴 수도 있어. 이 녀석이 이 여자에게 뭔 짓을 했을지 또 알아?'

이전의 레이지가 싸질러 놓은 일을 수습해야 하는 입장에 처하자 화가 나기보단 피곤해지기만 했다. 그런 그의 속마음을 모르는 마리에타는 추궁을 멈추지 않았다.

"매직 유저의 길을 우습게 보는 건가요?"

"그런 건 아닙니다만."

"쓸데없는 호기심으로 마법 서적을 읽는 짓 따위, 당장 때려치워요. 마나와 오러의 길은 양립할 수 있을 정도로 만만한 길이 아니잖아요?"

강하게 나오는 마리에타의 태도에 레이지는 당황함을 넘어서 황당함까지 느꼈다. 하지만 본심을 드러낼 수 없었기에 레이지는 고개를 끄덕이며 그녀의 말을 수긍했다.

"하하, 걱정해 주셔서 감사합니다. 하지만 아까 말한 대로 심심풀이이니 너무 심려치 마십시오. 오러에도 아직 부족한 제가 감히 마법에까지 손을 대겠습니까?"

"그렇게 생각한다니 다행이로군요."

금세 냉정한 말투로 돌아간 마리에타는 다시 의자에 앉았다.

그리고 대화는 이어지지 않았다. 레이지와 마리에타 양쪽 나름대로 눈치를 보면서 뭔가 할 말을 찾을 뿐이었다.

"도련님, 들어가도 되겠습니까?"

"들어와."

페리슨은 그윽한 향기가 물씬 풍기는 고급차 두 잔을 두 사람에게 한 잔씩 건네고 밖으로 나갔다. 그러나 두 명 모두 차에 손도 대지 않았다.

'내가 싫다는 티를 팍팍 내면서도 왜 계속 방 안에 있지? 엉덩이 한번 질긴 여자로군. 제길.'

결국 레이지는 마리에타를 완전히 무시하고 책상에 앉아 마법서를 펼쳐 들었다.

4

처음에는 뒤에 있는 그녀의 존재가 마냥 거슬리기만 했다.

하지만 10여 분 정도가 흐르자 독서에 집중한 그의 머릿속에선 마법에 대한 생각만이 자리 잡았다.

레이지는 빠른 속도로 책을 읽어 내려갔다. 도중에 쓸 만한 마법이 나오면 잠시 읽기를 멈추고 주문을 떠올리며 읊었고, 입으로 작게 소리내어 룬 문자로 변환해 발음했다.

그렇게 한 20여 분이 흐르자 더 이상 마리에타의 인기척이 등 뒤에서 느껴지지 않았다.

대신 그의 바로 옆에 자리 잡았다.

"레, 레이지! 당신, 지금 설마……."

"네?"

침묵을 깨뜨린 그녀의 말에 레이지는 노골적으로 표정을 찡그리며 오른쪽으로 고개를 돌렸다.

마리에타는 경악에 찬 눈빛으로 오른손을 내밀어 그가 읽고 있는 책을 가리켰다.

"룬 문자로 주문을 읊은 건가요?"

"네. 뭔가 잘못되었습니까?"

"룬 문자를 읽을 줄 아나요?"

"그럭저럭요."

"일반 주문을 룬 문자로 변환할 수 있나요?"

"그러면 안 됩니까?"

그는 짧게 질문을 던졌지만 대답을 필요로 하지는 않았다.

다시 책을 읽으려고 정면으로 시선을 돌렸지만 책은 어느새 그녀의 손에 쥐어져 있었다.

"지금 뭐하시는 겁니까?"

"잠시 확인해 보겠어요. 지금 가리키는 부분을 룬 문자로 번역해 보세요."

마리에타는 레이지의 말을 싹 무시하고 책을 펼쳐 휘리릭 넘기더니 손가락으로 한 구절을 가리켰다.

"이것."

레이지는 제멋대로 뭔가 시키는 마리에타의 태도에 기가 막혔다. 그냥 침묵으로 무시하고픈 충동이 강하게 일어났지만, 그녀가 원하는 대로 대답해 주고 다시 공부에 전념하기로 결정했다.

그는 마리에타가 가리킨 부분을 슥 훑은 뒤 목소리에 마나를 담아 룬 문자를 하나씩 발음했다.

"메 후스, 듀 라스카(어둠이여, 사라지거라. 빛이여, 밝게 빛나라)."

의미에 맞게 적절한 양의 마나가 실린 발음으로 그의 입에서 정확한 룬 문자가 발음되자 마리에타는 순간 놀라 책을 떨어뜨릴 뻔했다.

그녀는 정신을 바짝 차리고 페이지를 휙휙 앞으로 넘기더니 또다시 문장을 하나 가리켰다.

"이번엔 이것."

"델 로아 빈 후스(나를 바라보는 이들이여, 잠들지어다)."

"이, 이번엔……."

"라 바스, 디 오르(불타오르는 불길에, 물이여 뒤덮여라)."

레이지는 마리에타가 가리킨 문장을 또박또박 정확한 발음으로 룬 문자로 변환해 발음했다.

"세상에나……! 당신, 진짜 레이지 맞아요?"

마리에타는 레이지의 천연덕스러운 룬 문자 번역에 넋을 잃었다.

룬 문자는 발음에 대응하는 문자를 조립해 쓰는 기존 인간들의 언어와 달리, 문자 그 자체가 뜻에 대응되는 구조로 사용된다.

단, 그렇다 보면 문자 개수 자체가 기하급수적으로 늘어날 가능성이 존재하기 때문에 같은 문자를 다른 방식으로 사용해 여러 가지 뜻을 지니게 변형해 사용한다. 또한 성대를 통해 말하는 구조와 달리, 마나를 목소리에 실어서 발음한다.

예를 들면, 레이지가 문을 닫을 때 읊었던 '후스'라는 단어는 '닫혀라' 뿐만 아니라 '소멸해라', '잠들어라', '사라져라' 등등의 여러 가지 뜻으로도 통용된다.

이는 해당 룬 문자를 발음할 때의 억양이나 문자 발음시 소모되는 마나의 정도, 그리고 어떤 단어 앞에 쓰이느냐에 따라 결정된다. 그러기에 갓 마법에 입문한 초보자가 익힐 수 있는 문자가 아니다.

"대, 대단해······."

열일곱 살의 나이에 서클 5의 마법사가 된 마리에타는 태연하게 룬 문자로 말하는 레이지를 보고 놀람을 감출 수 없었다. 그녀의 상식으로는 절대 혼자서 이룰 수 없는 기술이었다.

"어떻게 룬 문자를 그렇게 완벽하게 익힌 거죠?"

"그야 스승······."

레이지는 과거의 기억에 의존해 나오려던 대답을 입을 다물어 중지했다.

"스승이야 있을 턱이 없죠. 그냥 심심풀이로 룬 문자 교본을 사서 익힌 것에 불과합니다만."

"심심풀이?"

"네, 아까 말한 대로 심심풀이로 익혔습니다. 요즘 오러 수련만 하다 보니 머리가 굳어지는 거 같아서 따로 머리만 돌려 줄 생각으로 시작했죠. 그런데 의외로 재미있어서 쉽게 익혀지더군요. 사실 미흡하다고 생각해 남들에게 비밀로 하려고 했는데 마리에타님께 들키고 말았군요. 하하."

그는 뒷머리를 긁적이면서 부끄럽다는 듯 웃음을 터뜨렸다. 물론 속마음은 절대 그렇지 않았다.

'룬 문자 정도로 상대가 이렇게 놀라다니, 미처 예상하지 못했어. 대충 둘러대긴 했지만 앞으로는 조심해야겠어. 나답지 않은 실수야.'

조금이라도 과거의 자신과 연관될 수 있는 실수를 해서는 안 된다. 지금의 그가 지닌 가장 큰 메리트는 전 육체가 지녔던 장점을 소유하면서 절대 과거의 자신을 타인이 떠올리지 못하게 한다는 점이다.

"룬 문자는 최소 서클 4에 들어선 이후부터 배울 수 있다고 들었어요. 설마 당신 어느새?"

"제 마나가 그렇게 커 보이십니까? 고작 서클 1에 불과할 뿐이죠. 자, 직접 확인해 보시겠습니까?"

레이지는 소매를 걷어 올리더니 태연히 오른손을 내밀었다.

마리에타는 잠시 주춤하더니 그의 손목을 덥석 잡았다. 그리고 실망이 섞인 표정으로 손을 뗐다.

"정말 서클 1 수준에 불과하군요. 그런데도 룬 문자를 완벽하게 발음하다니, 믿을 수 없어요."

"그런데 룬 문자는 서클 4가 된 이후에나 배웁니까? 제가 알기로는……."

레이지가 제이워드였을 때의 스승은 그가 서클 1일 때부터 룬 문자로 마법을 해석하고 시전하도록 가르쳤다. 덕분에 엄청난 고생이 뒤따랐지만 남들보다 더 빠른 성장을 이룰 수 있었다.

"어디서 들었는지 모르겠지만 애초에 룬 문자를 이해하기 위해선 서클 4 이상의 실력을 필요로 해요. 전 서클 3에 들어섰을 때부터 룬문자를 선행 학습했지만, 당신처럼 서클 1에 룬문자를 익혔다는 이야기는 그 어떤 마탑에서도 보고된 바가 없어요. 이건 획기적인 거라고요!"

마법사의 피 때문일까.

처음 보여주었던 도도한 이미지는 온데간데없고, 흥분에 벅차 레이지를 바라보는 그녀만이 서 있었다.

막상 마리에타의 뜨거운 눈빛을 받고 있는 레이지는 따분함을 참지 못하고 하품을 했다.

'룬 문자 몇 개 썼다고 저렇게 놀라다니, 한심하군. 그냥 이 악물고 익히면 되는 거잖아?'

물론 레이지의 입장에서나 나올 수 있는 생각이다.

그는 마리에타의 손에서 책을 쏙 빼내고서 다시 독서에 열중했다.

아니, 열중하려고 했다.

"도련님, 페리슨입니다."

노크 소리와 함께 노집사의 목소리가 문 너머에서 들려왔다.

"또 무슨 일이야?"

"케이지님께서 오셨습니다."

"형님께서?"

레이지는 책을 덮고선 자리에서 일어섰다.

'내 쪽에서 찾아가 볼까 했는데 다행히 알아서 오는군. 좋은 기회야.'

예전의 레이지가 비뚤어지는 데 가장 큰 영향을 미친, 열등감의 근원을 드디어 만나게 되었다.

'과연 어떤 인물일까? 일기장에 적힌 대로 자신을 무시했던 오만한 형에 불과할까, 아니면 정반대의 인간일까?'

5

귀빈을 접대하는 귀빈석에 들어간 레이지는 이미 소파 위에 자리를 잡고 있는 두 남녀를 바라보았다.

한 명은 자신과 같은 금발이지만 짧게 친 머리에 옷 너머로 튼튼한 근육이 느껴질 정도로 단련된 남자였다.

스무 살 중후반 정도로 보이는 이 남자의 얼굴에 크고 작은 흉터가 자리 잡은 걸 본 레이지의 눈매가 가늘어졌다.

'처음 봐도 보통 인물로는 보이지 않는군. 나이는 젊지만 30~40대의 소드 마스터들과 견줄 만큼의 역량과 경험이 느껴져.'

25년 동안 전쟁터에서 많은 시간을 보낸 덕분인지 그에겐 오러 유저라든지 매직 유저에 대한 식견이 남달랐다.

'그 옆에 있는 여자는 안젤라인가?'

그의 옆에 바짝 붙어 있는 여자는 남자와 비슷한 나이 또래이면서 마리에타와 비슷한 얼굴을 하고 있었다.

그리고 또 한 명. 케이지 뒤에 서 있는 여기사는 차가운 시선으로 레이지를 바라보았다.

'케이지의 부하겠군. 결코 고운 시선은 아냐. 하긴, 일기장에 쓰인 대로 행동했으니 날 좋게 보지 않겠지.'

어깨에 살짝 닿을 정도의 단발머리를 한 여기사는 레이지와 시선이 마주쳤음에도 아무런 인사를 하지 않았다. 검은색의 머리카락이 첫 이미지와 묘하게 잘 어울렸다.

뒷짐을 지고 있는 그녀의 허리 오른쪽에는 검이 차여져 있었다. 귀족의 저택에 무기를 휴대하고 들어올 수 있다는 점만으로도 케이지의 신임을 상당히 받는다는 사실을 파악할 수 있었다.

"레이지냐? 몸은 괜찮은 거냐?"

자신을 안타까운 눈빛으로 바라보는 남자의 시선에 레이지는 고개를 갸웃거리며 맞은편 소파에 앉았다. 그를 뒤따라온 마리에타는 레이지와 살짝 거리를 두고서 옆자리에 앉았다.

"혹시 케이지 형님이십니까?"

"정말 날 모르겠느냐?"

케이지의 거듭된 질문에도 불구하고 레이지는 처음 보는 시선으로 형을 관찰했다.

레이지가 항상 케이지를 향해 발산했던 감정.

질투, 혹은 열등감.

그것을 지금 눈앞에 있는 레이지로부터 전혀 느낄 수 없는 케이지였다.

"이런, 그 말이 사실이었구나."

케이지는 현실을 받아들인 뒤 한숨을 길게 내쉬고선 레이지를 바라보았다.

"나다. 네 형인 케이지란다."

케이지는 진짜로 자신의 동생이 기억을 잃어버렸다는 걸 실감하며 축 처진 어깨를 소파에 기댔다. 옆에 있던 여성은 살며시 미소를 지으며 케이지의 오른손을 붙잡았다.

"죄송합니다. 보다시피 제가 이 모양이라……. 형님을 뵈어도 서먹해서 말입니다."

"다 이해한다. 그래도 이렇게 건강한 걸 보니 다행이로구나."

레이지는 낙담하는 케이지에게서 옆에 있는 여성으로 시선을 돌렸다. 물론 뒤에 서 있는 여기사의 표정이 아주 잠깐 변하는 것을 놓치지 않았다.

'아까와는 달리 안심하는 표정이었어. 내 기억이 사라졌다는 사실과 뭔가 관련이 있겠지.'

상대방의 표정을 읽고 자신의 표정을 읽히지 않기 위한 조용한 수 싸움이 이루어지는 와중에도 레이지는 평상심을 유지했다. 그는 레이지 옆에 앉아 있는 여성을 바라보며 조심스레 입을 열었다.

"실례되는 질문인지 모르겠지만, 형님 옆에 계신 여성 분은 혹시 안젤라님이십니까?"

"오래간만이에요, 레이지."

마리에타와는 달리 성숙한 이미지를 보이며 부드러운 미소를 보여주는 안젤라.

마리에타가 귀엽고 도도하다고 평가된다면 그녀는 아름다우면서 인자한 느낌을 보여주고 있었다.

"제가 보다시피 기억을 잃은 터라 어색하게 대해도 이해해 주시길 바랍니다, 형수님."

"어머!"

형수님이라는 단어에 안젤라는 입을 가리면서 놀랐다. 고개를 숙이고 있던 케이지는 번쩍 고개를 들면서 눈을 크게 떴다.

"아, 아직 정식으로 식을 올리시지 않으셨죠? 실례가 되어 버렸군요."

"아니에요. 단지 레이지님의 입에서 형수라는 말을 들은 게 처음이라서 놀랐을 뿐이에요."

예전의 레이지는 안젤라 앞에서 고개도 못 들 정도로 수줍

어하는 소년이었다. 그런 그가 지금은 예의를 갖추고 있으면서 능글맞게 말을 툭툭 내던지고 있었다.

"지금 제 입장에서 두 분을 처음 뵙지만, 이미 결혼한 사이처럼 두 분의 사랑을 느낄 수 있습니다. 그래서 저도 모르게 불쑥 형수님이라는 단어가 튀어나왔군요. 이해해 주시면 고맙겠습니다."

"그, 그래, 고맙구나."

전과는 확연히 다른 자세를 보여주는 레이지의 말에 케이지는 얼떨떨하며 말을 더듬었다.

'첫인상은 그다지 나쁘지 않군. 어머니가 다르고 내 쪽이 서자인 걸 감안하면 케이지의 태도는 따스함을 넘어서 정중함까지 느껴질 정도야. 하지만 이 정도로 확정 지을 수는 없지.'

케이지를 계속 살펴보며 나름 판단을 내리고 있는 레이지는 이전까지의 두 형제 사이의 관계를 더 알아볼 수 있는 주제에 대해 떠올렸다.

레이지는 잠시 헛기침을 한 뒤 조심스럽게 입을 열었다.

"혹시 제가 멋도 모르고 형님께 실례되는 행동을 하고 있는 건 아닙니까?"

"그게 무슨 소리냐?"

객관적으로도 지금 레이지는 케이지에게 하등 예의에 어긋날 말은 하지 않았다.

하지만 이건 일반적인 형제 사이에서의 이야기이다.

"제가 서자라는 사실을 들었습니다만."

"……."

서자라는 단어에 케이지는 입을 굳게 다물었다.

예전과 달리 화기애애하던 두 형제 사이를 다소 의아해하면서도 미소를 지으며 바라보고 있던 두 자매의 표정이 동시에 굳었다.

"대부분 서자라면 같은 형제라도 등급이 나뉘게 마련입니다. 아버지께는 가주님이라는 칭호를 써야 하고, 형이 있을 경우 형님이 아닌 도련님이라고 불러야 하기도 하죠. 전 아버지와 먼저 만났을 때, 제가 아버지라고 불러도 아무런 이견을 제시 안 하시기에 형님께도 형님이라 불러도 되는가 생각했습니다."

같은 귀족이라고 해도 부모 중 어느 한쪽의 핏줄이 천할 경우 자식의 등급은 한 단계 내려가게 마련이다.

사실 그런 이유 때문에 처음 만난 마리에타에게 레이지는 계속 '님'이라는 칭호를 붙였다. 동갑이고 상대가 계속 자신에게 경칭없이 이름만을 부르고 있음에도.

분위기가 경직된 와중에 레이지는 계속 케이지의 표정 변화 하나라도 잡아내기 위해 눈을 떼지 않았다. 물론 그의 부하인 여기사의 행동 역시 상대방이 눈치채지 않도록 살폈다.

'딱히 불쾌해하는 느낌은 아니야. 단지 당황하는 기색은 역력하군.'

레이지의 직설적인 어투 때문일까.

케이지는 단지 레이지가 기억상실증에 걸린 걸 넘어서 아주 딴 사람이 되었음을 절실하게 느꼈다.

사실 자신이 찾아왔다는 말에 알아서 귀빈실을 찾아온 그 순간부터 레이지로부터 강한 이질감을 느꼈다. 예전 같으면 자신이 불러도 싫어하는 티를 팍팍 내면서 고깝다는 눈초리를 보내곤 했으니까.

단, 그런 동생이라 하여도 마리에타 앞에서는 고분고분했기에 그녀와 같이 부른 것이다. 하지만 굳이 그럴 필요까진 없었다.

"만일 이전에 형님을 도련님이라고 불렀다면 그대로 따르겠습니다."

"아, 아니다. 이전에도 넌 나를 형이라고 불렀단다."

"그렇다면 다행입니다."

레이지와 케이지는 동시에 안도했다.

단 케이지의 경우는 표정으로, 레이지의 경우는 표정 변화 없이 마음속으로만.

"레이지, 너 확실히 달라졌구나."

"그렇습니까?"

케이지를 대할 때 레이지의 마음속을 차지했던 열등감을 전혀 찾아볼 수 없었다.

비굴하면서도 비뚤어진 시선 대신 당당하면서도 자신이 품고 있는 생각을 직설적으로 내던질 수 있는, 전에 알던 동생과 전혀 다른 레이지가 되어 있었다.

"형님께서 이런 분인 줄 알았다면 진작에 만나 뵐 걸 그랬나

봅니다."

"글쎄, 난 그리 좋은 형은 아니었단다."

"서자인 저에게 형이라고 부르는 걸 허락해 주는 것만으로도 충분하다고 생각됩니다만."

이야기가 오가는 와중에 두 형제가 주고받는 것은 서로가 서로를 높게 평가하는 호의 섞인 시선이었다.

자연스럽게 두 남자 곁에 있는 두 여성은 대화에서 소외되었다. 안젤라 쪽은 딱히 불쾌함을 표현하지 않고 케이지의 곁에서 두 형제의 대화를 경청하고 있었다.

단지 마리에타는 너무나 달라진 레이지 때문인지, 아니면 대화에서 제외되어서였는지 표정이 그리 밝진 못했다.

'하지만 역시 저 여기사의 변화가 제일 재미있어.'

자신은 태연하게 행동하고 있다고 생각할지 모르지만, 레이지의 말이 이어지면서 바뀌는 분위기에 일일이 반응하고 있었다. 자연스럽게 뒷짐진 손을 바꾸는 척하면서 손바닥에 묻은 땀을 닦는 것까지 레이지의 눈은 놓치지 않았다. 어쩌다가 자신과 눈이 마주칠 땐 고개를 살짝 옆으로 돌리면서 침을 삼키는 것까지.

"형님, 그리고 보니 형님을 뵈면 꼭 물어볼 것이 있었습니다."

*　　　*　　　*

거의 3개월 만에 만난 두 형제는 평소와는 좀 다른 패턴의 대화를 이어가는 중이었다.

"…역시 소드 엑스퍼트 등급으로 올라서기 위해선 많은 시간이 필요합니까?"

"개인차가 있겠지만 랭크 2에 올라선 이후 최소 2~3년을 잡아야겠지."

"형님께서는 얼마나 걸렸습니까?"

"나? 나는 1년 정도. 내 입으로 말하기 부끄럽지만 꽤 빠른 편이었지."

"그렇군요."

홀로 수련하면서 몰랐던 점이나 평소에 궁금했던 내용을 물어보는 레이지의 표정은 매우 진지했다.

같은 오러 유저임에도 괜히 랭크 차이가 나는 게 아니라는 걸 절실히 깨달았고, 랭크 5의 소드 마스터라는 자부심이 케이지로부터 느껴졌다.

반면 갑자기 오러에 대한 이야기를 쉬지 않고 이어나가는 동생에 케이지는 강한 이질감을 느꼈다. 아버지의 강압 때문에 억지로 오러 구현에 시달리던 예전의 동생이 아니었다.

"많은 도움이 되었습니다."

"도움은 무슨. 오러는 개인의 노력에 의해 구현되는 결과물이야. 내가 어떤 말을 하더라도 네 노력이 부족하다면 오러 유저의 길은 험난하기만 할 거야. 그 점만 명심하면 돼."

예전에 오러 이야기만 꺼내면 신경질적인 반응을 보이던 레이지는 그 어디에도 없었다. 아니, 정확히는 이야기를 꺼내는 것 자체를 레이지 쪽에서 거부했다.

지금은 오히려 자신이 질릴 정도로 사소한 것 하나하나 물어보는 동생의 태도가 너무나 어색했다. 하지만 같은 길을 걷기로 한 이상 의욕적으로 나오는 동생이 결코 싫지 않았다.

"그러고 보니 마리에타 양과 이야기는 많이 했느냐?"

케이지의 말에 레이지는 왼쪽으로 시선을 돌렸지만, 마리에타의 모습은 보이지 않았다.

그가 케이지와의 대화에 집중하고 있는 동안 안젤라와 함께 자리를 떴기 때문이다. 두 여성은 현재 귀빈실 옆에 있는 별실에서 차를 마시고 있다.

"아까 자리를 뜰 때 왠지 널 원망스러운 눈초리로 바라보던데… 다투기라도 한 거냐?"

"아뇨. 다투고 말고 할 것도 없었습니다. 그냥 제 방에 오더니 몇 가지 참견할 뿐이었습니다. 게다가 따로 이야기를 주고받을 필요성을 못 느껴서 말입니다."

"저런, 예전에는 내가 와도 거들떠보지 않고 마리에타 양과 단둘이서 이야기를 나누곤 하지 않았던가?"

"그렇습니까? 그거야 기억을 잃기 전 일이니 지금의 저와 아무런 상관이 없습니다."

레이지는 케이지의 지적을 태연스럽게 받아넘기며 탁자 위의 찻잔을 집어 들었다. 그는 차의 향기를 음미하면서 예전의 레이지가 품었던 감정의 일부를 확실하게 파악했다.

'일기장에 적은 그녀가 아마 마리에타였음이 확실해. 그 녀석, 사돈 관계가 될 여자에게 무슨 꿍꿍이속이었던 거야?

귀족 가문 사이에 사돈 관계라 하여도 연애가 성립하지 않는 건 아니다.

단, 귀족이라는 신분의 특징상 결혼은 절대로 두 남녀 간의 사랑만으로 성립되지 않는다. 귀족의 자식으로 태어난 이상 그들의 결혼은 필연적으로 다른 두 가문과의 결속을 위한 수단으로 이용될 수밖에 없다.

그렇기에 겹사돈은 그러한 결속에 있어서 쓸데없는 중복에 불과하다. 자식이 많은 가문일수록 다른 가문과 더 많은 결속을 이룰 수 있는 장점이 있기 때문에.

기억을 잃기 전의 레이지였다면 그런 것 따윈 무시하고서 순수하게 자신의 감정에 매달렸을 것이다. 아니, 실제로 그러했다.

그러나 레이지는 더 이상 없다. 레이지의 육체를 뒤집어쓴 제이워드만이 존재한다.

"전 나이 어린 여자에겐 관심없습니다."

"어리다니? 마리에타 양은 너와 동갑이지 않느냐?"

전혀 의외의 말에 케이지의 두 눈이 크게 떠졌다.

"여성의 매력은 최소 20대는 넘어서야 빛을 발하는 법입니다. 아니, 30대에 그 매력이 충만하게 마련이죠. 40대도 그럭저럭……."

"……."

실제 나이는 40대인 레이지의 입에서 나오는 여성관에 케이지는 뭐라 할 말을 찾지 못했다. 결국 얼떨떨한 표정으로 찻잔을 집어 들었다.

"뭐, 어찌 되었든 간에 여자에게 관심은 없습니다. 쓸데없는 감정 따위에 매달릴 여유는 없죠."

"너 진짜 레이지가 맞긴 하느냐?"

"보고도 모르시겠습니까?"

6

한편, 레이지 때문에 본의 아니게 옆 별실에서 자매끼리 모인 안젤라와 마리에타의 화제는 단연 '그'의 변화였다.

"레이지 도련님 말이야, 엄청 변하신 것 같더라."

"응, 언니의 말대로 완전히 사람이 바뀌었어."

안젤라는 차분하게 찻잔을 기울이며 차를 음미했다.

반면 마리에타는 불만 섞인 표정으로 접시 위에 놓은 과자를 깨물어 반 토막 낸 뒤 우물우물 씹었다.

"예전에는 뭐랄까… 조금이라도 건드리면 박살 날 유리 세공품 같은 느낌이랄까? 함부로 접근하기 힘든 타입이셨지. 그런데 지금은 전혀 딴판이야. 아까 날 형수님이라고 부를 땐 내 귀를 의심했어."

말을 조심스럽게 고르긴 했지만, 안젤라 역시 레이지의 고약한 평판에 대해 익히 알고 있었다. 어쩌다가 그와 만나게 될 때엔 시선을 마주치는 것조차 꺼려질 정도로 경멸했다.

그런 레이지가 확실히 달라졌다.

무엇보다 마리에타에 대한 애정만큼은 다른 이들이 쉽게 파악할 수 있을 정도로 드러내던 레이지가 막상 옆에 마리에타를 두고서 아예 없는 사람 취급하며 형 케이지와 열성적으로 이야기를 주고받았다는 사실이 가장 믿기 힘들었다.

기억상실중 이후로 사람이 변한다는 소리는 들었지만 이렇게 극적으로 변하는 경우는 들어본 적도 직접 본 적도 없었다.

"단지 그런 것만이 아니야."

마리에타는 남은 과자를 다시 반 토막 내더니 우득우득 소리나게 씹고선 차로 넘겨 버렸다. 보다 못한 안젤라가 눈을 가늘게 뜨며 눈치를 줬지만 언니의 지적 따위는 동생의 눈에 들어오지 않았다.

"마법서를 취미로 읽는다기에 한번 골려줄 심상으로 살펴봤더니, 맙소사! 룬 문자로 주문을 발음했어! 그것도 완벽한 발음으로."

"룬 문자로?"

안젤라 역시 할아버지의 영향을 받아 마리에타와 함께 어릴 적부터 마법사를 지망했다. 하지만 자신의 한계를 느끼고 일찌감치 매직 유저의 길을 포기했고, 대신 케이지를 만나서 여성의 행복을 만끽하는 중이었다.

그런 그녀였기에 룬 문자를 익힌다는 게 매직 유저로서 얼마나 큰 벽인지 대충 알고 있었다.

"설마 지난번 기억상실 이후로 마나에 눈을 뜨신 거니?"

"그건 잘 모르겠어. 확실한 건 서클 1의 마나 수준임에도 불구하고 룬 문자를 자연스럽게 발음한 게 중요해. 내가 룬 문자 때문에 엄청 고생한 거 언니도 잘 알잖아."

"그렇지. 거의 3개월 넘게 연구실에 홀로 처박혀서 끙끙댔잖아?"

"그 뒤 몇 년이 지난 지금도 띄엄띄엄 주문에 룬 문자를 섞어 말할 수 있는 정도에 불과해. 하지만 레이지는 깨어난 지 한 달도 채 안 되는 시간 동안 룬 문자를 터득했다는 이야기야. 솔직히 이게 말이 된다고 생각해?"

"기억을 잃기 전에 이미 익히고 있던 게 아닐까?"

"그랬다면 예전에 나에게 자랑하면서 과시했을걸. 절대 그때 익힌 게 아니야. 그건 확실해."

마리에타 특유의 도도함을 이루고 있는 근간에는 스무 살도 되기 이전에 서클 5의 위치에 도달했다는 자신감이 크게 작용하고 있다. 남들의 눈에도 명백하게 자신에게 호의를 가지고 있는 레이지를 마땅찮게 생각한 이유는, 자신처럼 뭔가 이루지 못한 주제에 감히 눈독을 들였다는 사실 때문이다. 서자라는 사실 역시 어느 정도 작용하긴 했지만.

그래서 그녀는 레이지의 호감에 응하지 않았고 때로는 사돈 관계라는 것까지 깡그리 무시하면서 노골적으로 깔보곤 했다.

그런 그가 갑자기 돌변했다.

직접 방까지 찾아온 자신을 내팽개쳐 둔 짐 꾸러미마냥 거들떠보지도 않고, 심심풀이라면서 룬 문자를 자유자재로 구사했다.

'감히 레이지 주제에……'

그녀는 자신도 모르게 오른손을 꽉 움켜쥐었다.

안젤라는 더 이상 마리에타의 태도에 뭐라 지적하고픈 마음이 싹 사라졌다. 그저 차를 홀짝홀짝 들이켤 뿐이었다.

"아까 케이지님과 이야기를 나눌 때 얼핏 들어보니 오러 랭크도 2로 올리셨다던데?"

"그깟 오러 랭크 한 개 올리는 것보다 서클 1인 주제에 룬 문자를 터득했다는 게 훨씬 충격적이잖아. 그 녀석, 쓰러졌다 깨어난 이후 천재라도 된 게 아닐까?"

질투와 부러움.

절대 레이지 '따위'에게 품을 거라 생각하지 못한 두 가지 감정이 마리에타를 사로잡고 있었다.

안젤라는 말없이 마리에타의 표정을 응시하더니 조용히 찻잔을 탁자 위에 내려놓았다.

"너, 왠지 변했다?"

"응?"

안젤라는 멍한 표정의 마리에타를 바라보며 부드럽게 미소를 지었다.

"예전에는 도련님 홈만 봤잖아. 억지로 자기를 붙들어놓고 하소연하는 그 태도가 엄청 짜증난다, 멀리서 자신을 흘끗흘끗 쳐다보는 그 시선이 꺼림칙하다 등등. 그런데 지금은 도련님 칭찬만 하네?"

"치, 칭찬은 무슨 칭찬이야? 대단한 걸 봤으니 놀라는 건 당연하잖아?"

레이지가 보여준, '룬 문자 따위, 아무것도 아니잖아요?' 라는 태도에 열이 받긴 했지만 그가 이룬 성과 그 자체를 폄하할 생각은 없었다.

가장 그녀를 열 받게 한 이유는 다름 아닌 자신을 대하는 레이지의 자세였다. 진짜로 자신이 있든지 말든지 상관없이 행동하는 게 짜증이 났다. 물론 동경의 대상인 케이지를 보는 게 원래 의도였지만, 지금 와서는 상관없어졌다.

"그 녀석의 코를 납작하게 해줄 거야. 정식으로 매직 유저가 되지도 않은 녀석에게 질 수는 없다고."

"그래, 열심히 하려무나."

안젤라는 포기했다는 듯 고개를 설레설레 저으며 과자를 집어 들었다.

7

"개인적인 일인데 따라오게 해서 미안하네."

"아닙니다. 단장님이 가시는 곳이라면 업무 중일 땐 반드시 동행해야 할 뿐입니다."

왕궁으로 돌아온 케이지는 저택까지 자신을 따라온 부관 제나에게 고마움을 표했다.

"형제란 게 이런 거였을지도 몰라. 그동안 같이 지낸 7년보다 오늘 하루 동안 훨씬 많은 말을 한 거 같아. 나도 아직 미숙한 거 같아. 동생 쪽에서 적극적으로 나온 뒤에야 서로 말이 통하니 말이야. 하하……."

원체 사교성이 좋다고 말하기 힘든 그였기에 동생의 변화는 그에게 좋은 구실이 되었다. 원래는 동생이 무사한 걸 직접 확인한 뒤 그냥 조용히 돌아갈 예정이었으나 저녁이 될 때까지 그동안 쌓인 이야기를 나누었다.

"그래도 참 의외였어. 제나 경이 저택으로 따라올 줄이야."

"네?"

"나도 눈치가 있는 사람이야. 부하들이 레이지를 맘에 안 들어한다는 것 정도는 알고 있어."

부하들이 애써 케이지에게 표현하지 않았지만, 막상 케이지 본인은 부하들과 동생 사이에 감도는 미묘한 공기를 예전부터 알아채고 있었다. 그 이유 때문에 좋지 않은 일이 적지 않았다는 것 역시 알고 있었다.

"어쩔 수 있나. 다 내가 부덕한 탓이지."

어디까지나 동생과 부하들 간의 다툼에 자신이 끼어들기엔 애매했다. 부하의 편을 들지 동생을 손들어줄지 애매하다는 점을 제외하고서라도 자신의 존재 자체가 분쟁의 원인이기 때문이다.

"당장은 힘들겠지만 자네도 봤다시피 완전히 사람이 변하지 않았는가? 그동안 쌓인 앙금은 털어버리고 잘 지내주길 바라네."

"잘 알겠습니다."

그 말을 끝으로 케이지는 숙소 안으로 들어갔다.

하지만 제나는 홀로 남아 동쪽을 응시했다, 레이지가 있는 크로이덴 가문의 저택이 있는 방향을.

그녀의 머릿속에선 예전과 완전히 달라진 레이지가 여전히 자리 잡고 있었다.

'케이지님은 물론 날 보고도 전혀 아는 눈치가 아니었어. 진짜 처음 본다는 시선으로 주변 사람들을 관찰했음이 분명해.'

무엇보다 그가 예전부터 좋아하는 티를 팍팍 낸 마리에타가 옆에 있음에도 그녀를 공기처럼 여기고 형과의 대화에 열중했다. 이건 억지로 꾸민다고 해서 될 수 있는 문제가 아니다.

'하지만 뭔가 숨기고 있다는 느낌을 지울 수 없었어. 진정으로 그는 모든 걸 잊어버린 것일까?

단 한 가지 마음에 걸리는 사실.

다섯 시간 넘게 케이지와 이야기를 나누던 레이지는 그 어떤 순간에도 방심하지 않았다. 자연스럽게 이야기를 하고 있었지만, 수시로 케이지의 반응이나 표정을 일일이 살폈다. 대화 내내 침묵을 지키고 있던 제나를 흘낏흘낏 쳐다보기까지 했다.

'바르테스와 한 번 더 이야기를 해봐야겠어. 그의 말대로 이대로 잠자코 있기엔 후환이 두려워.'

예전에 알던 고약하고 난폭한 소년에서 함부로 상대했다간 큰코다칠 소년으로 바뀐 레이지에 대한 두려움은 작아지기는 커녕 오히려 커져만 갔다.

*   *   *

형이 돌아간 이후 레이지는 자신의 방으로 돌아가 방문을 걸어 잠갔다.

그는 오른손으로 턱을 매만지며 책상에 앉아 생각에 잠겼다.

'절대 악한 사람은 아니야. 오히려 착한 축에 속하지.'

다섯 시간 이상 계속 이야기를 하면서 그가 내린 판단은 의외로 시시했다.

레이지가 가졌던 열등감과 분노를 제거하고 대해보니 이야기가 잘 통할 뿐더러 오러에 대해서 많은 지식을 얻기까지 했다. 잘만 구슬리면 적지 않은 도움을 바랄 수도 있었다.

'하지만 그런 인간이 위로 올라갈수록 더러운 세력 다툼에 낯설 수밖에 없지. 결국 위에서 버티는 방법은 단 두 개야. 자신이 그 흙탕물에 뛰어들거나……'

하지만 변하지 않은 사실도 있었다.

예전의 레이지가 형성했던 갈등 구조의 원인.

그것이 케이지라는 사실은 변하지 않고 오히려 확정되었다. 그가 대화를 나누면서 은밀하게 관찰했던 제나를 보고 내린 판단이었다.

'그를 따르는 이들이 대신 뛰어들게 마련이지.'

그는 일기장에서 봤던 케이지 부하들과의 갈등을 떠올렸다.

그들과의 다툼 이후 레이지가 뭔가 저지르려고 했고, 그 뒤 알 수 없는 이유로 마나 컨트롤에 실패했다는 결과.

'그 여기사의 반응이 너무 솔직했어.'

그는 케이지와 이야기를 나누면서 은근슬쩍 화제를 바꾸어 형과의 예전 관계에 대해서 심도 깊게 물어보기도 했다. 그럴 때마다 케이지는 미안하다는 말만 반복하거나 입을 다물고 침묵을 지켰다. 하지만 제나는 달랐다. 애써 침착한 척하려고 했어도 미세하게 움찔거리거나 시선을 아예 다른 곳으로 두는 등 눈에 띄는 행동을 했다.

심중만으로 남아 있던 원인이 더욱 확고해졌다. 여전히 심증이라는 사실에는 변함이 없었지만, 최소한 그가 신경을 쓰고 주의해야 하는 대상이 누구인지는 명확해졌다.

'다시 뒤통수를 맞지 않기 위해서라도 방심해서는 안 돼. 긴장을 늦춰서는 안 되는 이유가 생겨서 좋군.'

적은 없을수록 좋지만 아주 없어서도 안 된다.

적의 존재를 알아야 긴장을 풀지 않고 주변을 돌아볼 수 있게 된다.

레이지는 턱을 쓰다듬으며 씨익 미소를 지었다.

Chapter 05

그답지 않은 하루

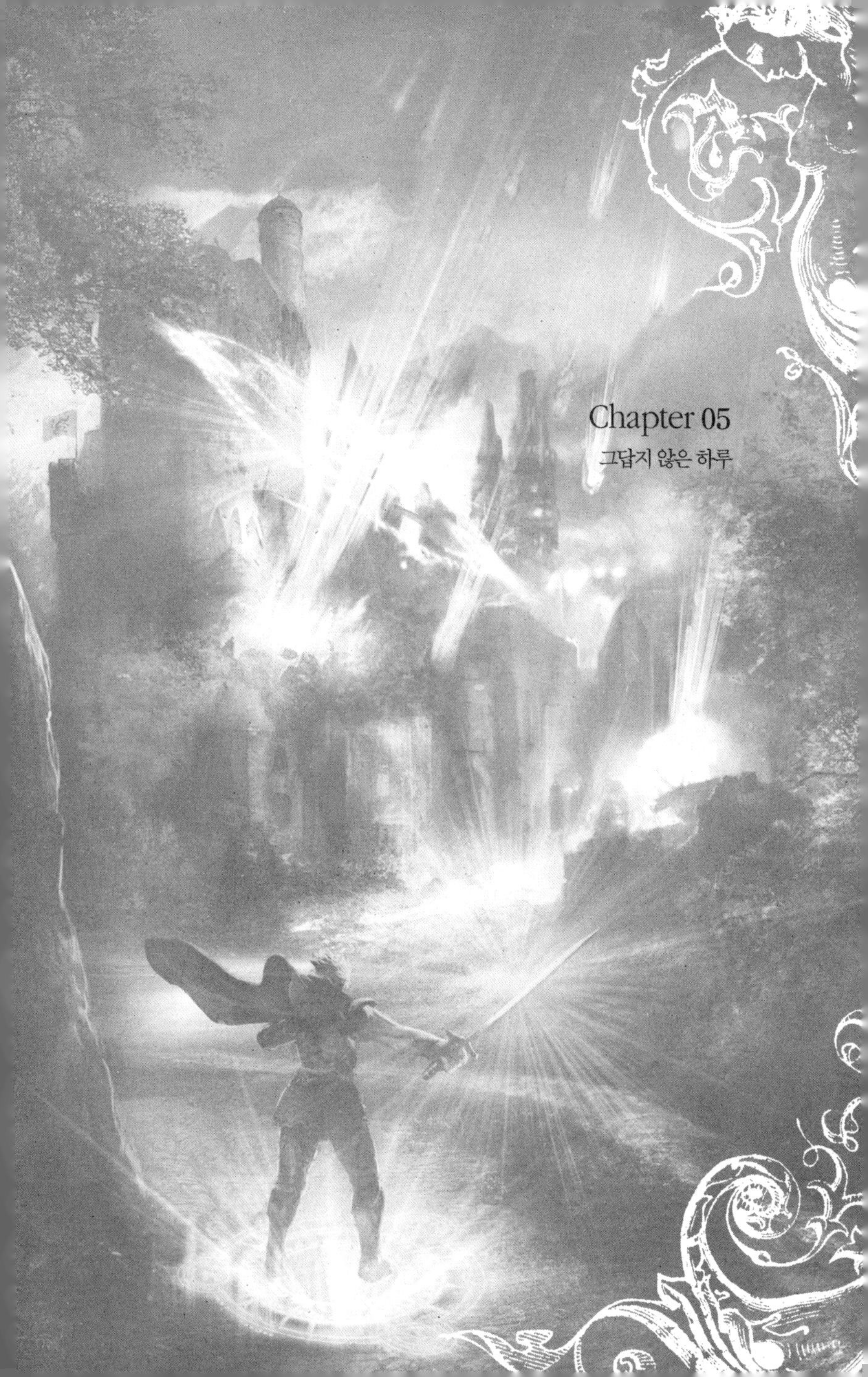

1

　살을 에는 바람이 매섭게 몰아쳤다.

　카르도니아 왕국 외딴 곳에 위치한 빈민가 골목 곳곳에선 하늘에서 내린 하얀 눈이 수북이 쌓이고 있었다. 그 골목 깊숙한 곳에서 한 어린 소년이 넝마를 뒤집어쓰고 차가운 땅바닥에 앉아 부들부들 떨고 있었다.

「추워…….」

　이제 겨우 열 살 정도로 보이는 소년은 몇 번이나 입김으로 손을 녹이려고 했지만 이내 도로 식어버릴 뿐이었다.

　몸이 굼뜬 편에 속하는 소년은 현재 나흘 동안 단 한 번도 소매치기에 성공하지 못했다. 이대로 오늘마저 빈손으로 돌아간다면 왕초에게 다리가 부러질 정도로 맞고 쫓겨날지도 모른다. 이미 어제 친구였던 또 다른 소년이 일주일 넘게 제대로 일을 못해서 피투성이가 될 때까지 얻어맞는 걸 옆에서 벌벌 떨면서 봐야 했다.

날씨가 추워진 탓인지 빈민가 이곳저곳에 자리 잡고 있는 유흥가에 들락거리는 인구수는 꽉 줄어들었다. 어린 소매치기들의 주요 고객인 취객들의 수 역시 같이 줄어들었고, 안 취한 이들 상대로 어설프게 도둑질을 시도하다가 그 자리에서 붙들려 죽을 때까지 얻어맞는 경우도 허다했다.

소년은 추위와 졸음을 억지로 버텨내며 후미진 골목길을 누군가가 지나기를 바라고 있었다.

「……!」

눈 위를 걸어가는 발자국 소리에 소년은 움직임을 멈추었다.

갈색의 긴 로브를 걸치고 머리에 후드를 뒤집어쓴 누군가가 골목길 저 너머에서 걸어오고 있었다. 소년은 넝마에 몸을 숨긴 상태에서 자신을 굶주림에서 구해줄 이를 살펴보았다.

운 좋게도 그는 오른손으로 작은 주머니를 탁탁 쳐 올리며 걸어오고 있었다. 주머니 안의 동전이 부딪치는 소리가 선명하게 들렸다. 마음 같아서는 당장에 달려가서 주머니를 낚아채고 싶었지만, 자신의 옆까지 걸어오기를 기다리며 꾹 참았다.

'지금이야!'

소년은 마른침을 꿀꺽 삼키고선 자리에서 벌떡 일어서더니 주머니를 오른손으로 잽싸게 낚아챘다. 그리고 넝마를 그에게 내던지고 도망쳤다.

아니, 도망치려고 했다.

「이것 봐라?」

날카로운 음성이 뒤집어쓴 후드 아래에서 흘러나왔다.

소년의 오른손은 허공을 휘젓고 있었고, 그의 오른손은 소년의 손목을 강하게 움켜쥐고 있었다.

「겁도 없이 내 걸 훔치려고 하네?」

「아아악!」

소년은 비명을 지르면서 눈 위를 나뒹굴었다. 추위 때문에 차갑게 말라붙어 있던 소년의 피부가 불에 덴 듯 새빨갛게 달아올랐다.

이런 식의 고통은 처음이었다. 소년은 겁에 질린 나머지 눈을 움켜쥐고 손목 위에 끼얹었다. 하지만 고통은 쉽사리 가라앉지 않았다.

「너…….」

그는 소년의 손목을 움켜쥐었던 자신의 오른손과 소년을 번갈아가며 쳐다보았다. 그사이 소년은 간신히 몸을 일으키고 도망치려고 했지만, 뒷덜미를 붙잡혀 버렸다.

「어딜 도망가?」

「사, 살려주세요! 용서해 주세요!」

그는 소년을 잡아서 위로 들어 올렸다. 소년은 발버둥쳤지만 발은 허공을 마구 구를 뿐이었다.

「살려주세요……. 살려주…….」

거세게 저항하던 소년의 목소리가 작아지더니 발버둥치던 두 팔과 다리가 아래로 축 처졌다.

「시끄러운 녀석일세.」

그는 덮고 있던 후드를 벗어 목 뒤로 넘겼다.

검은색의 긴 머리카락이 허리 아래까지 내려와 출렁거렸다. 눈과 잘 어울릴 정도로 흰 피부, 빨간 입술과 오똑한 콧날은 그가 '그'가 아닌 '그녀'라는 걸 알려주었다.

그녀는 소년을 두 손으로 안아 들고선 슬럼가 바깥쪽을 향해 걸음을 옮겼다.

그녀가 소년을 데리고 간 곳은 허름한 주점이었다.

아직 손님을 맞이하기엔 이른 시간이라 테이블은 거의 비어 있었고, 카운터에는 낡은 앞치마를 걸친 중년 남성이 어제 마저 못한 설거지를 하고 있었다.

그녀는 맥주 한잔을 시켜놓고 천천히 한 모금씩 들이켜며 음미하고 있었다. 그녀의 맞은편에는 아까 기절했던 소년이 의자에 등을 기대고 푹 잠들어 있었다.

「아주 잠에 폭 빠졌네.」

맥주잔을 반쯤 비운 그녀는 소년이 잠에서 깨어날 줄을 모르자 인상을 살짝 찌푸리더니 오른손을 뻗어 검지를 쭉 내밀었다. 소년에 뺨에 살짝 닿은 그녀의 검지가 붉은빛에 휩싸이는 순간, 소년은 화들짝 놀라면서 잠에서 깨어났다.

두 눈을 크게 뜨며 주변을 둘러본 소년은 낯선 곳에 있다는 사실과 자신을 노려보고 있는 그녀를 알아보고선 의자 위에서 뛰어내리려고 했다.

「어딜 도망가?」

「사, 살려주세요, 아줌마!」

그녀의 오른손에 머리를 붙잡힌 소년은 마구 발버둥치며 벗어나려고 했다.

하지만 아줌마라는 말에 그녀의 두 눈이 가늘게 양옆으로 찢어졌다.

「누나라고 불러.」

「자, 잘못했어요! 다시는 아줌마 물건에 손 안······.」

순간 그녀가 왼손에 쥐고 있던 맥주잔이 불길에 휩싸이더니 사르륵 녹아내렸다. 소년은 반항을 멈추고 입을 크게 벌렸다.

「난 두말하는 걸 정말 싫어하거든? 누나. 아줌마가 아니라 누나.」

「잘못했어요, 누나.」

「그래, 착하지. 이제야 말귀를 알아듣네.」

그녀는 소년의 머리를 쓰다듬으며 미소 지었지만 소년의 표정은 딱딱하게 굳어진 그대로였다.

그들 곁으로 주점 주인이 다가오더니 녹아내린 술잔을 보고 한숨을 크게 내쉬었다.

「선생, 아까 물어보려고 했는데··· 이 애는 누구야? 숨겨둔 애라도 돼?」

「마스터, 더 이상 애를 만들 수 없는 몸이 되고 싶어?」

마스터라 불린 남자의 동작이 방금 전의 소년처럼 일순간 멈추었다. 그녀의 분노는 두 남자를 순식간에 공포의 도가니로 빠뜨리기에 충분했다.

마스터는 앞치마에 손을 닦으면서 소년을 넌지시 바라보았다. 땟물이 쫠쫠 흐르는 몰골과 신발조차 신지 못한 소년의 몸이곳저곳에는 크고 작은 상처가 자리 잡았다.

「흐음, 이 녀석, 게토 출신인 거 같은데?」

「게토? 거긴 훨씬 더 깊숙한 곳에 있잖아? 여기까지 나왔단 말이야?」

그녀는 일반적인 상점에서 거래할 수 없는 시료를 얻기 위해 빈민가를 들락거리곤 했다. 자연스레 그녀를 노리는 소년 소매치기들을 한두 번 만난 게 아니었다. 하지만 게토는 그녀가 가는 빈민가 아주 깊숙한 곳에 위치한, 인간이 살 곳이 못되는 우범 지역이다.

「겨울이니까 먹을 걸 구하러 멀리까지 나온 거지. 때깔을 보아하니 최소 3~4일은 굶었구먼.」

마스터는 안쓰러운 표정으로 소년을 내려다보았다.

소년은 그녀가 여전히 두려운지 굳은 표정으로 가만히 앉아 있기만 했다.

「마스터, 그거.」

그녀의 주문에 5분 뒤 마스터는 김이 모락모락 피어오르는 접시를 가져왔다. 그녀가 항상 이곳에 올 때마다 주문하는 싸구려 감자 수프였다.

며칠 동안 빵 한 조각 구경 못한 소년의 눈이 테이블 위에 놓인 감자 수프에 집중되었다.

「먹고 싶어?」

그녀는 손으로 수프 접시를 슬쩍 소년의 앞으로 밀었다.

소년은 고개를 숙인 채 그녀의 눈치를 살펴보더니 돌연 접시를 두 손으로 집어 들고 고개를 파묻었다.

「앗! 뜨거!」

소년은 화들짝 놀라며 접시를 떨어뜨릴 뻔했지만, 그녀의 오른팔이 쭉 뻗어나오더니 아슬아슬하게 집어 들었다.

「뜨거우니 식혀가면서 먹어.」

소년은 입김을 후후 불더니 아예 접시에 얼굴을 박고선 게걸스럽게 수프를 먹어치우기 시작했다.

워낙 처절하게 먹는 터라 처음에 얼굴을 찌푸리던 그녀도 포기하고선 손수건으로 소년의 얼굴을 닦아주었다.

「숟가락 쓸 줄 몰라?」

「선생, 게토 애들이 숟가락이 어디 있겠어?」

마스터는 그녀에게 핀잔을 준 뒤 딱딱하게 굳은 빵을 반으로 찢어 수프 접시 위에 얹었다. 소년은 빵을 삼키다가 목이 막혀 캑캑거렸고, 결국 마스터가 가져다준 물을 들이켠 후에야 다시 식사를 시작했다.

그녀는 말없이 소년의 식사를 바라보더니 마스터를 향해 손을 내밀었다.

「마스터, 하나 더. 아니, 두 개 더.」

결국 소년은 세 접시의 감자 수프와 빵 네 개를 먹은 뒤에야 두둑해진 배를 두들기며 포만감을 즐겼다. 그럼에도 미련이 남아 있는지 접시에 묻어 있는 수프를 핥았다.

「꼬맹아, 이름이 뭐니?」

그녀의 질문에 소년은 접시를 내려놓고 고개를 슬그머니 들었다.

「없어요.」

당연하다면 당연할 수 있는 말.

게토에 사는 어린 소년에게 이름이 있어봤자 의미가 없다.

「아버지는? 어머니는?」

「엄마는 떠났어요. 아빠는 몰라요.」

다섯 살 무렵 소년의 어머니는 빈민가의 한 술집에 소년을 맡겨두곤 다시 모습을 드러내지 않았다. 결국 자연스럽게 부모를 잃거나 버림받은 아이들이 모여드는 게토에서 살 수밖에 없었다.

딱히 슬퍼하는 기색은 보이지 않았다.

단지 소년의 시선이 바로 앞에 있는 그녀가 아닌, 지금쯤 죽었을지 살았을지도 모르는 엄마를 바라보고 있음을 마스터도 그녀도 알 수 있었다.

그녀는 왼손으로 테이블을 톡톡 두들기면서 오른손으로 턱을 받쳤다. 그리고 고개를 앞으로 불쑥 내밀었다.

「꼬맹아, 너 날 따라올래?」

「네?」

「너에겐 자질이 느껴지거든. 나와 똑같은 길을 걸어갈 운명이 보여.」

그녀는 단번에 알아챘다.

소매치기를 하려고 했던 소년의 손목을 잡아챈 순간, 체내에 잠재되어 있는 마나의 흐름이 예사롭지 않음을.

「몇 살이지?」

「여, 열 살이에요.」

「흐음, 좋아. 아직 늦지 않았어.」

열 살이라면 지금부터 해도 지도에 따라 충분히 매직 유저로서 꽃을 피울 수 있다. 그녀 본인은 일곱 살 때부터 마법사 수업에 매달렸지만, 그녀가 빠른 것이지 소년이 늦은 게 아니었다.

「아줌… 누나 따라가면 이 맛있는 걸 매일 먹을 수 있나요?」

이렇게 배부르게 먹어본 적은 어머니와 헤어진 이후 처음인 소년.

소년은 그저 맞지 않고 배부르게 먹을 수 있다면 어떻게 되든 상관없었다.

「공짜로는 주지 않아. 단 열심히 일하면 매일이 아니라 하루 세 끼 꼬박 먹여주도록 하지.」

「정말요?」

「이 새끼가 속고만 살…….」

그녀는 손을 들어 소년의 뒤통수를 치려고 하다가 슬그머니

내려놓았다. 게토 출신인 소년에게 있어서 하루하루 속고 속이는 삶이었을 테니.

「마침 혼자서 마법에 몰두하기에도 벅찼으니 잔일 해줄 제자가 필요했거든. 절대 도망갈 생각 하지 마. 알겠지?」

그녀는 손을 뻗어 소년의 머리를 매만져 주었다.

자신을 때리려는 줄 알고 눈을 지그시 감고 있던 소년은 생각 외로 따스한 손길에 꿀 먹은 벙어리 마냥 아무런 말도 하지 못했다. 그녀 역시 소년의 머리카락 안쪽에서 잡히는 흉터들을 느끼고선 가슴 한구석이 무거워진 탓에 잠시 입을 다물었다.

「우선 이름부터 지어줘야겠다. 계속 꼬맹이라고 부를 수도 없는 법이니.」

그녀는 이제까지 알고 있는 남자 이름을 차례대로 머릿속에 열거하기 시작했다. 예전에 사귀었다가 헤어진 남자들의 이름을 떠올리자 자연스레 표정이 일그러졌지만, 어느 한 명의 이름에 도달하자 표정이 풀렸다.

「제이워드. 이제부터 네 이름은 제이워드야.」

*   *   *

"......"

꿈에서 깨어난 레이지는 창문 쪽을 응시했다. 아직 밤이 깊은 시간대라 하늘 높이 달이 떠올라 있었다.

레이지는 침대에서 내려와 창가에 의자를 가지고 와 걸터앉았다.

벌써 35년 전의 일이 되어버린 옛 추억.

이름없이 살아가던 소년에게 제이워드라는 이름을 붙여준 그녀는 7년간 소년의 단 하나뿐인 스승으로 함께 살아갔다.

스승을 잃은 후 10년 동안은 스승에 대한 생각만 해도 가슴이 아련해지는 느낌을 받았다. 하지만 시간이 흐르면서 그 아련함은 퇴색했다. 대신 스승을 위한 복수심만큼은 사그라지지 않고 더욱 커져만 갔다.

결국 소년은 스승을 뛰어넘어 아크메이지가 되었지만, 허전함을 메우기엔 역부족이었다. 그렇기에 그는 더욱더 복수에 매달렸고, 제국이라는 존재를 결코 용납할 수 없었다.

"그래, 오늘은 그날이지. 그래서 그때 일이 떠오른 거로군."

레이지는 꿈속에서나 선명하게 떠올릴 수 있는 그녀와의 첫 만남을 가슴속에 되새기면서 멋쩍은 미소를 지었다.

2

베르시아 신성력 1392년 10월 15일.

마리에타는 요즘 들어 심기가 계속 불편했다.

정확히는 크로이덴 가문을 찾아갔던 한 달 전부터 내내 이런 상태였다.

예전에는 자신을 보고 진심으로 기뻐하던 레이지가 완전히 사라졌기 때문이다. 비록 기억을 잃기 전의 그가 취했던 태도와 행동 그 무엇도 맘에 들지 않았지만 자신을 원하는 남자가 있다는 사실 자체는 싫지 않았다.

하지만 완전히 돌변한 레이지의 태도에 화가 나지 않을 수 없었다. 무엇보다 마법사로서의 자존심까지 살짝 구겼다는 점이 그녀의 신경을 계속 건드렸다.

'룬 문자 사건' 이후 마리에타는 시간이 나는 대로 크로이덴 가문을 방문했다. 매일 룬 문자 습득에 네 시간 이상 투자하면서 그 성과를 레이지에게 보여주기 위함이었다.

하지만 유창하게, 오히려 일반 언어보다 더 자연스럽게 룬 문자를 읊는 레이지 앞에서 자존심은 계속 무너져만 갔다. 매직 유저의 입장에서 룬 문자는 익혀야 되는 부분 중 하나였지만 그 부분 하나라도 지고 싶지 않았다.

결국 그녀는 오늘은 절대 이기고 말 거라는 다짐을 하면서 크로이덴 가문을 또 방문했다.

"오, 오셨군요."

크로이덴 가문의 집사 페리슨은 긴장한 표정으로 그녀를 맞이했다. 선선한 날씨임에도 그는 연신 흘러내리는 이마의 땀을 손수건으로 닦아내기에 바빴다.

"오래간만… 이라기엔 너무 자주 봤죠. 이번 주에만 벌써 세 번째이니. 레이지는 또 방에 있나요?"

"그, 그게 말입니다."

"분명히 오늘 온다고 어제 통보했죠? 단둘이 나눌 이야기가 있다고 했는데 설마 수련하러 간 건 아니겠죠?"

"오늘 수련 일정은 없다고 하셨습니다. 하지만……."

＊　　　　＊　　　　＊

그 시각 레이지는 저택에서 멀리 떨어진 유흥가에 있었다. 술과 여자를 즐기는 타입은 결코 아니었지만, 그것을 즐기는 자들에게 얻어낼 무언가가 있었기에 가문의 마차를 빌려 카르시 마을 입구에 도착했다.

길레터 왕국 내에서 꽤나 잘 알려진 이곳은 싸구려 선술집에서 고급 귀족들만 받는 룸살롱을 비롯해 많은 남자들이 오가는 곳이다.

그가 어렸을 무렵 힘들게 지냈던 카르도니아의 게토촌보단 훨씬 나은 환경의 유흥가였지만, 부모 없이 길거리를 방황하는 소년소녀들의 모습이 간간이 눈에 띄었다.

레이지는 일부러 정면만을 바라보고 앞으로 걸어갔다.

아직 이른 저녁임에도 벌써부터 만취해 쓰러져 있는 취객들이 거리 곳곳에 널브러져 있었다. 그의 발길이 향한 곳은 허름한 간판에 '마르샤'라 적힌 술집이었다.

문을 열고 들어서자 뿌연 담배 연기와 술 냄새가 그를 맞이했다. 벌써 이곳에 네 번째 들르지만 여전히 익숙해지지 못했다.

"어이, 오늘도 왔구먼!"

레이지를 알아본 남자들이 손을 흔들며 큰 소리로 그를 불렀다.

비좁은 테이블 사이를 조심스레 빠져나온 레이지는 자리에 앉고 나서야 크게 한숨을 내쉬었다.

"여전히 우유?"

"내 나이가 이제 겨우 열일곱 살인데 술은 너무 이르지."

"성인까지 1년밖에 안 남았는데 너무 고지식한 거 아냐?"

"술을 마시면 판단력이 흐려져. 말짱한 상태에서 이야기하고 싶거든."

"허세를 부리는 건지 아닌지 아리송한데?"

"좋을 대로 생각해. 난 어느 쪽이든 상관없어."

여급은 레이지에게 다가가 약속이라도 한 듯 술잔 가득 우유를 담아 건네주었다.

"그러면 우선 한잔하도록 하지! 건배!"

넉 잔의 술잔이 서로 맞부딪치며 경쾌한 소리가 울려 퍼졌다.

단숨에 술잔의 반 이상을 비워 버린 세 명의 남자는 입가에 묻은 우유 때문에 흰 수염이 생겨 버린 레이지를 보며 크게 웃어젖혔다.

레이지와 한 테이블에 앉은 세 명의 남자는 용병들이다.

클루이드, 제퍼슨, 밀덴이라는 이름의 30대 남성이며 이들

중 클루이드는 용병단 대장을 맡고 있다. 우락부락한 근육에 자리 잡은 수많은 검상이 그의 오랜 용병 경력을 대변하고 있었다.

레이지는 우유 잔을 내려놓고 가지고 온 주머니를 테이블 위에 올려놓았다. 입구를 열자 붉은 빛깔의 지혈용 포션 수십여 개가 모습을 드러냈다.

"서른 개 맞나 확인해 봐."

"확인은 무슨, 도련님이라면 이런 걸로 속이지 않잖아?"

클루이드는 포션 꾸러미를 테이블 아래에 내려다놓고 대신 작은 돈주머니를 툭 내던졌다. 레이지는 주머니 안 금화 하나하나를 꼼꼼히 세어보며 확인한 뒤에 품 안에 갈무리했다.

그는 여급을 불러 무언가를 주문했고, 그사이 세 명의 남자는 남은 술잔을 마저 비웠다.

"뭘 주문한 거야?"

"소시지. 맥주 안주론 딱이잖아? 내가 사는 거니까 부담없이 즐겨."

"역시 도련님이야! 끄윽……."

길게 트림하며 섞여 나온 술 냄새에 레이지는 코를 붙들며 인상을 썼지만, 그 모습에 또 한 번 웃음보가 터져 나왔다.

"어이, 여기 맥주 추가!"

3

서너 번 술잔이 비워지고 채워지길 반복하는 동안 레이지는 클루이드와 이야기를 주고받았다.

　현직 용병인 그에게 얻을 수 있는 것은 신선한 정보. 대륙 이곳저곳을 떠돌아다니며 검으로 먹고사는 그들은 대륙의 그랜드 마스터 자체에 민감할 수밖에 없었다.

　옛날 같으면 용병들 사이의 뜬소문 따위 가치없다고 무시했을 터다. 게다가 아크메이지일 당시엔 비밀리에 갖추어놨던 정보망도 존재했다.

　하지만 지금의 그로선 이렇게라도 살아 있는 정보를 얻어야 했다. 물론 그것도 겸해서 만들어놓은 지혈 포션을 싼 값에 팔기도 했다. 가문의 재산을 쓰는 것에도 한계가 분명히 있기에 스스로 자금을 조달할 필요성을 느꼈기 때문이다.

　"이 상황이라면 당분간 큰 전쟁은 없을 거야."

　"그런가."

　"뭐, 전쟁이 안 일어나면 다른 사람들이야 편하게 살겠지만 나 같은 칼잡이들은 힘들어. 기껏해야 푼돈거리밖에 안 되는 경호 건수 정도만 들어오는 형편이거든."

　"몬스터 토벌 같은 건 안 하고?"

　"그거야 민가나 사냥터에 몰래 들어오는 몬스터들이 발생할 경우지. 제국과의 전쟁이 끝난 이후 왠지 모르게 몬스터들도 조용히 지들 터전에서 머물고 있다고 하더라."

　제대로 된 건수를 못 잡아서일까. 클루이드의 말에 푸념이 가득했다.

하기야 크루디아 제국과의 전쟁이 3년 전에 끝난 이후 용병들이 전쟁에 참여할 일은 영주 간의 세력 다툼 정도였다. 간혹 국가 간의 전쟁이 터질 기미가 보여도 예전 제국과의 전쟁 때 겪었던 악몽 때문인지 외교 선에서 마무리 지어지곤 했다.

"베르사리아 왕국 내부에 후계자 문제로 시끌벅적하다는 이야기가 돌고 있으니 그쪽으로 가봐야지."

"길레터를 떠나게?"

"그래야지. 이곳은 너무 평온한 곳이야. 우리 같이 피 냄새에 흠뻑 젖은 인간들이 오래 머물기엔 부적합하지."

클루이드는 술기운을 추스르기 위해 의자에 등을 기대고 고개를 뒤로 젖혔다.

"아쉽게 되었군."

비록 만난 지 그리 오래되지 않았지만, 원체 귀족 생활에 익숙하지 않은 레이지로선 이렇게 무례한 용병들을 상대하는 게 편했다.

돈과 적당한 신뢰 관계만 형성된다면 편하게 거래할 수 있는 대상이기도 했다. 실제로 클루이드를 통해 연결된 용병 단체들에게 판 포션 값만 해도 짭짤했다.

"그런데 전부터 물어보고 싶은 게 있었어. 이렇게 포션을 싸게 팔아도 되는 거야?"

"애초에 신전이나 마탑에서 파는 포션은 최소 300%의 이윤을 남겨. 나도 충분히 남으니까 이 가격에 넘긴 거라고. 겉으론 고상한 척하지만 속은 사기꾼들이야."

예전 마탑의 관리자로 일할 때의 경험이 크게 도움이 되었다. 덕분에 다른 용병들도 레이지에 대해서는 크게 호의적이었다.

"지금 와서 하는 말이지만, 도련님이 처음 술집 안으로 들어왔을 때 웬 애송이가 왔나 싶었지. 곱상하게 생긴 귀족 소년이 세상물정을 알고 싶어서 왔다는 티를 풀풀 냈거든."

"그런데?"

"좀 놀려줄 심산으로 시키지도 않은 우유를 대신 주문해 줬는데, 그걸 아무렇지 않게 비우더니 대뜸 포션 살 사람 나오라고 해서 놀랐지. 하하하!"

평소 가격보다 50% 싼 가격에 포션을 내놓자 용병들은 사기 치지 말라며 야유를 퍼부었다. 그러자 레이지는 크로이덴 가문의 문장이 박힌 검집을 내보이며 포션에 하자가 있으면 당장 찾아오라고 큰소리를 쳤다.

길레터에서도 이름난 가문의 이름 앞에 용병들이 주눅이 들었다. 결국 레이지는 단검으로 팔뚝에 직접 상처를 낸 뒤 포션을 발라 상처가 낫는 걸 보여주었다.

그러자 용병들이 우르르 몰려와 한 병의 포션이라도 더 사기 위해 난장판을 만들었다. 그날 레이지는 가지고 온 포션 100명을 다 팔았고, 그때 클루이드를 알게 되었다.

"그런데 진짜 괜찮은 거야? 우리 같은 무뢰한들과 어울려 봐야 좋을 것도 없잖아?"

"포선 사주고 정보도 제공해 주는데 뭐가 나빠?"

"그렇게 말한다면야 할 말이 없긴 하지."

어린 나이에도 불구하고 시원시원하게 대하는 레이지에 클루이드는 묘한 이질감을 느꼈다.

게다가 이야기 도중 튀어나오는 식견이나 말솜씨는 도저히 10대 소년이라고 할 수 없는 것이었다. 뭐랄까, 산전수전 다 겪은 중년과 이야기하는 느낌이었다.

"언제 떠나지?"

"내일. 오늘은 떠나기 전 마지막으로 퍼마시기로 결정했거든."

"오늘 만나서 다행이었군."

"그래서 말인데, 도련님에게 선물 하나를 준비했지."

클루이드는 오른손으로 2층을 가리켰다. 계단 난간에 요염한 포즈로 걸터앉아 있는 창부가 레이지를 향해 키스를 날렸다.

"아직 여자 모르지?"

"알아서 뭐하게?"

"그렇게 대답하는 걸 보니 모르는 게 확실하군. 이래 봬도 셀리나는 밤일 하나만은 마르샤에서 최고라고. 동정 떼긴 딱 좋을 거야."

클루이드는 레이지를 의자에서 억지로 일으켜 세웠다.

"셀리나도 딱 한 번이라도 귀족 소년을 품어보고 싶었다고 했으니 망설이지 마."

"고맙긴 한데, 시간이 그다지 많지 않아서."

"어이어이, 이제 와서 순진한 소년인 척하는 거야?"

클루이드 일행은 레이지가 소년에서 남자가 되는 걸 보고야 말겠다는 결심이 강했다.

"잎담배 사세요."

옥신각신하던 그들 앞에 누군가의 목소리가 끼어들었다.

허름한 옷차림을 한 소년이 들고 있는 바구니 안에는 네모난 종이 상자가 가득 쌓여 있었다.

클루이드는 그 상자 중 이미 개봉되어 있는 걸 골라 잎담배 하나를 뽑아 들었다. 그리고 코로 담배 향을 맡아본 뒤 고개를 설레설레 저으며 도로 내려놓았다.

"미안. 보다시피 난 피우던 것만 피우거든. 다른 곳으로 가봐."

그의 말에 소년은 고개를 푹 숙이고 다른 테이블을 향해 몸을 틀었다. 하지만 레이지의 쭉 내민 왼발이 소년의 앞을 가로막았다.

"얼마지?"

"열 개들이 한 상자에 동화 다섯 닢이에요."

레이지는 돈주머니를 열고 안에 들어 있는 금화의 개수를 세기 시작했다.

"전부 얼마야?"

"네?"

"지금 들고 있는 것까지 합해서 전부 얼마냐고. 두말하게 하지 마."

소년은 화들짝 놀라며 바구니를 내려놓고 하나씩 세기 시작했다. 하지만 레이지의 눈이 훨씬 더 빨랐다.

"금화 다섯 개면 충분하겠지?"

"네? 네! 추, 충분하고도 남아요!"

소년은 금화를 냉큼 낚아채고선 연신 고맙다며 허리를 숙여 인사를 했다. 그리고 바구니를 챙길 생각도 없이 신나게 날뛰며 술집 밖으로 나갔다.

레이지는 잎담배 상자가 가득 담긴 바구니를 테이블 위에 올려놓았다.

"너희들에게 주는 마지막 선물로는 부족할까?"

"무슨 소리! 충분하고도 남지!"

용병들은 두 손으로 하나라도 더 많은 잎담배를 챙겼다. 금세 바구니 안은 텅 비었다.

비록 질이 낮은 싸구려 잎담배라 해도 긴장을 풀기 위한 끽연용으로는 충분했다. 클루이드는 잎담배를 입에 물고 성냥으로 불을 붙인 뒤 길게 연기를 내뿜으며 입을 열었다.

"의외로 정이 많네?"

"그런가?"

"돈 문제에 대해서는 우리보다 훨씬 더 철저한 도련님께서 무슨 바람이라도 분 거야?"

레이지는 살짝 미소를 지으며 바구니를 매만졌다.

"작은 변덕에 불과해. 그냥 옛 생각이 나서 그렇거든."

"옛 생각?"

"아, 이야기한 적이 없던가? 나 원래는 서자 출신이야."

"어? 그랬어?"

레이지의 태도가 워낙 당당했던 터라 그에게 어두운 과거가 있을 줄은 그 누구도 예상하지 못했다.

"그래서 정식으로 가문에 들어오기 전까지 꽤나 고생하고 살았지."

실제 레이지가 고생했는지 아닌지는 잘 모르지만, 제이워드였을 당시 고난을 겪었던 것만은 사실이다.

"옛날 이야기는 여기까지만 하도록 하지. 그리 즐겁게 할 이야기는 아니거든."

레이지가 자리에서 일어서자 클루이드는 아쉬운 표정으로 그를 올려다보았다.

"어이! 진짜 가는 거야?"

"인연이 닿으면 다시 보자고."

레이지는 그들과 언젠가 다시 만날 날을 기약하며 마르샤 밖으로 나왔다.

그러자 꼬맹이 세 명이 그의 앞을 포위했다.

"성냥 사세요!"

"여기 맛 좋은 사과도 있어요!"

"꽃은 어떤가요?"

아마 아까 대박을 친 담배팔이 소년의 행각이 분명하다. 레이지는 쓴웃음을 지으며 금화 다섯 개씩 각각 소년의 바구니에 올려놓았다.

"오늘 하루뿐이다. 잘 알아들어."

"와아! 감사합니다!"

"고마워요! 어르신!"

소년들은 금화만 잽싸게 골라잡은 뒤 바구니를 내려놓고 날뛰며 사라졌다.

4

"휴우."

레이지는 마차에 내려 크게 숨을 내쉬었다.

저택에 도착한 지금 달이 하늘 높이 떠올랐다. 큼지막한 바구니 세 개를 들고 저택으로 향하는 그의 모습에 하인들이 고개를 갸웃거렸다.

문을 열고 저택 안으로 들어오자 여느 때와 마찬가지로 페리슨이 그를 맞이했다. 평소와 다른 점이라면 페리슨 뒤에 무서운 얼굴의 여성 한 명이 서 있었다.

"레이지, 이게 무슨 짓이죠?"

"마리에타님?"

그녀는 상기된 얼굴로 레이지를 노려보았다.

"분명히 오늘 당신을 만나러 온다고 알렸죠? 그런데 이 시간까지 뭐하다가 온 거예요?"

"그게, 피치 못할 일이 있어서 그랬습니다만."

"그 피치 못할 일이 술집에 들락거리는 일인가요?"

레이지의 옷에서 풀풀 흘러나오는 술 냄새에 마리에타는 분통을 터뜨렸다. 게다가 여성 특유의 향수 냄새까지 진동하자 분노는 극에 달했다.

"날 만나는 일보다 술이나 퍼마시며 싸구려 여자를 안고 희희낙락하는 일이 더 중요한가요?"

잔뜩 흥분한 마리에타와 달리 레이지의 입에서 피식 하는 웃음소리가 흘러나왔다. 그는 바구니들을 페리슨에게 떠맡기고 뻐근해진 어깨를 어루만졌다.

"밤이 깊었으니 제 마차를 타고 돌아가시도록 하죠. 페리슨, 마부 불러서 준비시키도록."

"제 말은 아직 안 끝났어요!"

마리에타의 고함을 뒤로한 채 레이지는 계단을 올라 자신의 방으로 돌아갔다. 그리고 문을 굳게 잠갔다. 뒤따라온 마리에타는 처음에는 노크를 하다가 아무런 반응이 없자 문을 쾅쾅 두들겼다.

"레이지! 이런 식으로 나오기예요?"

레이지는 시끌벅적한 상황에서도 태연하게 책상 위에 앉아 마법서를 펼쳤다. 마리에타의 목소리가 높아져 감에도 그는 페이지에 적힌 문자 하나하나에 집중할 뿐이었다.

얼마나 시간이 흘렀을까.

문을 두들기던 소리 대신 계단을 내려가는 발자국 소리가 멀어져 갔다. 그사이 책 한 권을 독파한 레이지는 의자 등받이에 몸을 기대며 기지개를 켰다.

"도련님, 들어가도 되겠습니까?"

"들어와."

페리슨은 걱정스러운 표정으로 레이지를 바라보았다.

"마리에타님이 단단히 화나신 모양입니다."

"괜찮아. 오히려 이번 일로 당분간 찾아오지 않겠지."

레이지는 주머니에서 사과 하나를 꺼내 한입 깨물었다. 그의 냉담한 반응에 페리슨은 뭐라 할 말을 찾지 못했다.

기억을 잃기 전 마리에타는 레이지에 있어서 유일한 구원이나 마찬가지였다. 마리에타 쪽이 귀찮아할 정도로 레이지는 그녀를 갈구했고, 그녀가 노골적으로 싫어할 때에도 그저 얼굴만 바라볼 수 있는 것만으로도 행복해했다.

지금 와서는 그 구도가 완전히 뒤틀려졌다. 남 대하듯 관심조차 안 가져주는 레이지의 태도는 타인인 페리슨의 눈에도 너무나 차갑게 느껴졌다.

"도련님과 아가씨의 개인적 문제에 감히 관여할 생각은 아닙니다. 단지 포르테 가문과의 사이가 안 좋아지게 된다면……."

"할아범, 날 애로 봐? 케이지 형님과 안젤라님 사이가 직접 나빠지지 않는 이상 이 정도 다툼에 영향이 갈 거라고는 생각 안 한다고."

막상 열일곱 살의 소년에 불과한 레이지의 입에서 이런 말이 나오자 페리슨은 뭐라 반박할 말을 찾지 못했다.

"그리고 귀족끼리의 결혼에 사랑보다 더 중요한 게 있잖아? 어찌 되든 간에 결혼은 진행될 거야."

"그, 그렇긴 합니다만."

"게다가 요즘 마리에타님이 너무 잦게 방문하는 거 같단 말이야. 그것도 내 방에. 사돈 관계라도 이건 타인들의 눈에 그다지 안 좋다고."

레이지는 요즘 하녀들이 자신과 마리에타에 대해 수군거리고 있음을 알아챘다. 한번 하녀들만 따로 단체로 집합시켜 혼찌검을 낼까 생각도 해봤지만, 그렇게 억압하기만 하면 소문이 더 커지고 악화될 가능성을 고려해서 관두었다.

사실 그것 때문에 마리에타가 방에 올 때 문을 활짝 열어두는 방안도 고려했지만 그랬다가 자신이 무의식적으로 알려지지 않아야 하는 '진짜 과거'에 대한 실마리라도 남길 가능성을 고려해 잠글 수밖에 없었다.

"하지만 예전 레이지님은……."

"예전의 내가 그녀와 어떤 관계였는지 모르지만 그건 결국 과거의 이야기야. 겹사돈을 아버지께서 허락하실 리도 없고. 어차피 다른 가문으로 시집가 버리면 다시 볼 일도 없는 여자에게 신경 쓸 이유가 뭐 있어? 지금의 나에겐 필요없는 사람이지."

레이지는 페리슨의 말을 딱 잘라서 끊었다.

더 이상 설득하는 걸 포기한 페리슨이 한숨을 내쉬고 뒤돌아서는 순간 표정이 굳어버렸다.

"지금 진심으로 하는 이야기예요?"

날이 잔뜩 선 목소리가 레이지의 귀 안으로 스며들어 왔다. 어느새 되돌아온 마리에타가 죽일 듯한 눈초리로 레이지를 노려보고 있었다.

레이지는 오른손으로 이마를 짚으면서 눈썹 사이를 일그러뜨렸다. 반면 마리에타는 윗니로 아랫입술을 질끈 깨물고 부들부들 떨면서 자리에 서 있었다.

"페리슨, 마리에타님과 단둘이 좀 진중하게 이야기를 나눠야 할 거 같으니 자리를 비켜줘."

"네, 넵!"

5

페리슨이 부리나케 모습을 감추자 방 안에는 고요가 감돌았다.

'오히려 잘된 일이야. 이번 기회에 마음속에 담아두고 하지 못했던 말을 맘껏 해야겠어.'

레이지와 동갑이라 해도 실제 '나이'보다 서른 살 가까이 어린 귀족 아가씨의 행태는 과거의 레이지가 아닌 지금의 레이지의 눈에 어리게 보이기만 했다.

그는 책상을 손가락으로 툭툭 두들기며 말없이 창문을 응시했다. 물론 유리창에 비춰진 마리에타의 얼굴을 살펴보면서 그녀가 진정하기까지 기다렸다.

"어디서부터 이야기를 들었습니까?"

"네?"

"저와 페리슨과의 이야기 말입니다."

"…처음부터요."

애당초 그냥 돌아갈 생각은 없었던 거다.

레이지는 천장을 바라보며 할아범과 주고받았던 대화를 거꾸로 회상해 보았다.

"흐음, 처음에 페리슨이 한 말이 뭐였더라. 아, 들어와도 되냐고 물어보는 거였죠."

"설마 당신, 다 기억하는 거예요?"

"원체 기억력은 탁월해서 말입니다."

말 하나 잘못 꼬투리 잡히면 진정한 과거까지 드러날 수 있다는 두려움 때문일까.

그는 스쳐 지나가면서 하는 이야기라도 하나하나 기억했다. 그의 과거를 그 혼자만이 알고 있기에 과거가 들통 나지 않기 위해선 그 스스로가 가장 말조심을 해야 했기에.

"마리에타님, 우선은 말입니다……."

"잠깐, 저에게 우선 미안하다는 말부터 해야 하는 거 아닌가요?"

다짜고짜 본론으로 들어가려는 레이지의 말을 마리에타의 격한 억양이 끊었다. 하지만 레이지는 조금의 표정 변화 없이 대화의 방향을 바꾸었다.

"여성과의 싸움이 일어난 경우엔 무작정 사과하는 건 좋지 않죠. 어떠어떠한 이유로 싸웠고 그것 때문에 어떻게 진행되었는지 말하는 게 화해의 기본 구조라고 알고 있습니다만, 제 말이 틀렸습니까?"

남자들이 여자를 잘 알지 못해 화를 부추기는 대화 방식 중 대표적인 게 무조건적인 사과다. 실제로 레이지는 자신의 스승이 화를 냈을 때 겁에 질려 사과만 남발하다가 더 호되게 당한 적이 한두 번이 아니었다.

그는 절대 흥분하지 않고 최대한 냉정함을 유지하면서 다음에 할 말을 차근차근 머릿속에서 정리했다.

"어떤 부분에서 화가 나셨습니까?"

"전 당신이 돌아올 때부터 화가 나 있었다고요!"

"그야 그렇지만, 지금의 화는 좀 다르다고 생각합니다. 아마 그거 때문이 아닙니까? 마리에타님이 저에게 필요없는 사람이라고 말했을 때 같은데…… 틀립니까?"

그의 질문에 마리에타의 얼굴이 살짝 달아올랐다.

그녀는 고개를 옆으로 돌리며 시선을 회피했지만, 레이지는 그녀의 마음속을 훤히 들여다볼 수 있었다.

'정답이로군.'

화낸 이유를 찾아냈다면 그 다음부터의 이야기는 훨씬 수월해진다. 레이지는 비웃음의 뉘앙스가 전혀 담기지 않은 미소를 살짝 보여주며 마리에타를 정면으로 바라보았다.

"그거에 대해서는 특별히 사과할 필요는 없다고 생각합니다. 굳이 사과한다면 표현을 좀 더 정중하게 하고 돌려 말했다면 괜찮았을 텐데."

"제가 당신에게 필요없는 사람이라고요?"

"그러면 반대로 묻겠습니다. 지금의 저에게 당신이 필요하다고 생각합니까?"

이럴 땐 우선 질문에 대답하기보단 물어본 대상에게 답을 되물어보는 게 낫다. 또한 굳이 돌려서 말할 필요는 없다.

생각보다 강하게 나오는 레이지에게 마리에타는 뭐라 대답할 말을 찾지 못했다. 감정적으로 나오는 자신과 달리 레이지는 계속 이성적으로 대화를 이끌어 나가고 있었다.

"저는 몇 번이나 마리에타님께 말했습니다. 기억을 잃기 전의 저와 그 후의 제가 같다고 생각하지 마시라고 말입니다."

"……."

"물론 저의 갑작스러운 변화에 마리에타님이 여전히 당황하고 계시다는 건 알고 있습니다. 예전의 제가 쓴 일기장을 보니 얼마나 마리에타님을 갈구했는지 대충 알 수 있더군요. 사실 제가 읽어도 소름 끼치는 부분이 있어서 자세히 설명 드리지는 않겠습니다."

그는 일기장에 적힌 문장을 머릿속에 떠올리며 느낀 그대로를 단어로 변환했다.

"난폭하고 고약한 성격, 열등감 덩어리. 과거이긴 해도 제가 참 사람답지 못했더군요."

자책이 아닌 명백한 사실.

마리에타는 다시 한 번 지금 자신의 앞에서 거침없이 이야기를 진행하고 있는 소년이 과거와 완전히 다른 인물이라는 걸 깨달았다.

하지만 왠지 지금 이 순간만큼은 과거의 소년이기를 바랐다. 마리에타가 원한 것은, 자신을 바라보며 기뻐하지만 동시에 우물쭈물하며 대처할 줄 모르는 레이지를 보는 것이었기에.

"지금의 저는, 흐음⋯ 솔직히 어리석지 않다고 자부할 순 없겠더군요. 어른스럽게 마리에타님을 돌려보내야 했는데 그렇지 못했으니 말입니다."

사실 중간 과정을 고려하지 않는다면 무시가 가장 간단하며 효율적인 대처이기는 하다.

하지만 과거의 자신과 명백히 다르다는 것까지 레이지는 애써 무시하지 않았다. 어차피 복잡한 인간관계 속에 뛰어든 이상 귀찮음은 어느 정도 감수해야 했다.

"근데 말입니다. 전 지금의 제가 남들에게 무슨 소리를 듣든 간에 상관하지 않습니다. 제가 해야 할 일만 하면 충분하거든요."

마리에타는 두 눈을 찡그리면서 레이지를 노려보았다.

하지만 그는 개의치 않고 말을 이어 나갔다.

"지금 제가 여유롭게 생활하는 것처럼 보여도 하루하루를 꽤 빡빡한 일정으로 보내고 있답니다. 오늘 유흥가로 간 것도 나름 만날 사람들이 있어서 간 것이고요."

"저와의 선약이 있었음에도?"

"선약이라는 말은 틀리죠. 이제까지 마리에타님이 크로이 덴 가문을 방문할 때 하루 전에 통보하는 식이 아니었습니까? 그걸 보통 선약이라고 말합니까?"

처음으로 마리에타의 표정에 분노가 아닌 '당황' 스러움이 자리 잡았다.

'그래도 어느 정도 상식은 갖추었군. 말이 아주 통하지 않는 편이 아니라 다행이야.'

사실 이 부분에서 그게 무슨 문제냐고 나왔다면 더 이상 아무 말도 하지 않고 돌려보낼 생각이었다. 레이지는 그녀의 머릿속에 조금이나마 남아 있는 '상식' 에 감사했다.

"일방적인 통보, 혹은 지시라고 말하죠."

레이지의 목소리가 무거워지자 마리에타는 자신도 모르게 고개를 숙였다.

"까놓고 말하면, 크로이덴 가문이 포르테 가문에게 통보당할 위치에 있는 가문입니까? 저도 나름대로 일정이 있는데 그걸 매번 무시하고 마리에타님을 만나야 합니까?"

귀찮게 달라붙는 것까지야 넘어갈 수 있어도 자신의 일정에 영향을 미치는 건 결코 용납할 수 없었다.

이는 비단 레이지 한 명에게만 적용되는 일은 아니었다.

사실 저택의 고용인들은 마리에타의 잦은 방문에 은근히 불만을 가지고 있었다. 레이지야 그냥 자신의 방에 오는 그녀를 맞이하면 끝나지만, 명백히 귀빈에 속하는 그녀가 방문할 때마다 저택 곳곳을 평소보다 깔끔히 청소해야 하고 요리에도 더욱 신경 써야 하기 때문이다.

무엇보다 그렇게 정성들여 만든 요리를 마리에타는 입도 안 대고 가버리는 경우가 적지 않았다. 가문의 장남인 케이지와 약혼한 안젤라라면 몰라도 동생인 마리에타의 태도는 분명히 지나쳤다.

"혹시 제가 서자라고 마음대로 행동하시는 건 아닙니까?"

"아, 아니에요!"

"서자라고 얕본다 해도 큰 상관 없긴 합니다. 하지만 이곳은 크로이덴 가문이지 포르테 가문이 아닙니다. 귀빈 취급을 받으면서 일주일에 세 번이나 방문하면 더 이상 귀빈이라고 할 수도 없습니다."

"그, 그런……."

"앞으로 가문을 방문하시는 것은 상관없습니다만, 절 만나고 싶으시다면 제 일정도 고려해 주시길 바랍니다."

"미안해요. 그 부분은 제 불찰이 커요."

그녀는 고개를 숙인 채 자신의 잘못을 순순히 인정했다. 다소 목소리가 떨리고 있음에 레이지는 불길함을 느꼈지만 대화를 여기서 마칠 생각은 없었다.

"그리고 필요없다는 부분에 대해서 말입니다……. 다시 물어보는 거겠지만 당신의 그 어떤 부분이 저에게 필요하다고 생각합니까?"

레이지가 가장 하고 싶었던 말이 이제야 시작되었다.

"크로이덴가와 포르테가의 친교? 그건 이미 제 형님과 안젤라님의 약혼만으로도 충분합니다. 오히려 사돈 관계임에도 남들의 의심을 살 정도로 자주 방문해 오시니 문제 요소가 될 뿐입니다."

"저는 단지 당신이 그 룬 문자를 구사하는 것을 보고……."

"저에게 마법사로서의 자질을 느껴서라고 대답하고 싶으십니까?"

"마, 맞아요."

"룬 문자를 자유자재로 구사한다 해도 그게 마법사로 이어지는 건 아니지 않습니까? 게다가 마리에타님이 저에게 룬 문자를 가르쳐 주시는 것도 아니고, 반대로 제가 가르치는 것도 아니고."

레이지의 마법사로의 실력을 키워주는 것도 아니고, 마리에타의 능력을 향상시켜 주는 것 역시 아니다. 시간 낭비 그 이상도 이하도 아니다.

"남녀가 서로 만나서 룬 문자만 주고받는다면 그것처럼 이상한 게 어디 있겠습니까?"

레이지가 말을 마치는 순간 예상 밖의 일이 발생했다.

고개를 숙이고 있던 그녀의 무릎 위에 무언가가 뚝뚝 떨어졌다. 레이지는 그것을 보자마자 오른손으로 얼굴을 감싸 쥐고 고개를 설레설레 저었다.

'젠장, 여자에겐 저게 있었어. 인류 최강의 무기.'

눈물.

저게 발동된 이상 남자에 한정해서 절대 이성적인 대응책이 통하지 않는다.

그것의 무서움은 스승을 통해 지겹도록 교육받았다. 여성의 눈물 하나 때문에 망해 버리기도, 번성해 버린 나라도 역사상에 수두룩하다면서. 막상 스승 본인은 그 최강의 무기를 단 한 번도 쓰지 않았지만.

'오래간만에 말싸움을 하다 보니 상대를 너무 몰아붙였어. 최소한 도망칠 구멍 하나는 남겨두었어야 하는데.'

그는 뒤늦게 자신의 실책을 한탄하며 길게 한숨을 내쉬었다.

이렇게 된 이상 방향을 완전히 바꾸어야 한다. 그녀가 다시는 찾아오지 않도록 질리게 하는 방법은 역효과만 일으킬 뿐이다.

"흠흠, 솔직히 말한다면 제가 마리에타님을 여자로 인식하지 않는 건 결코 아닙니다."

"네?"

갑자기 대화의 방향이 영 엉뚱한 곳으로 튀어버리자 마리에타는 자신도 모르게 고개를 들어 올렸다. 물론 급하게 고개를 옆으로 돌리며 눈가를 매만졌지만.

"객관적으로 놓고 봐도 마리에타님은 꽤 아름다운 여성임은 분명합니다. 하녀들이 남몰래 곧잘 물어보곤 하더군요. 그 아름다움의 비법이 무엇인지."

말을 알아들을 수만 있다면 여자는 자신의 아름다움에 대해서 절대 부정하지 않고 기쁘게 받아들인다. 60 넘은 노인네가 되더라도.

"무엇보다 저와 동갑임에도 매직 유저로서 상당한 수준에 도달하셨습니다. 아름다움과 지혜 모두를 갖춘 분이시죠."

아크메이지까지 경험했던 그의 입이 다른 이를 대상으로 지혜라는 단어를 꺼내자 입가가 살짝 일그러졌다. 하지만 지금은 참아야 했다.

"그런데 지금의 저는 누구를 여자로 인식하고 그러는 것에 보낼 시간이 없습니다."

레이지는 최대한 진지한 표정으로 그녀를 정면으로 바라봤다.

마리에타는 그의 시선이 자신이 아닌 어딘가 닿지 않는 먼 곳을 응시하고 있음을 알아채고 눈물이 멈추었다.

"사교적인 목적으로 누군가를 만날 기분이 아닙니다. 그러니 그 점은 양해해 주시길 바랍니다."

레이지는 자리에서 일어서더니 그녀를 향해 허리를 숙였다.

"꽤, 괜찮아요. 제가 너무 감정적이 되었을 뿐이에요."

'좀, 일찍 좀 알아채.'

그는 억지로 하고 싶은 말을 꾹꾹 참아내며 고개를 들었다.

물론 살짝 미소를 지어주는 걸 잊지 않았다.

반면 마리에타는 그의 말에 수긍하면서도 뭔가 꺼림칙한 기분을 떨쳐낼 수 없었다.

'진짜 나와 동갑이 맞을까? 납득이 가면서도 저 얼굴을 보고 있으면 속았다는 느낌을 지울 수 없어.'

아무리 살펴봐도 겉은 열일곱 살이 분명한데 속은 자신의 나이보다 배는 되어 보였다.

그녀는 이 어린 소년이 무엇 때문에 자신까지 눈에 안 들어올 정도로 무언가에 몰두하는지 궁금해졌다.

"당신은 무엇 때문에 그토록 노력하는 것이죠?"

"글쎄요."

레이지는 목 아래로 오른손을 가져갔다가 쓴웃음을 지으며 이내 거두었다. 더 이상 자신의 목에 걸려 있지 않은 낡은 펜던트를 떠올렸다.

"절대 포기하지 못할 이유 때문이랄까. 대충 그런 겁니다."

자연스러우면서도 뭔가 이질감이 느껴지는 미소.

마리에타는 더 이상 그와 이야기할 수 없다고 느끼고 자리에서 일어났다.

"오늘은 실례가 많았어요. 아까 이야기한 대로 다음부터 방문할 때엔 주의하도록 할게요."

그녀는 나타날 때와는 정반대로 조용하게 자리를 떠났다.

레이지는 의자 등받이에 등을 기대고선 오른손으로 이마를 꾹 눌렀다. 그리고 살짝 열린 문을 바라보았다.

"할아범, 거기 있는 거 다 아니까 차라도 타와."

"네, 넵!"

우당탕 하는 소리와 함께 노인의 신음 소리가 문틈으로 새어 들어 왔다.

레이지는 인상을 찌푸리며 책상 서랍을 바라보았다.

'왜 일기 같은 걸 쓰는지 조금은 이해되는 거 같아. 남들에게 말할 수 없는 걸 종이 위에 휘갈기기라도 해야겠지.'

오늘은 참으로 그답지 않은 행동과 사건의 연속이었다.

돈 하나 헛되이 쓰지 않던 그가 길거리의 소년들에게 20골드나 되는 돈을 낭비했고, 그냥 무시하면 되는 여성에게 일부러 화를 자초하는 불씨를 안겨주기까지 했다.

뭔가 마음가짐을 새로 할 필요가 있었다.

"도련님, 차 가지고 왔습니다."

노크 소리와 함께 문이 열리면서 차의 그윽한 향기가 방 안으로 흘러들어 왔다.

하지만 레이지는 차는 거들떠보지 않았다.

"할아범, 그거 부탁해."

"그거라면?"

"오늘은 왠지 그러고 싶은 기분이야."

평소 미소를 지으며 이야기할 때와는 전혀 다른, 차갑고 함부로 말을 붙일 수 없는 분위기로 바뀌자 페리슨은 뭔지 알고 조용히 자리를 떴다.

10분 뒤, 크레아는 조용히 고개를 끄덕여 인사만 하고선 레이지의 책상 위에 쟁반을 올려놓고 자리를 떴다.

어쩌다가 제이워드였을 때의 꿈을 꾼 날에 레이지가 특별히 주문하는, 하지만 전혀 특별하지 않은 음식들.

싸구려 감자로 만든, 냉정히 말해 결코 맛있다고 말할 수 없는 감자 수프. 그리고 딱딱하게 굳어서 물에 불리거나 수프에 담그지 않는 한 절대 그대로 먹기 힘든 빵.

레이지는 스푼을 들어 수프를 떠먹으려다가 도로 내려놓고 옛날 그랬던 것처럼 접시째 들고 기울여 수프를 들이켰다.

"맛없군."

평생 단 한 번 느꼈던, 절대 잊을 수 없었던 맛은 다시 돌아오지 않았다. 스승이 그의 곁을 영원히 떠난 이후부터… 그리고 레이지로 다시 태어난 지금까지도.

Chapter 06
열여덟 번째 생일 파티

1

'눈물 사건' 이후 마리에타가 길레터 가문을 방문하는 횟수
는 크게 줄었다. 물론 2주일에 한 번 정도로 잊을 만하면 얼굴
을 들이미는 정도였지만.

레이지의 지적을 받아들여 그녀는 레이지의 일정을 감안하
여 방문했고, 자신을 귀빈으로 대하지 말고 그냥 가족처럼 대
해달라고 페리슨에게 직접 귀띔했다. 또한 자신의 철없는 행
동 때문에 말없이 고생했던 하녀들에게 마법으로 제작된 화장
품을 나누어주기도 했다. 그동안 뒤에서 그녀를 험담하던 하
녀들은 언제 그랬냐는 듯 활짝 웃으며 마리에타가 방문하는
날을 손꼽아 기다릴 정도로 변했다.

레이지 입장에선 여전히 귀찮았지만 예전보다 덜해졌다는

것에 위안을 삼았다.

마리에타는 자신을 만날 필요가 없다는 그의 말에 내내 걸렸는지 자신이 직접 저술한 마법 서적이나 아껴두었던 마법 아이템을 들고 오곤 했다. 물론 레이지의 입장에서는 쓸모없는 물건들에 지나지 않아서 옷장 한구석이 비좁아질 뿐이었다. 그래도 자신의 선물을 거부하지 않는다는 사실 하나에 그녀 역시 만족했다.

마리에타의 태도가 변화하자 레이지는 다른 곳에 신경 쓰지 않고 줄기차게 오러 수련과 초급 마법을 익히는 데 몰두할 수 있었다.

클루이드가 떠난 이후 새 거래처를 붙잡아 포션 판매로 더 많은 개인 자산을 축적했고, 자신을 위해 여러 정보를 알려주는 사람에게 망설임없이 돈을 뿌리면서 나름의 정보망도 구축했다.

그렇게 2개월이라는 시간이 흘러갔다.

2

베르시아 신성력 1392년 12월 17일.

오늘 레이지의 저녁 일정은 그동안 제작해 둔 포션을 용병들에게 팔기 위해 유흥가를 들를 작정이었다.

보따리에 한가득 포션을 담아서 어깨에 짊어진 그는 대기시켜 둔 마차를 타기 위해 거실로 들어섰다.

하지만 마차 대신 그를 기다리고 있는 건 헛기침을 하고 있는 페리슨, 그리고 하녀 크레아와 헬렌이었다. 레이지는 영문도 모른 채 하녀들에게 양팔이 붙들린 채 탈의실로 끌려갔다.

"할아범, 이 정도면 충분하잖아?"

레이지는 벌써 열 벌의 옷을 입었다 벗었다를 반복한 탓에 목소리에 힘이 빠져 있었다. 평소와는 달리 실용성은 거의 없고 직선적인 디자인의 정장인지라 뭐가 어울리는지 아닌지 파악하기도 힘들었다.

애초에 마법사 시절 로브만 대충 걸치고 다니던 그에게 패션 감각이란 눈곱만큼도 없었지만.

"아닙니다. 아직 보푸라기가 몇 개 남아 있군요."

페리슨은 안경테 가운데를 손가락으로 밀어 올리면서 오른손에 든 작은 솔로 어깨에 달라붙어 있는 보푸라기를 털어냈다.

사실 레이지는 뭘 입든 상관없었던 터라 그냥 대충 끝마치길 바랐다. 하지만 옷을 입히고 몸에 맞도록 단을 줄이거나 늘리고 옷에 묻은 보푸라기를 하나하나 떼어내는 일이 반복되다 보니 지쳐만 갔다.

"그깟 보푸라기 몇 개 있다고 해서 큰일 나는 것도 아니잖아?"

"큰일 납니다."

"그냥 나 집에서 쉬면 안 돼? 기억상실증 때문에 모르는 인간 투성이인 곳으로 가면 골이 아프다고. 안 돼?"

"안 됩니다."

"이럴 수가……."

최강의 필살기 기억상실증이 처음으로 먹히지 않고 무너져
버렸다.

*　　　*　　　*

마리에타 M. 포르테의 열여덟 번째 생일을 맞이한 포르테
가문의 저택은 인파로 분주하기 이를 데 없었다.

평소 고용하고 있는 하녀들만으로 쏟아져 들어오는 손님들
을 대접하기엔 역부족이었던 터라 길레터 가문에서 보낸 하녀
들까지 임시로 파견된 상태였다.

그녀들은 계획에도 없던 중노동에 시달려야 했지만 표정은
모두 밝았다. 생일 파티가 끝난 이후 마리에타 특제(特製) 화장
품을 전원 받기로 한 터라 불만은커녕 흥겹게 일하고 있었다.

대문 앞에선 수십여 대의 마차가 줄이어 서서 한창 파티를
즐기고 있는 주인들을 기다리고 있었다. 저택 앞에 자리 잡은
정원에는 백여 개의 테이블이 놓여 있었고, 따끈따끈한 김이
모락모락 피어오르는 음식들의 향이 꽃의 향기와 어우러져 절
묘한 조화를 이루고 있었다.

워낙 많은 손님이 온 탓에 정원은 물론 거실 안에도 사람들
이 들어찼다. 특이하게도 손님들의 대다수는 마리에타 또래의

10대 중후반 귀족 자제들이거나 20대 중후반의 남성들이 대부분이었다. 그녀의 여성 친구들은 아예 따로 테이블을 차지하고선 파티에 참석한 남자들을 둘러보면서 '품평회'를 귓속말로 진행하고 있었다.

파티에 참석한 모든 이들이 보고 싶어하는 '주인공'은 벌써 세 시간이 넘게 자신의 방에서 옷을 갈아입고 있었다.

"아가씨, 너무나 아름다워요!"

마리에타가 열 살 때부터 그녀의 전담 하녀로 일해온 헤르나의 입에서 감탄사가 터져 나왔다.

허리까지 내려올 정도로 길게 기른 머리카락은 정성 들여 빗질된 후 목 위로 틀어 올려졌다. 분홍빛의 드레스는 평상시 그녀가 입고 다니는 디자인보다 가슴 부분이 훨씬 파인, 다소 과감하면서도 성숙미를 풍기게 했다.

마리에타는 거울 앞에 앉아서 고개를 좌우로 돌리며 화장이 제대로 되었는지 확인했다. 헤르나는 연신 감탄사를 내지르며 완벽하다고 칭송했다.

이제 안젤라의 평가만 받으면 된다.

"언니, 어때?"

"여전히 예쁘구나. 그런데 가슴 부분이 좀 조이진 않니?"

"응, 그런 거 같아."

1년 사이 가슴 부분이 특히 성장한 마리에타는 살짝 드러난 가슴 윗부분이 여전히 신경 쓰이는 듯 슬그머니 드레스를 붙잡고 위로 들어 올리려고 했지만, 헤르나는 고개를 가로저으며 도로 내려놓게 했다.

"가슴은 여성의 매력 요소 중 하나라고요! 맘껏 그 아름다움을 과시하세요, 아가씨."

"그래그래. 알았다고."

결국 마리에타는 헤르나의 의견을 받아들이고 길게 한숨을 내쉬었다. 헤르나는 작은 유리병에 든 가는 붓을 꺼내 그녀의 입술에 칠했다. 선명한 붉은색이 입술에 자리 잡으면서 나이에 걸맞지 않은 요염함까지 추가되자 헤르나는 기절할 정도였다.

벌써 세 시간이 넘게 동생의 치장을 구경한 안젤라는 손으로 입을 가리며 작게 하품했다. 그리고 자리에서 일어나 침대위에 수북이 쌓인 생일 선물을 살펴보았다.

여성인 마리에타에게 보내진 선물 대다수는 아름다운 옷이나 화장품, 액세서리였다. 옷은 애초에 마리에타와 사이즈가 미묘하게 다른 터라 관심 밖이었고, 액세서리에 관심이 집중되었다.

"어머, 이건 요즘 최고의 인기를 끌고 있는 까르디아의 브로치잖아! 그것도 다섯 가지 색깔로 염색한 최신 버전인데?"

안젤라의 눈이 선물 상자를 포장하고 있는 포장지만을 보고서 상자 안의 물건이 무엇인지 정확하게 파악했다.

보석 세공으로 유명한 까르디아 상가(商家)가 직접 만든 브로치는 여성들에게 폭발적인 인기몰이 중이다. 정성 들여 커팅한 다섯 가지 보석을 브로치 안에 박아 넣어 비춰지는 각도에 따라 다섯 가지 색으로 빛나는 모습은 마법과 흡사할 정도였다.

평소 눈독들이던 물건이 눈앞에 있자 안젤라는 슬그머니 동생의 눈치를 봤다. 하지만 포장지 곁에 매달려 있는 발신인 표시를 보는 순간 떨떠름한 표정을 지으며 도로 내려놓았다.

"그런데 보낸 사람이 영 좋지 않네. 데르오스 백작가의 차남이 보냈네."

"그 뚱보? 언니나 가져."

"됐네요. 나중에 케이지님께 예전 버전으로 사달라고 하면 될 거야."

아무리 아름다운 장신구라 해도 돼지가 보낸 물건이라면 이야기가 달라진다.

풀이 죽어버린 안젤라는 창문 쪽으로 다가가더니 정원을 내려다보았다. 마법으로 형성된 불빛이 정원 곳곳을 비추고 있는 터라 저녁임에도 낮처럼 환했다.

그사이 마리에타는 화장을 다 마치고 의자 위에서 일어났다. 하지만 여전히 뭔가 부족한지 거울 앞에서 한 바퀴 휙 돌면서 드레스 옷단 하나하나를 다시 살피기 시작했다.

'그의 성격상 너무 화려한 것은 싫어할 텐데…… 그것보다 역시 가슴을 좀 더 가리는 디자인으로 골랐어야 했나? 분명히 시선이 이곳으로 집중될 텐데……'

바로 그때 노크 소리가 문밖에서 들렸다.

"누구? 벨리아?"

"네, 벨리아입니다. 크로이덴 가문에서 오신 레이지님께서 도착하셨다고 합니다."

"그래?"

다시 옷을 갈아입으려던 생각은 휑하니 사라졌다.

마리에타는 헤르나의 도움을 받아 양손에 분홍빛 실크 장갑을 끼고서 문밖으로 나섰다.

3

본의 아니게 마리에타의 생일 파티에 끌려온 레이지.

원래는 그의 아버지 케인즈와 형 케이지가 크로이덴 가문을 대표해 참석하기로 했다. 그는 처음부터 생일 파티 따위엔 관심없다고 말했고, 원래 계획대로라면 새로 사귄 용병들에게 술 몇 잔 사주면서 최근의 동향에 대해 이야기라도 나눠볼까 했다.

하지만 아버지의 개인 사정과 형의 업무 때문에 그 역할은 대신 레이지에게 떠맡겨졌다.

결국 그는 페리슨에게 붙잡혀 억지로 정장을 갖춰 입은 뒤에 마차에 실려 포르테 가문의 저택에 도착했다. 그가 할 수 있는 건 하녀와 함께 가야 한다는 부탁을 거절하는 수준이었다.

'크레아가 따라왔다면 이것저것 꼬치꼬치 참견할 게 뻔해. 이왕 온 김에 남들의 눈치 보지 않고 기분 전환이라도 해야겠

어. 그리고 무엇보다……'

마차를 타고 오면서 깨닫지 못했던 사실.

그것은 예전의 레이지와 관계있을지도 모르는 귀족들을 직접 만나볼 수 있는 절호의 기회라는 점이다.

그 나름대로 조사를 해보긴 했지만 예전의 레이지가 과연 단순히 마나 컨트롤 실패로 쓰러졌는지, 아니면 보이지 않는 누군가의 음모에 당한 것인지 물증을 찾기엔 역부족이었다. 그렇다면 그가 아직 만나보지 못한 과거의 연관자들을 접해보고 판단하면 된다.

그는 거실이 아닌 정원 구석으로 들어갔다. 거실 안은 마리에타가 나오기를 손꼽아 기다리는 남자들이 득실거려서 들어가기 꺼려졌기에 아무도 없는 테이블에 자리를 잡고 앉았다.

깔끔한 정장 차림의 웨이터가 온갖 칵테일이 놓여 있는 쟁반을 들고 다가왔다. 술 자체를 즐기지 않는 레이지였지만 오늘만큼은 그런 것 신경 쓰지 않고 가장 독한 칵테일을 골라 집어 들었다.

'취하지 않을 정도로만 마시면 되겠지. 그나저나 초상화로만 봐서 누가 누구인지 알기 힘들군. 뭐, 파티는 이제 시작이니 다급하게 굴지 말자.'

칵테일을 한 모금 들이켠 후 한 입 크기로 썰어놓은 샌드위치를 입안에 집어넣고 우물우물 씹었다. 테이블 위에 놓인 호화스러운 요리들은 보고 향기를 맡는 것만으로도 배가 부를 지경이었다.

'아주 돈을 펑펑 쓰는군. 귀족들의 경제 관념을 도저히 이해할 수 없어. 오늘 쓰인 돈으로 포션을 만들어 판다면 몇 배나 남을 텐데…….'

남몰래 개인 재산을 모으는 입장이어서일까. 그에게 있어서 생일 파티는 의미없는 낭비에 지나지 않았다. 그래도 여기까지 온 이상 배불리 먹어주리라 결심하고 웨이터가 가져온 스테이크를 나이프로 썰었다.

'이건… 레나의 요리로군. 여기까지 와서 집 요리 맛을 느껴야 하나?'

생일 파티를 위해 자신의 가문 하녀들이 파견 나왔다는 걸 이제야 깨달은 그의 얼굴에 실망스러운 표정이 떠올랐다.

물론 레나는 크로이덴 가문의 하녀 중에서도 가장 요리 실력이 뛰어나긴 해도 뭔가 색다른 맛을 기대했던 그로서는 다소 실망이었다.

그래도 맛은 확실히 있었다. 그는 스테이크를 썰어 육즙을 음미하면서 적포도주를 한 모금 들이켰다.

'어라? 생각보다 술이 잘 받네? 예전에는 한 잔만 마셔도 얼굴이 벌게지고 정신이 오락가락할 정도였는데. 예전과 다른 육체라서 그런 것일까? 아니면 오러를 익혀서 그럴지도.'

예전 아크메이지로 전쟁터에서 활약하던 시절 소드 마스터들과 술을 주고받은 적이 간혹 있었다. 그때마다 그는 오러 유저들의 미칠 듯한 주량에 압도되곤 했다.

'왜 그 인간들이 술을 퍼마시는지 이제야 이해가 되는군. 쓰

면서도 아주 오묘한 감칠맛이 혀를 통해 느껴져. 습관이 될지도 모르겠어.'

취기가 느껴지지 않다 보니 전에는 알지 못했던 술의 세계가 어떠한지 조금씩 파악되었다. 그는 신나게 스테이크를 썰면서 적포도주를 들이켰고, 어느새 한 병 분량을 비워 버렸다.

아까 옷을 억지로 입었다 벗었다를 반복해서였을까. 피곤에 지쳤던 그의 허기는 쉽게 채워지지 않았다.

이번에는 닭 요리를 선택했다. 포도주로 푹 고은 살코기가 포크로 살짝 찍어도 뼈에서 분리될 정도로 조리가 잘되었다. 물론 이번에도 포도주가 그와 함께 했다.

이런 식으로 세 접시의 요리와 두 병의 적포도주를 비운 후에야 포만감이 느껴졌다.

'술은 여기까지. 슬슬 돌아다녀 볼까?'

마음 같아서는 한 병 더 비우고 싶었지만, 술 냄새를 풀풀 풍기며 돌아다니는 사람의 말을 받아줄 이는 극히 드물다. 그는 술에 대한 욕구를 참고 오른손에 칵테일 잔을 들고서 다른 테이블을 둘러보기 시작했다.

4

"그러면 즐거운 시간 되시길 바랍니다."

"어머, 좀 더 이야기를 나누시지 않고요?"

"보다시피 죄다 처음 보는 분들이니 다시 얼굴을 익혀놔야 해서요. 멜리나 양, 소니아 양, 다음에 뵐 수 있다면 좋겠습니다."

두 귀족 여성은 아쉽다는 표정으로 레이지의 등을 바라보았다. 하지만 레이지는 조금의 아쉬움도 없이 발길을 돌렸다.

그는 칵테일을 한 모금 들이켜며 정원 한가운데에 섰다. 각 테이블에선 남녀가 함께 어울리며 담소를 나누고 있었다.

'흐음, 아까 그 여자들 가문도 결국 연관이 없었지.'

30여 분 동안 열 개의 테이블을 돌아다니며 이야기를 해본 결과, 정확히 열다섯 개의 귀족 가문 자제들을 만날 수 있었다. 그중 크로이덴 가문과 직간접적으로 교류를 가진 가문은 없었다.

'내가 기억상실증이 걸렸다는 소문조차 모르는 이들이 태반이었어. 대신 형 케이지에 대해 모르는 이들은 없었지.'

20대 초반의 젊은 나이에 랭크 5의 소드 마스터가 된 케이지 A. 크로이덴의 명성은 귀족 사이에서도 잘 알려져 있었다. 레이지는 몰라도 형 케이지의 이름을 댈 때마다 감탄사를 안 터뜨린 이가 하나도 없었다.

'오러 유저로서 뛰어난 자질에 가문의 정통 핏줄을 타고났고, 인성에서도 꽤나 칭찬을 받고 있어. 왜 레이지가 케이지를 죽이려고 했는지 조금은 이해가 되는군.'

이미 케이지는 동생 레이지에 비해 너무나 높은 곳에 위치한 상태다. 정상적인 방법으로 형을 따라잡기엔 절대 무리다.

그럼에도 레이지는 가문을 자신의 것으로 휘어잡고픈 욕망을 강하게 드러냈다. 일기장에 적힌 내용만을 봐도 충분했다.

'레이지에 비해 케이지는 아무리 봐도 뭔가 음모를 꾸미는 스타일은 아니야. 사람이 너무 좋아. 고지식한 부분은 왠지 아버지를 닮은 것 같기도 하고.'

능력이 있음에도 노력가인 타입은 꽤 드물다.

그리고 동시에 주변의 인망을 얻는 타입이기도 했다. 몇 번 형 케이지를 만나봐서 그 내면에 숨겨진 욕망이나 어두운 면을 찾아내려고 해봤지만 레이지의 안목으로도 보이지 않았다. 왠지 예전의 레이지가 형에게 왜 열등감을 가졌는지 깨닫게 되기도 했다.

무엇보다 가만히 놔두어도 케이지는 차기 가주가 될 수밖에 없는 상황. 레이지를 없애기 위해 무리수를 둘 필요가 전혀 없다.

그는 화기애애한 분위기의 파티장 속에서 홀로 인간의 추악한 면모가 어떤 식으로 발생할지 계산하면서 정원을 거닐고 있었다.

"레이지! 여기……."

자신의 이름을 부르는 목소리에 레이지는 고개를 옆으로 돌렸다.

평소와는 달리 화려한 모습으로 등장한 마리에타를 본 그의 입이 자신도 모르게 휘파람을 불었다.

'역시 여자는 꾸미게 마련이야. 평소 모습도 꽤 미인이었지만 지금은 확실히 대단하군.'

화려한 분홍빛 드레스를 걸치고 화장까지 한 그녀가 걸어갈 때마다 주변을 둘러싼 남자들로 형성된 '벽' 까지 같이 움직였다. 무수한 남성들의 시선이 부담스러운지 그녀는 불안함을 감추지 못하고 옆에 같이 따라오고 있는 언니 안젤라의 손을 잡고 놓지 못했다.

"일찍 나오려고 했는데 워낙 많은 분들이 오셔서……."

"사람이 많긴 많군요."

"레이지, 어때요? 식사는 맘에 드나요?"

마리에타가 화사한 미소를 지으며 레이지를 바라보자 남자들의 질투 어린 시선이 자연스레 옮겨갔다.

'귀찮은 건 질색이야. 빨리 자리를 떠야겠어.'

그는 윗도리 안쪽에 넣어두었던 작은 상자를 꺼냈다.

손바닥 안에 쏙 들어가는 크기의 종이 상자를 건네 받은 마리에타는 이런 식으로 직접 선물을 받은 게 처음이라 사뭇 당황하고 있었다.

"선물입니다. 뜯어보시죠?"

"지금 이 자리에서요?"

"네, 맘에 안 들면 교환이라도 해야죠."

귀족의 예법과 동떨어진 그의 행동에 주변에 모인 남자들은 이해할 수 없다는 표정을 지었다.

마리에타는 헛기침을 한 번 한 뒤 포장지를 뜯고 상자 안의 물건을 손가락으로 집어 올렸다.

"이, 이건……."

"전 여자 옷이나 장신구 보는 눈은 영 없어서 대신 다른 걸 준비했죠."

은으로 만들어진 반지.

하지만 보석 같은 건 일체 달려 있지 않았다. 이것은 매직 유저들이 곧잘 장착하는, 마나를 소량 증폭시켜 주는 매직 아이템이었다. 용도를 모르는 대다수의 남자들은 웬 싸구려 반지를 선물했냐며 비아냥거렸다.

"넷째 손가락이 아닌 중지에 끼셔야 합니다. 그래야 효과가 더 좋거든요."

자신도 모르게 왼손 넷째 손가락에 끼우던 마리에타는 얼굴을 붉히면서 도로 뺐냈다. 중지에 끼우고 손바닥을 돌려보는 그녀의 얼굴은 기쁨이 아닌 뭔가 묘하다는 감정을 드러내고 있었다.

"고마워요, 레이지."

"바쁘신 것 같으니 전 이만 물러나겠습니다. 아, 생일 축하드립니다."

그는 고개를 숙여 인사를 한 뒤 뒤로 슬쩍 물러났다.

마리에타는 손을 뻗어 그를 붙들려고 했지만 그의 빈자리에 다른 남자들이 모여들면서 자연스레 벽이 완성되었다.

레이지의 목적은 어디까지나 자신과 관련되었을지 모르는 이들을 하나씩 찾아 어떤 관계였는지 확인하는 것이다. 철모르는 아가씨의 생일 파티에 참석한 이상 축하와 선물을 건네주는 것만으로도 도리는 다한 셈이다.

하지만 한꺼번에 많은 사람들을 대하다 보니 지치는 건 어쩔 수 없었다. 레이지는 마리에타 때문에 생겨 버린 인파 사이를 헤치며 간신히 밖으로 빠져나왔다. 되도록 사람들이 없는 곳을 찾아 저택 안을 거닐다 보니 분수대가 눈앞에 불쑥 나타났다.

"휴우."

그는 이미 미지근해져 버린 칵테일을 마저 들이켜고는 분수대에 걸터앉았다. 두 눈을 감고 물이 흘러내리는 잔잔한 소리에 귀를 기울였다.

만날 필요가 있는 상대만 만난다는 주의 때문에, 제이워드로 살아가던 시절에는 휴전 중이거나 전쟁이 끝난 후엔 마탑에 틀어박히곤 했다. 옛 스승이 사라진 이후 그녀의 손길이 닿아 있는 마탑만큼이나 그를 안정시켜 주는 곳은 없었기에.

지금의 파티장은 그에게 사실상 독이나 마찬가지였다. 잠시 숨을 돌린 뒤 한 시간 정도 사람들을 더 만나본 뒤 돌아가기로 결심했다.

생각에 잠겨 계속 분수대를 빙빙 돌던 레이지는 누군가 달려오는 인기척을 느끼고 눈을 떴다.

"레이지! 여기 있었어요?"

마리에타가 드레스 차림으로 급히 뛰어왔다.

그녀는 레이지 앞에 멈춰 서더니 허리를 숙이면서 거친 숨을 몰아쉬며 호흡을 골랐다.

"한참을 찾았어요. 혼자 궁상맞게 뭐하고 있었어요?"

"아, 과음해서 그런지 골이 좀 띵하더군요. 술 좀 깨려고 여기 있었죠. 지금은 괜찮습니다만."

"그러면 저와 함께 돌아가요."

"네?"

마리에타는 레이지의 대답을 듣지 않고 오른손을 덥석 붙잡더니 정원 쪽으로 발길을 돌렸다.

Chapter 07

노괴(老怪)의 역습

1

"신사 숙녀 여러분!"

정원에 울러 퍼지는 노인의 목소리에 손님들의 시선이 일제히 한곳으로 모였다.

저택 안으로 통하는 정문 앞에 서 있는 로브 차림의 노인은 길게 자란 흰 수염을 오른손으로 쓰다듬더니 양손을 활짝 펼쳤다.

"저의 귀엽고 아름다우며 사랑스러운 손녀 마리에타의 생일을 축하해 주기 위해 먼길을 마다하고 오신 점, 진심으로 감사드립니다."

마나가 담긴 노인의 목소리는 멀리 있는 레이지의 귀에 들릴 정도로 넓게 울려 퍼졌다.

"파티를 더욱 흥겹게 할 여흥을 준비했으니 잠시 즐겨주시길 바랍니다."

노인은 두 손을 앞으로 내밀고 서로 교차시키더니 휘휘 돌리며 원을 그렸다. 순간 엄청난 양의 마나가 노인의 몸에서 뿜어져 나오면서 강렬한 바람이 주변으로 퍼져 나갔다.

노인의 입에서 룬 문자로 구성된 주문이 이어졌다.

그러자 노인의 머리 위에서 빛으로 형성된 거대한 원형의 고리가 떠오르면서 천천히 아래로 내려왔다.

'마법진! 설마 여기에서?'

레이지는 경악하며 노인을 뚫어져라 쳐다보았다.

서클 5 이상의 마법을 시전할 때 마법사의 주변에 거대한 마법진이 형성된다.

노인의 주변에 거대한 두 개의 원이 자리 잡더니 원 사이에 룬 문자가 하나씩 빛을 발하면서 나타났다. 원 사이의 공간이 룬 문자로 꽉 채워지는 순간, 노인은 주문을 완성했다.

"와아!"

"대단해!"

정원을 둘러싸고 있는 벽 위에 무수한 불꽃이 일정한 간격을 두고 피어올랐다. 그 불꽃이 천천히 위로 올라가더니 모이면서 하나의 거대한 화염으로 바뀌었고, 곧이어 거대한 구체로 다듬어졌다.

"하앗!"

노인이 두 손을 펼쳐 서로 부딪치자 마법진이 사라졌다.

동시에 정원 위에 높이 떠 있던 구체가 불타오르는 드래곤(Dragon)의 머리로 바뀌면서 허공을 향해 화염을 연달아 뿜어냈다.

"오오!"

"엄청난 마법이에요!"

"과연 길레터의 대마법사!"

절대 쉽게 볼 수 없는 장관에 손님들은 감탄하면서 휘파람을 불렀다. 스무 번 넘게 불길을 뿜어낸 후 붉은색의 드래곤이 공중에서 모습을 감추자 우레와 같은 박수가 노인을 향해 쏟아졌다. 노인은 왼팔로 배를 감싸며 허리를 숙여 인사했다.

'플레임 드래곤(Flame Dragon)? 저거 서클 5 주문이잖아! 이런 곳에서 저 주문을 쓰다니, 저 영감 미친 거 아냐?'

불로 드래곤의 형상을 구현한 뒤 브레스 형태를 띤 화염 공격을 연달아 구사하는 주문을 전쟁터가 아닌 파티장에 쓴 노인네는 레이지의 눈에 그저 노망 든 영감으로 보일 뿐이었다. 조금이라도 마법의 구현에 실수한다면 드래곤의 화염은 허공이 아닌 정원 한복판에 퍼부어질 수도 있기 때문이다.

"어때요? 근사하죠? 역시 할아버지세요."

"저 영감… 아니, 노인 분이 마리에타님의 할아버지이십니까?"

레이지는 입을 반쯤 벌리고선 자신 쪽으로 천천히 다가오는 노인을 보며 눈썹 사이를 찡그렸다.

마리에타가 나타났을 때처럼 주변에 인파를 몰고 다니는 노인은 아직도 멈추지 않고 이어지는 박수갈채에 손을 들어 응하면서 마리에타를 향해 걸어갔다.

"할아버지!"

"오냐, 오냐. 여기 있었구나."

마리에타의 외할아버지 펠튼 M. 포르테는 귀여운 손녀의 머리를 쓰다듬으며 흐뭇한 미소를 지었다.

'저 긴 백발과 길게 기른 흰 수염, 그리고 저 기분 나쁜 미소. 그때 그 영감이 분명해.'

레이지는 눈앞에 나타난 노인이 한때 자신과 함께 전쟁터에 나섰던 펠튼이라는 걸 알고 쓴웃음을 지었다.

'이제야 기억나. 저 영감은 원래 저런 성격이었지. 어째 그때에 비해서 하나도 변한 게 없는 거 같아.'

음침하고 혼자 있기를 좋아하는, 일반적인 마법사의 이미지와는 정반대로 호탕하게 웃으면서 남들 눈에 띄기 좋아하는 이 노마법사는 손녀 옆에 뚱한 표정으로 서 있는 소년을 바라봤다.

"호오, 네가 말하던 녀석이 바로 이놈이냐?"

펠튼의 질문에 마리에타는 미소를 지으며 살짝 고개를 끄덕였다. 레이지는 어떤 식으로 자신을 소개했는지 물어보고 싶었지만 이런 상황에선 먼저 말을 꺼내지 않는 게 상책이라고 본능적으로 느꼈다.

"서클 1의 마나 수준임에도 룬 문자를 자유자재로 구사한다는 괴짜가 바로 너냐?"

펠튼의 말에 옆에서 따라오던 이들의 눈이 크게 떠졌다.

"스승님, 그게 사실입니까?"

"말도 안 됩니다. 서클 1에 불과한 매직 유저가 룬 문자를 구사한다는 이야기는 어디에도 없었습니다."

"그냥 룬 문자를 단순히 암기한 것이 아닐까요?"

그들은 펠튼처럼 로브 차림을 한 남자들로, 10대 후반에서 30대 초반까지의 다양한 연령대로 구성된 펠튼의 제자들이었다. 물론 '직속제자'는 단 한 명도 없었지만.

그의 제자들은 아니꼽다는 눈초리로 레이지를 쏘아보았다. 막상 레이지는 귀찮다는 티를 팍팍 내며 뒤통수를 긁적일 뿐이었다.

"그래, 이름이 어떻게 되지? 나이가 들다 보니 왠지 건망증이 심해서 말이다."

기억상실증만큼이나 편리한 변명, 건망증.

레이지는 처음으로 기억상실증이라는 자신의 변명을 듣는 이들의 심정을 조금이나마 이해할 수 있었다.

"처음 뵙겠습니다. 레이지 크로이덴이라고 합니다, 펠튼 님."

"그래, 내가 길레터 왕국의 대마법사이자 왕국 유일의 서클 6 위저드 펠튼이다."

대마법사로 당당히 자신을 지칭하는 펠튼의 말에 레이지는 속이 배배 꼬이는 심정이었다. 마음 같아선 당장에 마나를 회복해서 서클 7의 마법을 선보이고 무릎 꿇게 만들고 싶었다.

"흐음, 룬 문자라……. 젠 라스카, 퓨 레아(애송이가 나타났구나. 무엇을 보여줄 수 있느냐)? 데 룬 쿠스 델 바스(마나의 극에 달한 나를 놀래킬 수 있겠느냐)? 데 룬… 덴 페루스 빈 나흐(고명한 룬이란 네 녀석이 익힐 성질의 것이 아니게 보인다만)."

갑자기 펠튼의 입에서 룬 문자가 줄줄 흘러나오자 그를 따라온 제자들은 머리를 쥐어짜며 해석하기 위해 안간힘을 썼다.

하지만 너무 빠르게 읊어진 터라 그들에겐 무리였다. 마리에타 역시 '애송이가 나타났구나' 까지만 가능했지 연달아 해석하기엔 무리였다.

"레이지, 모르겠어요?"

"제가 어찌 고명한 대마법사 펠튼님의 룬 문자를 쉽게 해석할 수 있겠습니까?"

지난번 마리에타를 상대로 어설프게 룬 문자를 읊었다가 겪은 고충을 떠올리며 그는 모르는 척했다.

'날 감히 애송이라 부르다니, 서클 6 주제에 많이 컸군. 여전히 서클 7의 경지에 도달하지 못한 주제에 깔보는 걸 넘어가기엔 내 마음이 영 불쾌하지만…….'

제이워드였을 때 마지막으로 본 펠튼의 모습은 어떻게 해야 아크메이지의 경지에 도달할 수 있냐며 스무 살 이상 어린 자신에게 끈질기게 달라붙던 끈덕진 노인네에 불과했다.

뭔가 한마디 쏘아주지 않으면 참기 힘들었다. 레이지는 남들에게 들리지 않을 정도의 작은 소리로 작게 속삭였다.

"듀 나흐 빈 후스, 켈."

바로 옆에 있는 마리에타조차 알아채지 못할 정도로 작은 소리였다.

하지만 펠튼은 입을 모으더니 레이지를 바라보며 감탄했다.

"호오, 이 애송이. 보통 수준이 아니로구나."

'젠장, 설마 그걸 들었나?'

순간 레이지는 자신의 입을 원망했다.

이렇게 된 이상 철저하게 시치미를 떼는 수밖에 없었다.

"너희들은 이 애송이가 방금 뭐라 말했는지 아느냐?"

펠튼은 제자들을 향해 질문했지만 그 누구도 대답하지 못했다. 애당초 레이지가 룬 문자로 투덜댔다는 사실조차 모르고 있었다.

"저리 꺼져, 영감탱이, 라고 하더군."

순간 마리에타는 물론 제자들과 펠튼의 주변에 몰려든 이의 안색이 새파랗게 변했다.

"그, 그게 사실입니까?"

"이 소년이 그런 망언을 내뱉었단 말입니까?"

막상 레이지는 고개를 저으면서 이해할 수 없다는 표정을 지었다.

"설마 제가 대마법사 펠튼님 앞에서 그렇게 무례한 언동을 일삼겠습니까? 실례되는 말일지 모르겠지만 혹시 연세 때문에 귀가 어두우신 것은 아닌지요?"

"나는 건망증은 있을지언정 귀는 멀쩡하다!"

펠튼은 눈을 부릅뜨며 레이지를 노려보았다.

하지만 이미 주변의 반응은 펠튼의 귀가 이상한 쪽으로 돌아섰다. 애당초 펠튼은 기행을 일삼기로 소문난 마법사인지라 짓궂은 장난을 친다고 다들 여겼다.

"오러 유저라 했지?"

"네. 이제 겨우 눈을 뜬 수준에 불과합니다."

"지금이라도 마법의 길을 걷는 건 어떠하냐?"

갑작스런 제안에 제자들은 놀란 눈으로 레이지를 바라보았다.

"지금 마나량은 비록 서클 1 수준일지 몰라도 확실하게 마법에 대한 자질이 느껴지는구나. 뭔가 말로 표현할 수 없지만, 내 직감이 그렇게 말하고 있어."

"할아버지께서도 역시 그렇게 생각하시는군요."

"나의 손녀인 네 안목도 이제 무시하지 못하겠구나. 이렇게 뛰어난 자질을 지닌 놈을 용케도 발견하다니 대견하구나."

펠튼은 레이지가 룬 문자로 말하면서 일부러 룬 문자 중에서도 속어로 쓰이는 단어를 사용한 것을 놓치지 않았다.

반면 레이지는 끝까지 마법에 무지한 소년의 역할을 수행 중이었다. 마법을 익힐 필요가 있느냐, 없느냐를 떠나 펠튼의 존재 자체가 그에게 매우 부담스러웠기에.

"약혼자는 있느냐?"

"없습니다. 애당초 약혼이니 결혼이니 하는 것에는 관심없습니다."

"흐음, 그렇다면 내 손녀 마리에타는 어떠하냐?"

"네?"

"네?"

제자 권유에서 손녀 사위 제안까지.

아직 약혼도 하지 않은 마리에타를 보기 위해 생일 파티에 참석한 남성들의 표정이 동시에 일그러졌다.

"난 말이다, 뛰어난 마법사를 손주 사위로 삼고 싶었지. 언제더라? 서쪽의 아크메이지에게 널 소개시켜 준 적이 있었거든. 너의 아름다움을 한껏 발휘해 녀석을 붙들려고 했지만 영 먹히지 않더라."

펠튼은 아쉬운 표정을 하면서 오른손으로 긴 턱수염을 매만졌다.

레이지는 가물가물한 옛 기억이 떠오르기 시작했고, 마리에타는 심적인 동요를 들키지 않기 위해 미소를 지으며 침착한 척했다.

"서쪽의 아크메이지라면, 몇 달 전에 불의의 사고로 타계한 제이워드 M. 만델을 말씀하시는 겁니까?"

"잘 기억하는구나. 비록 네 나이 열 살에 불과했지만 녀석과 잘 어울린다고 생각했지. 지금 생각해도 참 안타까워."

레이지의 이마를 타고 한줄기 땀이 뺨을 타고 흘러내렸다.

'기억났다. 젠장. 쓸모없다고 생각해서 잊어버렸는데 도로 떠올라 버렸어.'

그는 제국과의 휴전 기간 중 펠튼과 따로 만난 적이 있었다.

소개시켜 줄 사람이 있다면서 나간 자리에는 처음 보는 어린 꼬마가 큰 눈동자를 깜박이며 서 있었다.

'그때 저 영감 뒤에서 고개만 빼꼼히 내밀었던 꼬맹이가 마리에타였단 말인가? 아니, 그것보다 그때 내 나이가 서른일곱 살이었을 텐데……'

마법사는 항상 기존의 상식을 깨고 새로운 것을 창조해야 한다는 스승의 가르침을 떠올렸다.

하지만 그것에도 정도가 있다. 범죄나 다름없는 짓을 서슴 없이 말하는 노마법사에 레이지는 등골이 서늘해졌다.

'노망이다. 이 영감탱이는 확실하게 노망이 들었어. 그때부 터 지금까지.'

더 이상 이야기를 주고받을 상황이 아니었다.

무엇보다 자신에게 있어서 끔찍한 과거였을 사실을 스스럼 없이 대꾸하는 마리에타에게도 새로운 공포를 느꼈다.

"전 이만 물러나도록 하겠습니다."

"파티는 아직 끝나지 않았는데 벌써?"

"오래간만에 사람이 많은 곳에 있다 보니 골이 아파서 말입 니다. 양해해 주시길 바랍니다."

그는 냅다 고개를 숙여 인사를 한 뒤 뒤돌아섰다.

그러자 마리에타가 다급히 그의 손을 붙들고 멈춰 세웠다.

"레이지, 좀 있으면 댄스 타임이 시작될 텐데 저와 같이 춤 추지 않겠어요?"

"전 춤에는 영 꽝이라서 말입니다. 다음에 기회가 된다면 춰

보도록 하죠."

레이지는 공손히 그녀의 손을 떼어놓은 뒤 자리를 떴다.

"마리에타 양, 그러면 저와 함께 춤을⋯⋯."

"아니, 우선 저와 함께!"

"춤이라면 제가 한 춤 합니다. 부디 저와의⋯⋯."

다른 남자들이 앞다투어 그녀와의 춤을 신청했지만 마리에
타는 특유의 도도한 미소를 지으면서 손을 저었다.

"잠시 혼자 있고 싶군요."

마리에타는 미소를 잃지 않고 홀로 테이블 사이를 가로질러
정원 구석으로 걸어갔다. 펠튼은 제자들에게 잠시 손녀와 단
둘이서 이야기를 하고 싶다고 말한 뒤 그녀를 뒤따라갔다.

"휴우⋯⋯."

마리에타는 한숨을 길게 내쉬면서 의자 위에 앉았다.

오늘을 위해 옷차림에도 한껏 신경을 썼건만 막상 봐주길
원하는 이는 급하게 자리를 뜬 지 오래다.

"꽤 당돌한 녀석이로군."

"할아버지?"

"일부러 그 단어로 나에게 대꾸하고 말이야. 독학이든 누군
가에게 배워서 익혔든 간에 룬 문자에 한해서는 독보적인 실
력을 갖춘 놈임이 분명하다."

검사로 치면 룬 문자 실력은 검술이나 마찬가지.

검술만으로 최강의 검사가 될 순 없지만, 그것을 기반으로
오러 랭크를 올리면 최강의 검사가 되기엔 훨씬 수월하다.

"저 녀석이 마나만 충분히 갖춘다면 무서운 마법사가 될 거다. 룬 문자를 완벽히 구사한다는 건 마법에 대한 기본 지식 역시 탄탄하다는 이야기이니까."

"그렇겠지요."

2

예상치 못한 펠튼의 등장에 레이지는 속히 집으로 돌아가고자 했다.

하지만 마부가 자리를 비운 터라 마차 앞에서 기다려야 했다. 사실 이런 파티장에서 마부들만을 위해 따로 마련된 술자리에서 즐기도록 허락하는 게 관례이기도 했다.

결국 레이지는 나중에 혼찌검을 내기로 결심하고 파티장 안으로 도로 돌아갔다. 물론 인기척이 없는 아까 갔던 분수대로 가서 시간을 보내기로 했다.

"그러고 보니⋯⋯."

제국 전쟁 때 함께 싸웠던 이를 만나보기는 레이지로 살게 된 이후 처음 봤다. 나름 실력이 있어서 전력에 큰 보탬이 되었지만 특유의 괴팍한 성격 때문에 당시의 제이워드일 때도 버티지 못하고 손사래를 쳤던 기억이 다시금 떠올랐다.

그나마 펠튼은 아직도 살아 있다.

25년이란 긴 세월 동안 그와 함께 전장에서 싸운 이들은 수두룩하게 많았다. 하지만 끝까지 같이 살아남은 이들은 극소수였다. 마지막까지 같이 싸운 네 명의 동료 대부분은 그가 30대 후반에 들어선 이후 만났고, 동료라는 의식은 있어도 그것을 넘어설 만한 우정 같은 건 느껴보지 못했다.

'결국 나도 죽고 말았지.'

그 네 명 중 한 명을 제외하더라도 나머지 세 명이 자신의 무덤 앞에서 슬퍼할지 모른다고 생각하니 절로 웃음이 나왔다.

정작 자신은 이렇게 멀쩡하게 살아 있다. 비록 새 육체로 새 삶을 살아가고 있긴 하지만.

"저 녀석 맞지?"

혼자만의 상념에 잠겨 있는 레이지의 귀에 누군가의 목소리가 들렸다.

갈색의 로브를 걸치고 있는 다섯 명의 남자는 고개를 빳빳이 쳐들고선 레이지가 걸터앉아 있는 분수대로 오더니 그를 살펴보며 고개를 가로저었다.

"아무리 봐도 서클 1 정도밖에 안 되는데 펠튼님이 왜 그렇게 높이 평가한 것인지 모르겠어."

"크로이덴가는 좀 있으면 포르테가와 사돈 관계가 되잖아? 립 서비스라는 거겠지."

"그런 것치곤 너무 후하셨지. 펠튼님도 예전 같지 않으셔."

그들은 제멋대로 레이지에 대한 평가를 내리면서 기분 나쁜 웃음을 터뜨렸다. 레이지는 고개를 들어 한 번 쓱 훑어보고선 이야기조차 나눌 가치가 없는 상대로 판단했다.

하지만 이런 식으로 구경거리가 되는 건 결코 유쾌하지 않은 경험이다.

"어이, 레이지라고 했지?"

레이지는 자신의 이름을 부르는 이들에게 눈길을 한 번 주고선 시선을 옆으로 돌려 분수대 위를 바라보았다.

"룬 문자 몇 마디 나불대는 것 가지고 너무 으스대는 거 아냐? 우리는 위대하신 펠튼님의 제자라고. 혹시 매직 유저를 지망한다면 미리 잘 보이는 게 좋을 거야."

20대 중반으로 보이는 남자는 어깨를 으쓱거렸지만, 막상 레이지는 일체의 관심을 주지 않고 분수대 아래에 흐르고 있는 물을 손바닥으로 휘저을 뿐이었다.

"넌 이런 것 할 줄 알아?"

20초 정도 주문을 읊자 남자의 손에서 불길이 확 치솟았다.

"룬 문자 같은 거 '외워서' 줄줄 읊어봤자 이렇게 마법으로 구현 못 시키면 아무런 쓸모가 없지. 이건 어떤 구조로 구현되느냐 하면……."

"라 바스(불이여, 불타올라라)."

레이지의 룬 문자에 반응하여 그가 내민 오른 손바닥 위에 불길이 치솟았다. 남자가 구현한 불길보다 중지 하나만큼 더 높게 솟아오른 걸 보자 그들의 안색이 싹 바뀌었다.

"이런 것 말인가?"

"그, 그래."

"착각인지 모르겠지만 서클 3의 네 화염보다 내 불길이 더 치솟는 거 같군. 평소에 마나 수련을 소홀히 한 결과 아냐?"

레이지가 명백한 사실을 지적했지만 남자에겐 그저 도발에 불과했다. 자신이 구사한 마법의 서클을 레이지가 정확하게 파악했다는 것 따위는 안중에 없었다.

"어디서 대충 익힌 마법 가지고 메이지 등급의 날 무시하는 거냐?"

남자의 말에 레이지의 입에서 피식 하는 웃음소리가 새어 나왔다. 레이지가 근처에 떨어져 있던 나뭇가지를 왼손으로 집어 들자 오러에 휘감겨 밝게 빛났다.

"나뭇가지로도 잘되는군."

"마, 마법과 오러 구현을 동시에?"

머릿수로 밀어붙이려고 했던 그들은 레이지가 마법과 오러 두 영역을 자유자재로 구사하는 걸 보고 뭔가 잘못되었다는 걸 뒤늦게 깨달았다.

"난 지금 누구와 이야기할 기분이 아니니까 당장 내 눈앞에서 사라져. 혼자 있고 싶거든."

"우리를 무시하는 거냐?"

"그래."

더 이상 그들은 참을 수 없었다.

약속이라도 한 듯 동시에 주문을 외우더니 양손에 불길을 구현했다. 하지만 모두 레이지가 만들어낸 불길에 미치지 못한다는 사실을 애써 무시했다.

"당장 사과하지 않으면 뜨거운 맛을 보여주도록 하지!"

"뜨거운 맛?"

레이지는 어이없다는 표정을 지으며 자리에서 일어섰다.

"너희들, 도대체 어떤 배경이 있기에 크로이덴가의 차남에게 시비를 거는 거지? 내가 서자이니까 막 나가도 된다고 생각하는 거 같은데, 후한이 두렵지 않아?"

그들 모두 움찔했지만, 선두에 나선 남자는 애써 침착함을 유지하며 목소리를 높였다.

"우리는 위대하신 펠튼님의 제자들이다! 그깟 위협 정도야……."

"그래?"

레이지는 말을 마침과 동시에 가장 가까이 있는 남자를 향해 뛰어들었다. 남자는 당황한 나머지 움직이지 못했고, 그사이 불길에 휩싸여 있는 레이지의 오른손이 남자의 머리를 움켜쥐었다.

"으아아악!"

불길에 휩싸여 타들어 가는 머리를 움켜쥐고 남자가 비명을 질렀다. 레이지는 그다음 왼쪽에 있는 자에게 다가가더니 로브의 팔 소매 부분을 움켜쥐었다. 그러자 불길이 치솟아 오르며 로브가 타들어 가기 시작했다.

"뜨거워! 으악! 살려줘!"

레이지의 마법에 순식간에 당한 두 남자는 땅바닥에 나뒹굴며 불을 끄기 위해 발버둥쳤다.

레이지는 오른손을 뒤로 젖히더니 손바닥만 앞으로 굽혔다.

그러자 분수대에서 위를 향해 뿜어져 나오던 물길이 방향을 바꾸어 두 남자를 향해 뿜어졌다.

"어때? 시원하고 좋지?"

"이 새끼가!"

지켜보고만 있던 나머지 세 명이 분을 참지 못하고 손을 휘둘렀다. 각기 세 방향에서 레이지를 향해 날아오던 불길은 그 뒤에 있던 분수대에 닿아 시커멓게 그을음을 만들 뿐이었다.

"귀찮아."

가볍게 불길을 피한 레이지는 가장 가까이 있는 마법사의 손목을 붙잡은 뒤 룬 문자를 짧게 읊었다. 같은 식으로 나머지 두 명에게도 재빠르게 다가가 마법을 시전하자 그들의 입에서 찢어질 듯한 비명 소리가 울러 퍼졌다.

"으아악!"

"이, 이건… 뭐지? 우웨웩!"

"끄아아악!"

두 명은 미칠 듯한 비명을 터뜨리며 자리에서 쓰러지더니 부들부들 떨기만 했다. 나머지 한 명은 제자리에 주저앉더니 고개를 숙이고선 아까 파티장에서 먹었던 요리들을 남김없이 땅바닥에 쏟아냈다.

'뭐야, 이 녀석들? 고작 이것 때문에 저 난리란 말이야?'

레이지가 쓴 마법은 매직 유저들에 한해 통용되는 서클 2의 마법이었다. 마나의 흐름을 뒤틀어서 잠시 동안 마법을 구현 못하게 만든 마법으로 사실 그렇게 강력한 마법은 아니다.

마법사들끼리 대결을 벌일 때, 가끔 근접전을 치러야 할 때가 발생한다. 그럴 경우 위력적인 마법을 섣부르게 쓰면 가까이 붙어 있는 자신에게도 피해가 갈 수 있기에 잠시 마법을 쓰지 못하게 딜레이를 주는 마법에 불과하다. 실제로 그가 제이워드였을 당시에 쓰긴 했지만, 대부분의 상대는 5~10초 뒤에 해체해 버리곤 했다. 그 5~10초가 실전에서 꽤 중요한 역할을 하긴 했지만.

문제는 실전 경험이라곤 하나도 없는 이들에겐 극약이나 마찬가지였다. 그들은 마나의 뒤틀어짐을 이기지 못하고 눈물과 콧물까지 흘려가며 고통 속에서 몸부림쳤다.

"네, 네… 이 녀석! 어떤 사악한 마법을……."

고통을 간신히 이겨낸 한 녀석이 내뱉는 말에 레이지는 어이가 없었다. 그렇게 마법을 버텨낼 근성이 있으면 자신에게 걸린 마법이 무엇인지 확인하고 해제할 궁리부터 해야지 사악한 마법 운운이라니.

이대로 녀석들이 고통 속에서 발광하는 걸 보고 싶은 마음도 들었지만, 괜히 잘못되기라도 했다간 이쪽에서 귀찮아진다.

'좀 더 놔둬볼까? 확실하게 버릇을 고쳐 놓지 않으면 다음에 또 덤벼들지도 모르니.'

이 상태로 놔두었다간 저 인간들의 아랫도리가 지저분하게 변할지도 모른다. 그것 나름대로 그들에게 큰 트라우마가 되겠지만, 어느 정도 선에서 멈출지를 레이지는 아직까지 궁리

중이었다.

"이런 한심한 녀석들!"

순간, 강렬한 마나에 실린 목소리가 레이지와 그들을 뒤덮었다.

3

"스, 스승님!"

"에잉, 칠칠맞은 녀석들 같으니라고!"

분수대 옆 수풀에서 모습을 드러낸 노인 펠튼은 길게 자라난 턱수염을 매만지며 혀를 찼다. 뒤따라 모습을 나타낸 여성은 마리에타였다.

그의 일갈 덕분에 레이지에게 걸렸던 마법은 모두 풀렸다. 하지만 완전히 사라지지 않은 고통 때문에 그들은 땅바닥을 기어오다시피 하면서 펠튼 앞으로 모여들었다.

"그깟 마나 변형 마법 하나 파악하지 못하고 이게 무슨 추태냐! 너희들이 그러고도 이 펠튼의 제자라고 말할 수 있겠느냐?"

스승의 지적에 그들의 얼굴이 동시에 새빨갛게 달아올랐다.

레이지에게 시비를 건 다섯 명 모두 서클 3의 메이지 등급의 마법사. 레이지가 건 마법 정도는 쉽게 해제해야 정상이다.

"무엇보다 다섯 명이서 한 명을 상대로 이게 무슨 추태냐! 지금 심정 같아서는 죄다 파문하고 싶지만……."

파문이라는 단어에 제자들이 고개를 번쩍 들더니 두 손을 모아 땅바닥에 대고 고개를 푹 숙였다.

"전원 한동안 자택에서 근신하도록. 자숙하면서 스스로 뭐가 모자란지 반성하도록 해라."

"감사합니다!"

"그러니 당장 이 자리에서 꺼져라! 꼴도 보기 싫으니까!"

파문의 공포에서 벗어나 기뻐하던 것도 잠시, 스승의 호통에 그들은 허겁지겁 자리를 떴다.

제자들의 멀어져 가는 뒷모습을 보고 혀를 차던 펠튼은 시선을 레이지 쪽으로 돌렸다. 찡그린 얼굴 대신 화사한 미소가 자리 잡고 있었다.

"훌륭하구나!"

매직 유저라면 서클 6의 대마법사가 자신을 칭찬해 준다는 사실에 더할 나위 없이 기쁠 것이다. 하지만 레이지는 고개를 옆으로 살짝 돌리면서 어금니를 살짝 깨물었다.

'젠장, 서클 5 투명 마법이었어. 눈치챘어야 하는데.'

펠튼과 마리에타는 레이지와 펠튼의 제자들이 서로 다툴 때부터 수풀 너머에서 자신들의 몸을 감추고 지켜보고 있었던 것이다. 마법을 쓸 수 있다는 사실조차 숨기고 싶었던 레이지로선 이 둘의 등장이 결코 유쾌하지 않았다.

"누구에게서 마법을 배운 것이냐?"

"전 스승이 없습니다. 그냥 취미 삼아 조금 익힌 것뿐입니다."

상황이 바뀌었지만 레이지의 입에서 나올 대답은 토씨 하나 변하지 않고 하나뿐이다.

"내 눈을 속이려고 들지 마라. 넌 분명히 누군가에게 지도를 받았어. 그것도 꽤 수준 높은 강도의 훈련을."

물론 그것이 더 이상 예전처럼 통하긴 힘들다. 마리에타 역시 레이지가 비록 낮은 서클의 마법이라 하여도 익숙하게 쓰는 모습을 보고 단순히 룬 문자만을 마스터했다고 판단하진 않았다.

"하지만 교육 방식이 영 시원찮은 모양이로군. 룬 문자를 그렇게 능수능란하게 말하도록 가르쳤으면서 마나량은 고작 서클 1이라니. 제대로 된 스승이 아니었지?"

펠튼은 레이지에게 부족한 부분인 마나량 부족을 레이지의 있을지 모르는 스승 탓으로 돌리며 얼굴을 내밀었다. 그의 표정에는 '그딴 허접한 스승보다 서클 6의 위저드인 자신을 새 스승으로 섬겨보지 않겠느냐'라는 자신감 섞인 권유를 내포하고 있었다.

하지만 그것은 큰 실수였다.

이제까지 귀찮다든가 골치 아프다는 감정만을 보여주던 레이지의 눈에서 분노라는 감정이 서서히 피어오르기 시작했다.

"저에겐 마법 스승이 없습니다."

레이지 본인에 대해서는 어떻게 말해도 상관없다.

아니, 이전의 육체였던 제이워드에 대해서 막말을 퍼부어도 부드럽게 웃어넘겼을 것이다.

"예전에도, 그리고 앞으로도 영원히 없을 것입니다."

하지만 그의 '스승' 만큼은 절대 건드려서는 안 되었다.

실례로, 그가 제이워드였을 당시 스승 샤를로트를 그의 앞에서 폄하거나 비웃던 이들 모두 최소한 팔 한쪽이 날아가거나 다시는 마법, 혹은 오러를 쓸 수 없는 몸이 되어서 땅바닥에 나뒹굴어야 했다.

아군과 적 가리지 않고 스승의 모독에 대해서만큼은 철저하게 응징했던 그의 성격 때문에 수십여 차례나 감옥에 갇히기도 했다. 하지만 워낙 뛰어난 제이워드의 실력을 썩힐 수 없었기에 다시 풀려나곤 했다.

"아직까지 스승이 없다고 고집을 부리는 거냐?"

이런 사정을 모르는 펠튼은 레이지의 마나가 왜 요동치는지 알 수 없었다. 뛰어난 대마법사인 자신과 말을 나누어서 감격했다고 보기엔 표정이 너무 거칠고 더러웠다.

"없습니다."

"그러면 아까 구사한 마법들도 혼자서 익힌 거냐?"

"그렇습니다."

레이지와 펠튼이 주고받은 말은 내용 자체만으로는 별 문제가 없었다.

하지만 죽일 듯한 눈빛으로 펠튼을 노려보는 레이지는 평소와 너무나 달랐다.

"레, 레이지? 왜 그래요?"

펠튼 옆에 가만히 서 있던 마리에타는 레이지가 노골적으로 살기를 뿜어내자 당황하지 않을 수 없었다.

절대 건드려서는 안 되는 역린.

그것에 손댄지 모르는 펠튼은 어린 소년이 눈을 부라리며 자신을 노려보는 이유를 알 수 없었다.

"네 이녀석, 눈초리가 아주 고약하구나."

"전 원래 이런 눈빛이라서 말입니다."

"나와 한판 해보겠다는 기세로구나. 서클 6의 위저드인 나에게 덤비겠다는 거냐?"

둘 사이에 낀 마리에타의 이마에선 식은땀이 비 오듯 흘러내렸다.

가슴을 휘어잡고 있는 분노와 별개로 레이지의 머리는 그 어느 때보다 냉정했다.

아까 상대한 허접한 마법사들과 달리 펠튼은 전력을 다한다 해도 절대 이길 수 없는 상대다.

'그렇다 해도 너 따위 노망난 늙은이가 함부로 지껄이게 봐둘 것 같아?'

그는 냉정함을 버리기로 했다. 그리고 다시는 펠튼을 만나지 않을 각오를 담아 입을 열었다.

"다시는 내 눈앞에서 나타나지 마. 혓바닥을 갈기갈기 찢어 돼지 사료로 줘버릴 테니까. 벽에 똥칠할 준비나 해두라고, 노망난 노인네."

레이지는 오른손 검지를 세우더니 자신의 목을 세로로 긋는 포즈를 취했다. 그리고 당당하게 펠튼의 옆을 스쳐 지나갔다.

새파랗게 질린 얼굴로 자신을 바라보는 마리에타에게 씁쓸한 미소를 지어준 뒤 레이지는 자리를 떴다.

4

그가 떠난 뒤 자리 잡은 고요함이 계속 맴돌았다.

마리에타는 레이지를 뒤따라가서 사과하도록 설득해야 하는지, 아무런 말도 없이 서 있는 할아버지께 어떻게든 이해해 달라고 부탁해야 할지 갈팡질팡 중이었다.

"하하, 하하하!"

돌연 펠튼은 오른손으로 얼굴을 감싸 쥐고는 웃음을 터뜨렸다. 한참을 그렇게 웃은 뒤 자리 잡은 그의 눈빛은 매우 날카로웠다.

"내 70 평생 저렇게 당돌한 녀석은 두 번째 만나보는구나! 아주 신선한 경험이야!"

이제까지 대마법사로서 대접만 받아서였을까.

난생처음 들어보는 욕설에 신선함마저 느껴졌다. 이런 기분은 참으로 오래간만이었다.

마리에타는 펠튼의 갑작스러운 변화에 당황했다. 한 가지 확실한 것은 화가 나서인지 기뻐서인지 모르겠지만, 그 어느 때보다 펠튼이 흥분하고 있다는 점이었다.

"할아버지, 정말 죄송해요. 제가 대신 사과할게요."

"아니다. 아무래도 내가 저 녀석의 역린을 건드린 게 분명해. 남자가 저렇게 화를 낼 땐 반드시 이유가 있는 법이지."

스승이라는 단어에 그렇게 민감하게 반응할지 몰랐다.

어떤 사정이 있는지 몰라도 그 스승과 레이지와의 유대관계는 보통이 아니라는 걸 단번에 알아챌 수 있었다.

"이렇게 무례하고 싸가지없으면서 뒷감당은 전혀 생각 안 하는 모습. 진짜 고약한 녀석이로구나."

"할아버지, 제가 나중에 직접 사과하라고 설득할 테니……."

"그러기에 더욱더 내 밑에서 키워보고 싶구나."

"네?"

전혀 예상 못한 펠튼의 말에 마리에타는 입을 크게 벌리며 뻐끔거리기만 했다.

"그동안 거쳐간 녀석들은 뭔가 하나씩 모자랐어. 무엇보다도 내 말이라면 무조건 수긍하면서 죽는 척까지 하는 걸 보니 가르칠 마음이 안 생기더군."

"그랬던가요?"

"마법은 말이야, 자기 고집이 강하고 괴팍하며 남을 배려할 줄 모르는 이들일 수록 더 잘 배운다고. 기존의 틀에 박혀서 안주하려고 하는 놈들은 그저 그런 수준에 머무를 뿐이지."

"그, 그런가요?"

괴이한 마법론을 펼치는 할아버지의 말 앞에 마리에타는 땀을 뻘뻘 흘리기만 했다. 아버지가 할아버지의 괴팍함에 질려 마법을 포기하고 지금까지 서로 말 한마디 안 건넨다는 말을 들었을 땐 그러려니 했지만, 지금은 그 아버지의 심정을 조금은 이해할 수 있었다.

펠튼의 눈은 좋은 먹잇감을 발견한 매처럼 반짝거렸다.

"저 녀석은 머지않아 매직 유저로서의 꽃을 피울 게 분명하다. 그전에 내 직속제자로 만들어서 더욱 훌륭한 마법사로 키워야겠어."

마법사라면 도달하고픈 서클 7의 절대 영역.

하지만 펠튼은 서클 6에서 멈춰 선 지 20년이 흘렀다. 게다가 현재 나이는 어느새 70대. 아직 정정하지만 언제 어떤 이유로 쓰러져 다시 일어나지 못할 지도 모른다.

그렇다면 제자를 통해서라도 대신 이루고 싶다. 서클 1의 마나량에도 불구하고 룬 문자에 대해 수준급의 실력을 갖추고 있고, 낮은 서클이긴 해도 마법을 자유자재로 구사하는 그 모습은 펠튼의 마음을 사로잡기에 충분했다.

"그러니 마리에타, 네 역할이 중요하다. 반드시 붙들어라."

문제는 자신이 직접 나선다 해도 레이지 쪽에서 큰 흥미를 지니지 않을 거라는 예감이 들었다.

그렇다면 방법은 간단하다. 남자를 사로잡는 방법 중 가장 간단한 루트를 타면 된다.

"나도 이번 기회에 직속제자를 가지고 싶단다. 그러니 네가 잘해야 한다."

"네? 저희는 아직 그런 사이가……."

"그러면 그런 사이가 되면 되지 않느냐. 네 눈치를 보아하니 너도 마음이 적지 않게 있는 거 같던데, 내 말이 틀리느냐?"

마리에타는 말없이 고개를 숙였다.

살짝 달아오른 얼굴을 남들에게 보이기 싫어서였다.

"혹시 사돈 사이라는 게 맘에 걸린다면 신경 쓰지 말거라. 겹사돈이 되면 어떠냐? 인재를 붙잡을 수 있다면 겹사돈이 아니라 겹겹사돈이 되어도 문제없다."

"할아버지께서도 참……."

Chapter 08
오래간만의 암살자

1

파티장을 빠져나온 레이지는 직접 마부를 찾아 끌고 왔다.

술에 반쯤 취한 마부는 엉겁결에 마차를 몰아야 했다. 술기운 탓에 몇 번이나 나무에 들이박을 뻔하여 레이지에게 따끔하게 혼이 난 다음엔 정상적으로 마차를 몰았다.

레이지는 마차 안에서 인상을 쓰고선 창문 밖을 내다보았다. 빠르게 이동하는 지평선 위 하늘에 달이 높이 떠 있었다.

'역시 이대로는 뭔가 찜찜해.'

룬 문자뿐만 아니라 마법까지 보여주고 말았다.

자신이 단순히 마법에 호기심으로 접근하는 귀족 자제로 보이지 않고 무언가 비밀을 품고 마법을 익혔다는 사실 자체가 알려지는 건 일어나서는 안 되는 일이었다.

'냉정히 생각하면 애초에 제자들만 있을 때에도 마법을 쓰면 안 되었지. 오러로만 상대할 걸 그랬어.'

하지만 마법사에게 가장 큰 굴욕을 주는 방법으로는 마법으로 쓰러뜨리는 방법만 한 것이 없다.

'다른 건 다 그렇다 쳐도 그 펠튼이라는 늙은이가 본 것은 타격이 커.'

아무리 생각해도 그냥 보내서는 안 되었다.

어떻게 해서든 말뿐이 아니라 실제로 뭔가 보여줘서 다시는 자신에게 관심을 가지지 않도록 떨어내야 했다. 면전에 대고 그렇게 모욕하는 말을 했건만 펠튼은 화를 내긴커녕 레이지에게 더 강한 집착을 보일 게 뻔했다. 그는 원래 그런 인간이니까.

오래간만에 본격적으로 마법을 사용해서 그런지 그의 손에 미약하게 마나가 남아 자리 잡고 있었다. 예전에는 거들떠보지도 않던 낮은 서클의 마법을 써서 그런지 신선하기까지 했다.

하지만 골치 아프다는 사실에는 변함이 없었다. 결국 레이지는 일어난 일은 일어난 거고 대응은 내일부터 해야 하겠다고 결심한 뒤 두 눈을 감았다.

스트레스 때문에 파티장에 나오기 전 억지로 들이켠 칵테일의 술기운이 슬슬 돌기 시작했기에.

2

마탑 옆에 자리 잡은 공터.

실내에서 구현하기 곤란한 마법을 수련하는 장소로 쓰이던 이곳에는 한 소년이 구슬땀을 흘리며 거친 숨을 몰아쉬고 있었다.

소년의 시선 끝에는 한 여성이 마땅찮다는 표정을 짓고 서 있었다.

소년은 손등으로 이마의 땀을 훔치고 다시 정신을 집중했다. 평상시 쓰이는 언어와는 전혀 다른, 마나가 담긴 룬 문자를 읊으며 마법을 시전하고 있었다.

「…라 바스(불이여, 불타올라라)!」

주문이 끝나자 소년의 양손에서 불길이 솟아올랐다. 소년은 그다음 주문을 읊어 그녀를 향해 발사하려고 했지만, 그녀의 두 손에서 뻗어져 나온 물길을 보고선 양손으로 막아야 했다.

「늦어.」

「으아악!」

그녀의 영 불만스러워하는 어투와 소년의 비명이 극도로 대조되었다. 마법으로 구현한 불길은 그녀가 발사한 물기둥에 맞아 사그라졌고, 물기둥에 맞은 소년의 몸은 저 멀리 날아가더니 땅바닥에 나뒹굴었다.

「마법을 시전하는 것에만 정신 빼앗기지 말라고 했지?」

「으, 으윽…….」

「상대가 어떤 마법을, 어느 과정까지 진행했는지를 파악해

능동적으로 마법을 바꿀 수 있어야 해. 방금 전 상황에서 나였다면 그 불길로 앞에 벽을 만들어서 물기둥을 막아내었을 거야.」

그녀는 말을 마친 뒤 빠른 속도로 입술을 움직였다. 그러자아까 소년이 만든 것보다 몇 배나 큰 불길이 오른 손바닥 위로솟아올랐다.

「이번엔 특별히 봐줄 테니 이 마법을 막아낼 궁리를 해봐.」

「그, 그렇게 큰 불길을…….」

소년은 주저하며 당황했지만 그녀는 상대방의 상황 따윈 봐주지 않았다.

「디… 디 테스, 케 라스카(물이여, 솟아올라서 벽으로 변해라)!」

소년은 아까 그녀가 말한 것을 떠올리며 자신의 정면에 얇은 물의 벽을 형성했다. 하지만 그녀의 불길은 곧장 날아오지않았다. 그녀가 오른손을 움켜쥐자, 불길이 여러 갈래로 나뉘면서 소년을 향해 발사되었다. 그것도 물의 벽을 피해 호를 그리며.

「으아아악!」

순식간에 두 팔이 불에 휩싸인 소년은 비명을 지르며 다시땅바닥을 나뒹굴었다. 걸치고 있는 로브에 피해를 감소시키는마법이 걸리긴 했지만, 마법 그 자체를 취소시키는 건 불가능했다.

「고통 때문에 집중력을 흐트러뜨리지 마! 빙결 마법으로 우선 불길을 꺼뜨리는 데 전념해!」

「아… 알겠습니다!」

「대답할 기운이 있으면 마법부터 시전해!」

소년은 살갗이 타오르는 고통을 억지로 참아내며 룬 문자를 읊었다. 그러자 두 손에 차가운 기운이 생성되면서 천천히 불길을 잠재우기 시작했다.

「내가 아까 말했지? 상대가 어떤 마법을 쓸지 파악하고 대비하라고. 내가 불길을 만든 것을 보자마자 겁에 질려서 미리 마법을 써버리면 어떻게 하겠다는 거지? 내가 그 마법을 다르게 바꿀 거라는 생각은 못하는 거냐?」

「면목없습니다.」

「면목없다는 말로 해결될 문제가 아니야. 실전에선 단 한 번의 실수로 죽음에 이를 수 있다고.」

화상의 고통을 이를 악물며 견뎌내고 있는 소년.

그 소년에게 그녀의 꾸중이 계속 이어졌다. 하지만 소년은 조금도 화내지 않고 그녀의 말을 경청했다.

비록 땅바닥에 쓰러진 상태에서 고개만 처든 자세일지라도.

「손 내밀어봐.」

그녀는 소년의 앞으로 걸어와 한쪽 무릎을 굽히며 자세를 낮췄다. 소년이 벌벌 떠는 몸으로 두 손을 간신히 앞으로 내밀자, 그녀는 포션 병을 꺼내 마개를 딴 뒤 손수건에 포션을 적셨다. 그리고 불길로 인해 시커멓게 그을린 소년의 손을 살며시 닦아주었다.

「비명 안 지르네?」

「견딜 만… 합니다.」

그렇게 말하는 소년의 표정은 상당히 일그러져 있었다.

이미 몇 번이나 당해서 익숙해서인지 아니면 절대 약한 모습을 보이지 말라는 지침을 따라서인지는 그녀도 알 수 없었다.

「제이워드, 마법을 사용할 때엔 그 어느 때보다 냉정하고 차가워져야 한다. 오러 유저와 달리 매직 유저는 단 한 번의 캐스팅 실패로 죽음에까지 도달할 수 있다.」

따스한 손길이나 말은 그녀가 줄 수 없었고, 줄 생각도 없었다.

마법의 길을 걷기로 한 이상 혹독한 수련과 노력만이 생존과 성공을 가져다준다. 달콤한 말 한마디보단 처절한 고통이 소년을 성장시키는 데 훨씬 더 큰 도움이 된다고 그녀는 몇 번이나 마음속으로 생각했다.

「상대가 자신과 동급이라면 절대 방심하지 말고 싸워라. 자신보다 낮다고 생각된다면 더욱 집중해서 싸워라. 자신보다 강하다고 생각되면 어떻게 해서든 틈을 찾아서 노려라. 틈이 보이지 않는다면…….」

이미 몇 번이나 반복한 말.

하지만 그녀는 매번 수련이 끝난 뒤에 거듭해서 말하곤 했다. 소년의 귀에 박히고 머릿속에 완전히 각인이 되기 전까지 말해야만 했다.

「어떻게 해서든 도망친 뒤 훗날을 도모해라. 우리는 오러 유저들처럼 쓸데없는 명예나 자부심을 가질 필요는 없으니까.」

학문을 통해 마나를 파고들어서일까.

마법사에게 있어서 명예보다 더 소중한 것은 실질적인 이득이었다. 그녀는 그 중에서 철저하게 실리적인 타입이었다.

「하지만 도망만 쳐서는…….」

「너, 설마 이기지도 못하는 상대에게 무모하게 덤비는 걸 멋지다고 생각하는 건 아니겠지?」

이전에는 대꾸 한마디도 없이 그저 고개만 끄덕이던 소년이 뭔가 물어보자 그녀의 눈초리가 위로 휙 치켜 올라갔다. 소년은 그녀의 표정을 보고 움찔했지만 시선을 피하지는 않았다.

「그런 건 단지 개죽음에 불과해. 상대를 진짜 이기고 싶고 죽고 싶을 정도로 미워한다면 어떻게 해서든 살아남아라. 그래야 실력을 더 키워 도전할 수 있다. 무슨 이야기인지 알겠지?」

「훗날 스승님을 이기기 위해서라도 말입니까?」

「그래, 그런 마음가짐이다.」

그녀는 자신도 모르게 소년의 머리에 손을 가져가려다가 도로 거두어들였다. 무의식적으로 자상하게 행동하려는 자신을 다시 한 번 책망했다.

「비겁하다는 말은 그런 노력 없이 그저 단순하게 살아가는 자들의 변명에 불과해. 오히려 그들에게 비겁하다는 말을 해줘야겠지.」

무모함은 마법사에게 있어서 가장 피해야 하는 해악 중 하나. 그녀는 소년에게 냉정함을 그 무엇보다 가르치고 싶어했다.

「상대를 이길 수 있는 가장 확률 높은 선택은 어떻게든 살아남는 거다. 그것을 절대 잊지 마라.」

3

레이지가 눈을 뜨자 넓은 공터는 시야에서 완전히 사라졌다. 스승과 함께 살던 높은 마탑 역시 찾아볼 수 없었다.

레이지는 얼굴에 손을 가져가 두 눈을 매만졌다. 눈물은 흘러내리지 않았다.

"스승님."

그는 나지막하게 스승을 부르면서 숙였던 고개를 천천히 들어 올렸다.

스승의 가르침 중 하나, 무모하게 죽지 말고 어떻게든 살아남아서 훗날을 도모하라는 사실을 새삼 떠올린 것 때문일까. 그의 얼굴에 쓴웃음이 자리 잡았다가 금세 사라졌다.

제이워드는 결국 스승의 그 가르침을 끝까지 지켰다. 레이지로 다시 태어나면서까지.

'내가 그때 힘이 있었다면…….'

그런 식으로 스승을 떠나보내지 않았을 것이고, 지금과는 전혀 다른 인생을 살고 있을지도 모른다. 그녀와 함께 세월이 흘러가는 걸 단순히 즐기고 있었을 수도 있다.

그렇게 만약을 가정하던 레이지는 고개를 가로저었다.

어차피 아무런 의미도 없는 만약이다. 지금은 현실에 충실해야 한다. 그녀의 가르침 그대로.

레이지는 뻐근해진 목을 매만지며 창문 쪽을 바라보았다.

빠르게 스쳐 지나가야 할 바깥 배경이 그대로 멈춰 서 있었다.

"어이, 어떻게 된 일이야?"

레이지는 마부에게 말을 걸었지만 아무런 반응이 없었다.

'이 느낌은……'

제국과의 전쟁을 끝마친 뒤 마탑에 홀로 있을 때 종종 느꼈던 감각.

누군가가 자신을 노릴 때 느끼는 특유의 감각이 그를 사로잡았다.

레이지는 마차 안 좌석 밑을 향해 몸을 숙였다. 그리고 안에 넣어두었던 물건을 하나씩 차례대로 꺼냈다.

만약을 대비해 숨겨두었던 검 한 자루와 마법으로 특수하게 처리한 장갑 한 켤레. 검은 그냥 보통 검이었지만 장갑은 남달랐다.

수십여 개 분량에 해당하는 마나 포션에 3일 동안 번갈아 담가두었던 이 장갑은 일정 시간 동안 장착한 자의 마나량을 증가시켜 준다. 지금 레이지는 서클 2의 마법을 쓸 수 있는 마나량을 얻었고, 룬 문자로 발동시킬 경우 +1이 된 마법을 구사할 수 있다.

'상대는 최소 세 명, 아니, 네 명 같군.'

하지만 뭔가 이상했다. 전문적으로 훈련받은 암살자라면 이렇게 쉽게 마나의 흔적을 주변에 흩뿌리지 않는다. 제이워드였을 당시 상대했던 암살자들은 전부 그랬다.

'그러면 어떤 이들이지? 귀족들만 노리는 도적들인가?'

지금 마차가 멈춰 선 곳은 으슥한 숲 한가운데. 산적이 나오기에 충분한 환경이기도 하다. 하지만 그런 것치고 움직임이 너무나 조심스러웠다.

'먼저 공격할까, 아니면 기다릴까?'

예전의 몸이었다면 여유롭게 대처할 수 있겠지만, 지금은 상황이 너무나 다르다. 서클 3의 마법과 랭크 2의 오러로 암살자들을 이길 수 있을지 장담할 수 없다.

결국 그는 마차 안에서 숨죽이며 자신을 노리는 이들이 천천히 다가오기를 기다렸다.

'조금만 더 다가오라고.'

그는 소리 내지 않고 머릿속에서 천천히 룬 문자를 읊기 시작했다. 그들의 움직임이 마차로부터 1미터 안에 들어왔다고 느끼는 순간, 머릿속에서 나열되던 룬 문자가 하나의 마법으로 완성되었다.

레이지는 오른손을 천천히 들어 올렸다. 입으로 룬 문자를 읊을 때와 달리, 머릿속에서 나열된 룬 문자를 마법으로 구현하기 위해선 마법사 특유의 행동이 시전되어야 한다.

제이워드 시절 그가 즐겨 쓰던 행동은 핑거 스냅(Finger Snap). 엄지손가락과 다른 손가락을 튕겨서 소리를 내는 행위. 그는 넷째손가락에 엄지를 가져간 뒤 '딱' 하는 소리를 냈다.

"으아악!"

순간 마차의 문 양쪽이 강렬한 바람에 밀려 멀리 튕겨 나갔다. 멋도 모르고 양쪽을 동시에 노리던 두 명의 남자가 문짝과 함께 멀리 날아가 땅바닥에 나뒹굴었다.

히히힝!

갑작스러운 소란에 놀란 두 마리의 말이 앞발을 위로 들어 올리며 날뛰기 시작했다. 결국 말들은 고삐를 풀고 앞으로 달려나갔다.

'이때다!'

4

레이지는 오른손에 쥔 검에 오러를 불어넣고 마차 밖으로 뛰쳐나갔다. 쓰러진 두 명을 제외한 나머지 두 명이 갑작스레 나타난 레이지를 보며 당황한 탓인지 어쩔 줄 몰라 하고 있었다.

그들은 얼굴에 검은 복면을 뒤집어쓰고 정체를 감추고 있었다. 은은한 달빛만이 그들의 형체를 비출 뿐이었다.

레이지는 오른손에 쥔 검을 휘두르며 달려들었다.

카앙!

하지만 금속성의 소리가 울러 퍼지며 그의 검을 누군가가 막아냈다.

"······!"

레이지는 검을 거두고 뒤로 물러섰다. 그인지 그녀인지 알 수 없는 복면인이 내민 검은 레이지의 검처럼 오러에 휘감겨 있었다.

'오러를 쓰는 암살자? 어떻게 된 거지?'

돈을 받고 사람을 죽이는 걸 업으로 삼는 암살자들은 오러 나 마법에 재능이 없지만, 대신 인간을 죽이는 일에는 철저하게 특화되어 있다. 오러나 마법 없이도 웬만한 오러나 마법으로 구현한 장벽을 뚫을 수 있는 방법을 갖추고 목표를 노린다.

'아까도 느꼈지만 전문적인 암살자들은 아냐.'

레이지는 생각을 하면서도 재빨리 움직여 나무 뒤로 몸을 숨겼다. 그리고 몸을 숙여 왼손을 허벅지에 가져간 뒤 룬 문자를 읊었다.

순간 그의 하체가 빛에 휘감겼다. 일정 시간 동안 육체의 반응 속도를 올려주는 서클 2의 마법 부스트(Boost)였다.

레이지는 오른발로 나무를 강하게 걷어찬 뒤 왼쪽으로 돌아 검을 휘둘렀다. 나뭇가지에 매달려 있던 나무 열매들이 아래로 후두두 떨어지며 그를 노리던 이들의 정신을 혼란시켰다. 레이지는 맨 앞에 서 있던 자의 오른팔을 노리고 검을 휘둘렀고, 핏줄기가 위로 확 치솟았다.

"으아악! 내, 내 팔이!"

손목 아래가 잘려 나간 남자는 비명을 지르며 땅바닥에 나뒹굴었다. 주변이 온통 피로 범벅이 되었지만, 어두운 하늘 아래 그저 검은색으로 보일 뿐이었다.

레이지는 다음 상대를 노리고 검을 찔러 넣었다. 상대가 그걸 막아내고 검끝을 시계 방향으로 돌리자, 레이지는 미련없이 검을 놔버리고 가까이 파고들었다.

무기를 내동댕이칠 거라고 예상 못한 탓인지 검을 밀쳐 내려던 상대의 힘이 분산되어 비틀거렸다. 레이지는 몸을 숙이더니 오른손을 땅바닥에 대고 왼손으로 핑거 스냅을 했다. '딱' 하는 소리와 동시에 레이지와 상대의 주변으로 붉은 선이 시계 방향으로 그어지면서 원이 형성되었다.

레이지는 몸을 둥글게 말면서 원 밖으로 나갔다. 그러자 원 안에서 강렬한 불길이 솟아오르며 복면인을 덮쳤다. 하지만 상대의 몸이 밝은 빛에 휘감기면서 마법의 불길을 무효화시켰다.

'역시 오러의 힘이야. 상대할 만하군.'

암살자에게 당할지 모른다는 공포는 사라지고 어느 새인가부터 흥분으로 바뀌었다.

20여 년 이상 죽고 죽이는 전쟁과 전투 속에서 살아온 그의 피가 다른 육체에서도 끓어오르기 시작했다. 그동안 홀로 수련만을 거듭해 온 터라 오래간만에 맞이하는 실전이 반가울 정도였다.

레이지는 불길 속을 헤치고 덤벼드는 상대의 검을 뒤로 물러서서 피했다. 그리고 잽싸게 나무 뒤로 몸을 숨긴 뒤 입으로 룬 문자를 읊다가 도중에 취소했다. 옛날 버릇대로 높은 서클의 마법을 시전하려고 했기 때문이다.

'예전 버릇을 확실히 고쳐야 해. 진짜 위험할 뻔했어.'

그는 고개를 가로저은 뒤 새로운 주문을 읊었다. 원래 계획은 상대가 쓰러질 때까지 따라가는 불꽃을 시전하려고 했지만, 부족한 마나량 때문에 다른 주문으로 도중에 바꾸었다.

레이지가 나무에 손을 대자 불길이 위로 빠르게 올라가더니 나뭇가지가 순식간에 불타기 시작했다. 그는 오러에 휘감긴 검을 휘둘러 나무줄기를 베어내고선 발로 걷어찼다.

"이, 이건 뭐야?"

마법에 겁을 먹고 조심스럽게 다가오던 복면인 중 한 명이 자신의 머리 위로 천천히 다가오는 불타오르는 나무를 보고 기겁했다. '쿵' 하는 소리와 함께 나무가 바닥에 쓰러지자 불길이 수풀에 옮겨 붙어 불길이 주변으로 퍼지기 시작했다.

"쳇!"

레이지는 검게 그을려 버린 장갑을 보고 혀를 찼다. 역시 급하게 만든 거라 금세 무용지물이 되어버렸다.

그래도 서클 3의 마법 덕분에 세 명의 암살자가 전투 불능이 되어버렸다. 한 명은 잘려 나간 손목을 부여잡고 바닥에 쓰러져 있고, 맨 처음 문짝에 정통으로 맞은 놈은 아직도 기절 상태다. 운 좋게 문짝에 빗겨 맞은 녀석은 아까 나무에 불이 옮겨 붙어 흙 위에 몸을 뒹굴면서 불을 끄기에 여념이 없다.

남은 것은 아까 그의 마법을 버텨낸 한 명.

'예전 같으면 진작 해치웠을 텐데……. 확실히 약해졌어, 나는.'

새로운 육체가 지닌 한계를 다시금 깨달은 레이지.

하지만 일대일이라면 아직 승산은 있다.

레이지는 왼손에 불덩어리를 구현해 움켜쥔 뒤 상대의 움직임을 살펴보았다.

두 손으로 검을 쥔 자세가 영 암살자와 어울리지 않았다. 무엇보다 자신이 익힌 검술과 흡사한 부분이 눈에 띄었다. 아무리 다시 봐도 일반적인 암살자와는 거리가 멀었다.

"……!"

상대의 검이 레이지의 머리 위를 훑고 지나갔다.

레이지는 다급히 몸을 숙이면서 화염구를 상대의 가슴을 향해 날렸다. 하지만 상대의 몸이 오러에 휘감기면서 화염구는 더 이상 불타오르지 못하고 허공 속에서 사라졌다.

레이지는 서클 2의 마법은 통용되지 않는다는 걸 파악하고선 오러만으로 승부하기로 결심했다. 레이지와 복면인의 검이 서로 부딪치면서 오러가 주변으로 뿜어져 나왔다.

'젠장, 오러만으로 치면 나보다 강해.'

레이지는 검 싸움에서 밀리면서 뒤로 물러섰다.

상대가 간격을 좁히기 위해 달려오자 레이지는 왼손을 아래에서 위로 크게 휘둘렀다. 손으로 퍼 올린 흙이 상대의 얼굴에 맞는 걸 확인하자마자 레이지의 검이 상대의 가슴을 노리고 날카롭게 파고들었다.

"크윽!"

복면인의 입에서 신음 소리가 흘러나왔다. 가슴은 아니지만 상대의 왼손에 검끝이 박혔다. 그 상태에서 레이지는 왼손 자체를 불에 휩싸이도록 한 뒤 상대의 왼손을 움켜쥐었다.

살이 타들어 가는 냄새와 함께 신음 소리가 계속 이어졌다. 하지만 복면인은 고통을 참으면서 검을 놓지 않았다. 되레 자신의 검을 휘두르더니 레이지의 검을 오러로 밀쳐내 허공 높이 떠올리게 했다.

순수한 검과 검의 대결에서 마지막 남은 복면인의 실력은 예상보다 강했다. 승리를 결정짓기 위해 복면인은 검끝을 레이지의 목을 향해 노렸지만, 그는 이미 시야에서 사라진 뒤였다.

"……?"

복면인이 주변을 둘러보며 당황하고 있을 때, 레이지가 그의 뒤에서 나타났다. 서클 2의 마법인 단거리 순간이동 주문 블링크(Blink) 덕분이었다.

레이지는 복면인의 왼손을 붙잡고선 아까 파티장에서 마법사들에게 써먹었던 마나 변형 마법을 시전했다.

"물러서라!"

하지만 상대의 오러에 막혀 효용이 없었다.

복면인은 고함을 지르며 검을 휘둘렀고, 레이지는 다시 잽싸게 블링크를 시전하면서 수풀 속으로 몸을 감췄다.

그는 왼손으로 입을 가리고 주문을 외웠다. 짧은 시간 동안 자신의 마나를 감추는 마법이었다.

'분하지만 이대로 싸우다간 해가 뜰 때까지 결관이 안 날 거야. 지금 입장에선 몸을 숨기는 것만으로도 충분해.'

어차피 상대의 목적이 자신의 목숨이라는 걸 안 이상 그 목적 달성을 막는 것만으로도 남는 장사다.

레이지는 자신의 마나 기척을 지운 상태에서 소리 내지 않고 천천히 수풀 안쪽으로 파고들었다. 주변에 일어나는 소리를 방해하는 마법까지 걸면서 도망치는 데 완벽을 기했다.

확실히 거리를 벌렸다고 생각한 레이지는 눈에 마법을 걸어 시력을 몇 배로 증폭시켰다. 그리고 나무 위로 올라가 자신을 습격한 이들이 무얼 하는지 지켜보았다.

'젠장, 식은땀이 줄줄 흘러내리는군.'

연달아 마법을 시전한 탓에 그의 몸은 온통 땀투성이가 되어버렸다. 살짝 현기증마저 일어났지만 오기로 버티면서 시선을 복면인들에게 향했다.

끝까지 레이지와 싸웠던 복면인은 쓰러져 있는 남은 동료들을 일으켜 세운 뒤 주변을 경계하면서 모습을 감추었다. 그들이 떠난 지 30여 분이 지난 뒤에 레이지는 마차가 있는 자리로 돌아왔다.

5

"서투른 암살자들일세."

레이지는 턱을 매만지며 그들의 행동을 하나하나 떠올리며 분석했다.

우선 접근 자체가 너무나 어설펐다. 얼굴을 복면으로 가리는 건 애초에 기본이지만, 마나의 기척 자체를 숨기는 것조차 모르는 이들이었다. 물론 예전 제이워드였을 때엔 그 숨긴 상태에서도 파악할 수 있었지만.

그리고 실력 자체도 애매했다. 오러를 쓸 수 있는 게 못 쓰는 것보다 확실히 강력하지만, 역습에 처음부터 두 명이 나가 떨어질 정도면 더 이상 말할 필요도 없다.

"고통을 이기는 훈련도 안 했고……. 절대 전문적인 암살자들은 아니야."

암살자의 기본 중 하나가 자신의 고통을 이겨내고 남의 고통에 무감각해져야 한다. 대놓고 비명을 내지를 정도면 실격이다.

레이지는 그들이 남긴 흔적을 꼼꼼히 찾았다. 불타거나 잘려 나간 옷자락을 줍던 그의 입가에 희미한 미소가 자리 잡았다.

"끝까지 어설프군."

그는 손바닥 안에 든 무언가를 주머니에 집어넣었다.

주변을 살피는 도중에도 계속 경계를 풀지 않았지만 그들은 다시 돌아오지 않았다. 이제 남은 건 무사히 집으로 돌아가는 것뿐이다.

하지만 타고 온 마차만이 남아 있을 뿐 마부는 물론이고 말들마저 도망가 버렸다. 마부는 필시 사전에 매수되어 금품을 받고 도주했음이 분명하다.

할 수 없이 레이지는 저택까지 걸어가기로 결정했다. 그가 저택에 도착했을 때엔 이미 해가 떠오르기 직전이었고, 대문 밖에서 밤새 그를 기다리던 페리슨이 레이지를 보자마자 후다닥 달려왔다.

Chapter 09
더 이상 뒤통수를 맞고 싶지 않거든

1

생일 파티에 초대되었던 레이지가 다음날 아침이 되어서야 홀로 돌아온 사실에 크로이덴 가문은 발칵 뒤집혔다.

완전 거지꼴이 되어서 돌아온 아들을 본 케인즈는 무슨 일이 있었냐며 레이지에게 같은 질문을 계속 퍼부었다. 아버지의 걱정과는 정반대로 아들은 산적을 만나 고생 좀 했다며 털털하게 대답했다. 그러자 직접 검을 들고 산적을 토벌하겠다며 길길이 날뛰는 케인즈를 막기 위해 집사 페리슨은 물론 온 집안의 하인들이 난리법석을 피워야 했다.

피를 본 건 자신이 아닌 산적들이니 신경 쓸 필요 없다는 레이지의 말에 케인즈는 겨우 분을 삭이고 진정했다.

하지만 레이지가 산적에게 습격당했다는 이야기는 하녀들

을 통해 저택 밖까지 흘러나갔고, 다음날 마리에타가 예고도 없이 방문해 레이지가 무사한지 직접 확인할 정도였다.

3일 뒤, 저택은 평상시와 다름없는 분위기로 돌아갔다.

케인즈는 직접 공문을 작성해서 '길레터 왕국 내 산적 토벌 계획'을 강력하게 추진하려 했고, 이 사실은 자연스레 왕궁 내에 퍼지게 되었다.

2

"무사하니 다행이로구나."

아버지 케인즈의 호들갑 때문에 '산적 사건'에 대해 알게 된 케이지는 바쁜 일정 사이 틈을 내 저택을 방문했다.

"사실 별일도 아닌데 아버지께서 성화여서 걱정입니다. 보다시피 다친 곳 하나 없이 멀쩡하지 않습니까?"

"그래도 아버지께서 걱정하시는 것 자체에 뭐라 할 수 없는 법이지. 나도 직접 너를 본 뒤에야 한숨 놓이는구나."

레이지는 케이지에게 웃음으로 대하면서 시선을 살짝 옆으로 옮겼다. 케이지의 부관 제나의 표정이 일순간 흔들렸다가 원래대로 돌아갔다.

"그런데 그 숲에 산적이 나온다는 이야기는 못 들었는데……. 거긴 워낙 우거진 곳이기도 하고 악마가 나온다는 말까지 나올 정도로 음침한 곳이거든."

"그 점을 노리고 일부러 그곳에서 기다리고 있었을지도 모르죠. 아무래도 마부까지 매수할 정도였으니 말입니다."

사실 귀족 가문에서 파티가 치러질 경우 종종 범죄와 직결되기도 했다. 많은 인파가 모이는 점을 노려 소매치기가 몰래 들어오는 것 정도는 애교다. 술에 절어 마차 안에서 곤히 잠들고 있던 귀족이 눈을 뜨자 포박된 채 동굴 안에 처박혔다가 일주일 뒤에야 발견되었다는 이야기는 그렇게 드물지 않았다.

"아무튼 아버님을 좀 말려주시길 바랍니다. 그깟 산적 몇 만나서 고생한 것 때문에 토벌 계획까지 진행하기엔 좀 그렇지 않습니까?"

"아버님의 심정이 아주 이해가 안 가는 건 아니지만 나 역시 곤란하긴 마찬가지지. 내가 직접 이야기를 나눠보도록 하겠다."

사실 케이지가 저택을 방문한 이유 중 하나가 바로 그것.

전직 기사단장이자, 현직 기사단장의 아버지인 그의 의견을 무시할 수는 없던 터라 케이지가 직접 설득하기로 나선 것이다.

"아, 형님, 부탁이 있습니다."

방문을 열고 나가려던 케이지는 레이지의 말에 동작을 멈추었다.

"제나 경과 긴히 나눌 이야기가 있어서 그런데……."

"제나 경과?"

"혼자서 오러를 파고들다 보니 이해가 안 가는 부분이 있어서 말입니다. 지금 형님께 좀 물어보긴 그래서 제나 경에게 대신 부탁드리려고 합니다."

케이지는 제나의 얼굴을 쳐다봤다.

그녀는 평소의 무뚝뚝한 표정으로 고개를 살짝 끄덕였다.

"문제없습니다."

"내 동생의 부탁이니 잘 부탁하겠네."

케이지는 당부의 말을 남기고 귀빈실 밖으로 나갔다.

레이지와 제나 단둘만이 남게 되자 방 안에 기묘한 공기가 흐르기 시작했다. 레이지는 소파에 앉아서 다리를 꼰 채 말없이 제나를 응시했고, 그녀는 입술을 굳게 다물고 서 있었다.

"서서 이야기하기도 그럴 테니 우선 앉으시죠."

레이지의 말에 제나는 레이지의 맞은편 소파에 털썩 앉았다. 레이지의 시선은 제나의 허리 왼쪽을 응시하고 있었다.

"오늘은 검을 왼쪽에 차고 오셨군요."

"네?"

예상 못한 질문에 제나는 눈을 크게 떴다.

"확실히 기억합니다. 지난번 저택을 방문할 땐 오른쪽에 차고 오셨죠."

그녀가 왼손잡이라는 이야기.

제나는 헛기침을 한 번 한 뒤 표정 변화 없이 레이지의 시선을 정면으로 받아쳤다.

"전 양손잡이입니다."

"호오, 그런 것치곤 오른손에 잡힌 물집은 그다지 심하지 않군요. 실례가 되지 않는다면 왼손의 장갑을 벗어주실 수 있겠습니까?"

레이지는 케이지와 이야기를 하는 내내 제나를 유심히 관찰했다. 지난번 방문했을 때와 조금이라도 달라진 부분이 그의 시야에 들어오는 족족 확실히 머릿속에 기억되었다.

"곤란하십니까?"

레이지가 자리에서 일어서자 제나는 본능적으로 왼손을 등 뒤로 숨기려고 했다. 하지만 그보다 더 빨리 레이지의 손이 뻗어왔다.

"아, 무리겠군요. 이렇게 움켜쥐기만 해도……."

"크윽!"

레이지의 오른손에 자신의 왼손이 붙잡히자 제나의 입에서 신음 소리가 터져 나왔다.

"마법으로 인한 화상은 보통 화상과 달리 쉽게 회복시킬 수 없었겠죠. 안 그렇습니까?"

레이지는 눈웃음을 지으며 도로 자리에 앉았다.

제나는 애써 침착함을 유지하려고 했지만 레이지가 테이블 위에 툭 내던진 것을 보자 얼굴이 새하얗게 질렸다.

"남을 노리려면 뒤처리 역시 제대로 하셨어야죠. 이렇게 떡하니 증거를 남기면 어떻게 합니까?"

가장자리에 불탄 자국이 남아 있는 네모난 문장.

방패 위에 두 개의 검이 서로 대각선으로 교차하는 형상이 수놓아진 이 문양은 레이지가 몇 번이나 본 적이 있다.

"길레터 왕궁 기사단의 문장 맞습니까?"

"네, 맞습니다. 어디서 구하셨습니까?"

"끝까지 시치미를 떼시는군요."

레이지는 소파에 등을 기대고선 무릎 위에 깍지 낀 두 손을 올려놓았다.

"현재 왕궁 기사단 인원 중 세 명이 병가를 신청한 걸 알고 있습니다. 그중 한 명은 곰과 싸우다가 오른쪽 손목 아래가 날아갈 정도의 중상을 입었다는군요."

"……."

"이 정도까지 조사한 제 앞에서 계속 시치미를 떼셔봤자 아무런 의미가 없습니다."

정체불명의 자들에게 습격당한 다음날부터 레이지는 그들이 누구인지 추적하기 시작했다.

레이지는 처음부터 '프로 암살자'들의 개입을 배제했다.

자신의 암살 시도부터 실패한 이후까지의 과정에서 아마추어의 티가 너무 풀풀 났다. 조금이라도 은밀하게 진행되었다면 직접 암살자 집단에 대해 조사해야 했고, 그만큼 파악하는 데 시간이 훨씬 더 소모되었을 것이다.

오러를 사용했다는 점과 그 자리에서 그들이 미처 회수하지 못한 문양을 토대로 몇 번 페리슨에게 부탁한 것만으로도 마음속의 심증은 확신으로 굳어졌다. 그래도 혹시나 하는 생각에 직접 당사자를 만나 물어보니 어이가 없을 정도로 쉽게 그들이 누구인지 알 수 있었다.

'평소에 그렇게 무뚝뚝하게 감정을 드러내지 않으면서 정작 그 무뚝뚝함이 필요할 때엔 당황을 감추지 못하는군. 이거

이용하려고 해도 쓸모가 없겠어.'

사실 레이지는 그들의 약점을 근거로 나름 이용해 보려고 궁리하기도 해봤다.

하지만 네 명이서 어린 소년 하나 제대로 처리 못하는 실력은 둘째 치더라도, 이렇게 뒤처리에 허술한 이들을 부려먹다간 일이 꼬일 것만 같아서 포기했다.

"아, 여기에서 결판을 내자는 이야기가 아닙니다."

레이지는 오른손을 내밀며 손바닥을 보였다.

그러자 제나의 오른손이 검자루에 살짝 닿았다가 도로 멀어졌다.

'진짜 대책없는 아가씨로군. 일이 틀어졌다고 이 자리에서 뭔가 저지르려고 한 거야?'

영리하고 영악한 적이라면 차라리 이용할 가치는 넘쳐난다.

멍청하다면 멍청한 대로 이용할 구석은 어떻게든 찾아낼 수 있다.

하지만 자신이 절대 틀리지 않다고 믿으면서 반대로 행동력과 실행력이 어설픈 적은 절대 회유할 수도 없고 해서도 안 된다.

마음 같아서는 완전히 뿌리를 뽑아버리고 싶었다. 하지만 더 이상 일이 커지고 복잡해지는 걸 레이지는 원치 않았다.

"우선 이것부터 물어보도록 하죠. 이번 일은 형님께서 직접 지시한 것입니까?"

그의 질문에 제나의 눈매가 날카롭게 변했다.

'이 질문에 어떻게 대답하느냐에 따라서 다소 번거로운 일을 거쳐야 할지도 모르겠군.'

직접 형이 관련되었다면 묻어두는 건 불가능하다. 가문이 박살 나더라도 확실하게 뒤처리를 해야 한다.

"지금 단장님을 모독하는 겁니까?"

"모독과 암살 사주, 어느 것이 더 중한 죄일까요?"

레이지의 지적에 제나는 아랫입술을 깨물었다. 부들부들 떨고 있는 오른손은 몇 번이나 검자루에 가까이 갔다 멀어지기를 반복했다.

"뭐, 형님과 관련이 없다는 건 이전부터 알고 있었습니다. 사람이 좋기도 하고 반대로 일을 꼼꼼하게 처리하는 사람인데 이렇게 어설프게 뭔가 진행할 리가 없죠."

무엇보다도 지금의 케이지가 암살이라는 무리수를 두면서까지 레이지를 죽일 이유가 존재하지 않았다.

제나는 지금 건너편에 앉아 있는 레이지가 예전에 알던, 열등감에 가득 차 있으며 케이지와 그의 부하들에게 적의를 드러내던 그 소년이 맞는지 믿기 힘들었다.

"또 하나 물어볼 것이 있습니다."

레이지는 일부러 고개를 살짝 옆으로 돌리며 창문 쪽을 응시했다. 그 단어를 이야기할 때 당연히 눈이 살기에 가득 찰 게 뻔해서였기 때문이다.

'과연 그들과 관련이 있을지 없을지…….'

이것에 대해 어떻게 반응하느냐에 따라 이제까지의 태도와 전혀 다르게 나올 수 있다.

"크루디아 제국에 대해 아십니까?"

"크루디아 제국? 3년 전에 사라진 나라 아닙니까?"

레이지는 곁눈질로 제나를 살펴보곤 원래의 표정으로 돌아왔다.

'다행인가. 그들과는 관련이 없겠군.'

만에 하나, 죽은 제이워드가 레이지로 새 육체를 얻고 태어났음을 '그들'이 알고 있다면 암살 시도를 했을 수도 있다. 물론 그들이라면 철저하게 시도했을 테니 처음부터 그 가능성은 거의 배제되어 있긴 했지만.

"당신, 정말로 기억을 잃은 게 맞습니까?"

제나는 소문대로 완전히 예전과 달라진 레이지를 보며 물어보았다. 자신들의 계획이 괜히 실패한 게 아니라는 후회를 몰래 가슴에 품고서.

"물론입니다. 정 의심이 된다면 반대로 제가 물어보도록 하죠. 이전의 레이지였다면 이 사실을 알고도 이렇게 차분하게 냉정한 태도를 유지하며 제나 경과 이야기를 할 수 있겠습니까?"

레이지의 반문에 제나는 입을 다물고 열 엄두를 못 냈다.

자신들이 어설프지 않게 계획을 짰더라도 실패했을 거라는 후회가 뒤늦게 찾아왔다.

"솔직히 절 노렸다는 사실에는 꽤 분노하고 있습니다만, 그것의 원인이 기억을 잃기 전의 저에게 있다는 걸 알고 있는 이상 귀찮아지는 건 질색입니다."

"네?"

"전 기억을 잃기 전의 제 자신이 어떠한지 주변을 통해 익히
들어 알고 있습니다. 그렇기에 저에 대한 시선이 곱지 않다는
것도 알게 되었죠. 하지만 전 제가 기억도 못하는 과거의 원한
관계 때문에 지금의 저에게 걸림돌이 되는 걸 원치 않습니다."

솔직히 말해 귀찮았다.

조금이라도 더 빨리 과거의 자신이 지녔던 힘에 도달하고픈
상황에 쓸데없이 뒤통수를 얻어맞고 싶지 않았기에.

"한 가지 물어봐도 되겠습니까?"

제나 쪽에서 먼저 질문을 던지자 레이지는 호기심을 느끼며
턱을 매만졌다.

"뭐든지요. 단, 제가 대답할 수 있는 영역 내로."

"저라고 어떻게 확신할 수 있습니까?"

"나름 여러 증거를 확보하긴 했지만, 아까 제나 경의 손을
잡아보고 확신할 수 있었죠. 그때 만나서 상대했던 복면의 괴
한 중 한 명과 제나 경의 그것이 일치했기 때문이죠."

단순한 오러 유저라면 알 수 없는 영역.

하지만 과거 마법사였던 경험은 그에게 새로운 능력을 여럿
전달해 주었다.

"마나의 흐름 말입니다."

"그건 매직 유저나 파악할 수 있는……."

제나는 놀란 나머지 입을 크게 벌리고 말을 마무리 짓지 못했

다. 반면 레이지의 입에선 피식 하는 웃음소리가 새어 나왔다.

'이 아가씨, 골 때리네. 지난번 내 공격이 마법이 아니고 뭐라 생각하는 거지?'

한마디 쏘아붙이고 싶은 충동이 강하게 일었다.

물론 이야기를 진행하기 위해선 꾹 참아야 했다.

"물론 이건 제 개인적인 경험으로 얻은 증거라 공개적으로 사용하기엔 문제가 됩니다. 어차피 전 이 사실을 대외적으로 알릴 생각도 없습니다. 그렇게 되면 당신네들이 왜 이러한 일을 두 번이나 시도했는지에 대한 근본까지 파헤쳐지기 때문이죠."

일기장에 적힌 내용대로라면 처음 시작은 과거의 레이지 때문이다. 자신이 저지른 일도 아닌데 그것으로 인해 발목을 붙잡히긴 죽어도 싫었다.

"제나 경을 비롯한 '형님의 친위대' 분들이 가지고 있는 형님에 대한 충성심은 저 역시 익히 들어 잘 알고 있습니다. 그렇기에 그 형님을 가장 증오하고 꺼려 하던 예전의 저를 어떻게든 그냥 둘 수 없었겠죠."

"……."

"하지만 지금의 전 형님을 미워할 이유도 없고 당신네들과 소모전을 벌이고 싶은 마음도 없습니다."

레이지는 손을 탁자 아래로 뻗더니 무언가를 꺼내 탁자 위에 툭 내던졌다.

"이제까지 과거의 '제'가 건드렸던 하녀들에 대한 보상금

목록입니다."

세 장의 서류를 읽어본 제나의 눈썹 사이가 일그러졌다.

그가 레이지를 증오했던 이유 중 하나가 바로 여자에게 함부로 대했기 때문이다. 반대로 지금의 레이지가 이런 행동을 했다는 것에 놀라지 않을 수 없었다.

"이미 먼 곳까지 이사 간 경우도 있어서 일일이 찾아내기 곤란했죠."

"이렇게까지 많은 돈을 쓴 겁니까?"

"돈으로 불필요한 원한 관계를 청산한다면 훨씬 남는 장사죠. 안 그렇습니까?"

제나의 눈에 비친 레이지는 더 이상 예전의 그가 아니었다.

그럼에도 제나는 그를 결코 좋은 눈으로 볼 수 없었다. 암살 시도가 실패했음을 새삼 후회해야 했다.

"당신과 당신의 동료들이 예전의 저에게 당했던 굴욕을 같은 방식으로 청산할 수 있다면 좋을 텐데……."

순간 제나는 분을 참지 못하고 서류를 탁자 위에 내던지며 자리에서 벌떡 일어섰다.

"그까짓 돈을 제시하면서 없었던 일로 치자는 말입니까?"

"그러면 지금의 제가 당신에게 뭘 제시할 수 있다고 생각합니까?"

거칠게 숨을 들이쉬며 분을 가라앉히지 못하는 제나와 달리 레이지는 여유로운 얼굴로 소파 뒤에 양팔을 걸쳤다.

"다시는 형님을 건드리지 않겠다는 각서를 써달라면 쓰겠습니다. 하지만 그런 형식적인 문서 따위 제가 무시하면 그만 아닙니까?"

"……."

"상대방에게 확실히 통할 수 있으면서 가장 간단한 방법을 고르다 보니 이것밖에 남지 않더군요."

레이지는 탁자 밑에 두었던 두둑한 돈주머니를 꺼내 들었다.

"뇌물이라고 생각해도 좋습니다."

"이런 것을 준다 해서 제 마음이 변할 거라 생각합니까?"

"흔히 사람들은 뇌물을 저급한 인간들끼리 주고받는다고 생각하곤 하죠. 하지만 그럼에도 왜 뇌물이 아직까지 사라지지 않는 것일까요?"

실제로 제이워드였을 당시에는 뇌물을 준 적도 받은 적도 없었다. 굳이 무언가를 주면서 남의 환심을 살 필요를 못 느꼈기 때문이다.

"그만큼 효용성이 뛰어나기 때문입니다. 사실 두 번이나 죽을 뻔했으니 제가 받아야 하겠지만, 원인은 저에게 있었으니 이걸로 끝내기로 하죠."

"전 받을 수 없습니다."

"소문을 듣자 하니, 어머니께서 몇 년이나 병상에 누워 계시다고 하던데……."

레이지의 말에 제나의 얼굴에 그림자가 드리워졌다.

"그깟 알량한 자존심과 어머니의 목숨, 어느 것이 더 중요하다고 생각합니까? 설마 자신의 만족을 위해 소중한 이가 죽어

가는 걸 보고 있을 생각은 아니겠죠?"

레이지는 돈주머니를 제나 쪽으로 밀어놓고선 자리에서 일어섰다.

"이것으로 그동안의 원한 관계는 없었던 걸로 하겠습니다. 그렇게 믿도록 하죠."

굳이 제나의 대답을 들을 필요도 없었다.

이제까지 단 한 번도 흔들리지 않던 그녀의 마음에 균열이 가기 시작함을 느꼈기 때문이다.

"형님이 돌아오시기 전까지 편하게 쉬고 계십시오. 전 요 며칠간 나름 바쁘게 움직여서 피곤하군요."

제나는 두 손을 무릎 위에 얹고서 부들부들 떨고 있었다.

귀족 출신이긴 해도 몰락한 탓에 자신의 급료 말고는 들어오는 수입이 전혀 없었다. 아버지는 과거의 영광에 취해 부인 따위는 거들떠보지도 않고 술에 절어 산 지 10년이 넘었다.

지금 레이지가 내민 돈만 받는다면 병마에 시달리는 어머니를 해방시킬 수 있다.

그렇게 자신을 설득하며 그녀는 돈주머니를 향해 천천히 손을 뻗었다. 그러다가 도중에 멈추며 레이지 쪽을 바라보았다.

"왜 이렇게까지 하는 것입니까?"

만일 자신이 레이지였다면 이미 입수한 증거를 토대로 자신을 죽이려 한 이들을 완전히 박살 내버렸을 것이다.

"간단합니다."

레이지는 문손잡이를 잡은 채 고개를 옆으로 살짝 돌렸다.

시야 끄트머리에 돈주머니를 소중히 감싸 쥐고 있는 제나의 모습이 들어왔다.

"더 이상 뒤통수를 후려 맞고 싶지 않거든요."

3

복도를 걸어 방으로 돌아간 레이지.

그의 얼굴에는 짜증이 가득했다. 걸어가던 도중 마주친 하녀들이 고개를 숙이며 인사했지만, 싹 무시하고 정면만 바라보고 걸어갔다.

"제길, 그놈이 저지른 일의 뒤치다꺼리를 내가 다 해야 하다니."

무엇보다 그동안 포션을 팔아 번 돈의 상당수를 뱉어야 한다는 것이 맘에 들지 않았다.

사실 예전의 레이지가 건드렸던 하녀들에게 보낸 보상금은 아버지를 통해 나왔다. 과거에 저지른 자신의 죄를 용서받고 싶다는 명목하에 케인즈에게 말했고, 꾸중을 듣긴 했지만 케인즈는 군말없이 돈을 내주었다.

하지만 이번 건은 절대 아버지의 도움을 받을 수 없었다.

은밀하게, 그리고 당사자들끼리의 합의가 성립되어야 했기에.

"생각해 보니 레이지 녀석, 도대체 얼마나 멍청했던 거야? 이렇게 어수룩한 인간들에게 당했다니."

대충 생각을 껴 맞춰보니 쓰러져서 몇 달 동안 누워 있던 일은 결코 우연이 아니었다. 그들에 의해 당했음이 분명하다.

자신의 일이 아님에도 쪽팔리기까지 했다.

"하지만 이로써 대충 마무리 지어졌겠지."

이번 암살 시도에 연루된 기사단원 대부분이 제나처럼 귀족의 이름만을 지녔을 뿐 몰락한 가문을 이끌어야 하는 처지였다.

그런 그들에게 레이지가 내민 돈은 매력적일 수밖에 없다.

무엇보다 그들이 지닌 원한이나 증오는 결국 한계가 명확하게 정해져 있다. 귀족치고 힘들게 살아왔다 하여도 귀족은 귀족. 일반 평민이나 천민들이 겪어온 증오나 분노에 비할 바에 못 된다.

"더 이상 쓸데없는 원한을 만들어서는 안 돼."

제이워드가 죽은 이유는 결국 그가 알지 못하는 원한 때문이었다. 레이지로 다시 태어난 이상 원한 관계를 명확하게 파악해 그 원한이 복수의 칼날로 돌아오기 전에 해소해야 한다.

그렇다 해도 아까운 건 아까운 것.

그는 침대 위에 벌렁 드러누워 천장을 바라보며 분을 삭였다. 하루라도 빨리 원래의 힘을 되찾기를 바라면서.

Chapter 10
이질적인 따스함

1

베르시아 신성력 1393년 1월 20일.

"으윽······."

레이지는 거의 기어가다시피 하면서 호숫가에 도달했다.

오러 방어용 마법이 걸린 갑옷은 거의 반파되었고, 지혈용 포션을 바른 덕분에 출혈은 멎었지만 이미 흘러나온 피가 흙과 뒤범벅이 되어 전신에 달라붙었다.

"진짜 하나도 안 봐주시네. 으으······."

지난번 '산적 사건' 이후 레이지는 아버지 케인즈에게 직접 훈련받기를 요청했다. 자신이 강해지면 그깟 산적 퇴치 작전 따위 하지 않아도 된다는 말에 케인즈는 그동안 작성하던 서류를 죄다 내팽개치고 흔쾌히 검을 뽑아 들었다.

아쉽게도 가문의 비전은 익힐 수 없었다. 몇 번이나 비전대로 마나를 운용해 오러를 구현하려고 했지만 알 수 없는 고통만을 느끼고서 쓰러지기만을 반복해야 했다.

대신 그는 아버지와 직접 대련을 통해 강해지기로 했다. 오러 유저로서 워낙 차이가 나는지라 케인즈는 자신의 오러 랭크를 3까지 낮춘 상태에서 아들과의 대련에 임했다.

그럼에도 레이지는 케인즈의 상대가 전혀 되지 못했다. 무엇보다 고지식하게 레이지의 말 그대로 랭크만을 낮추고 전력을 다했기에 아들은 매번 아버지의 검에 쓰러지기만을 반복하고 대련 후에는 항상 만신창이가 되어 돌아가기 일쑤였다.

물론 대련이 끝나자마자 케인즈는 언제 그랬냐는 듯 쓰러진 아들을 일으켜 세우며 괜찮으냐고 물어봤지만 필요 이상으로 의지하고 싶지 않다면서 레이지는 아버지를 먼저 돌려보냈다. 그리고 집으로 곧바로 돌아오지 않고 가문의 수련장 근처 호수에 몸을 씻고 돌아가곤 했다.

"오늘도 결국 공격 한번 제대로 해보지 못했어."

두 시간 동안 레이지는 오러에 휘감긴 케인즈의 검을 받아내기에 급급했다. 모래시계의 윗부분 모래가 아래로 다 떨어지는 걸 확인하는 순간, 레이지는 그대로 앞으로 쓰러져 의식을 잃었다.

눈을 떴을 땐 케인즈는 이미 자리를 뜬 지 오래였다. 대신 상처 난 몸 이곳저곳에 지혈 포션이 발라져 있었고 붕대까지 둘러져 있었다.

"랭크 3의 오러라면 소드 엑스퍼트 수준일 텐데……. 지금의 나로선 버티기에도 버거워. 역시 실력을 더 키워야 해."

아크메이지 시절 그에게 소드 엑스퍼트 등급의 오러 유저는 그저 마법 몇 방만 날려도 도망치는 졸개에 불과했다. 오러 유저의 극인 '그랜드 마스터', 혹은 소드 마스터 정도 나와야 상대할 맛이 난다고 호언장담했을 정도이니까.

그는 차가운 물에 머리를 담그고 달라붙은 피딱지를 긁어서 털어냈다. 처음 마법을 배우던 시기의 고충이 떠올랐지만 결코 싫지 않았다. 오히려 손쉽게 오러를 터득한 이후 자신도 모르게 품었던 오만함을 날리기엔 제격이었다.

"우선은 아버지로 하여금 랭크 3 이상의 오러를 사용하도록 실력을 키우는 거다. 그 뒤 다른 방안을 모색해야겠어."

목표는 항상 두 가지를 세워봐야 한다.

궁극의 목표와 당장 달성해야 하는 눈앞의 목표.

레이지는 갑옷을 벗어 던지고 호숫가에 통째로 몸을 담그자 상쾌한 기분이 온몸을 사로잡았다.

"이제야 살 것 같네."

그는 두 눈을 감고 목만을 물 밖으로 내놓은 상태에서 마음을 가라앉혔다. 단순히 몸을 씻는 것에 불과할지 몰라도 이것 역시 마나 수련 과정 중 하나였다.

대자연이 품고 있는 마나는 인간이 지닌 것에 비하면 엄청나게 광활하다. 이렇게 호숫가에 몸을 담그면서 물속에 포함

된 마나를 조금씩 흡수했다.

"역시 아직은 많은 양을 흡수할 수는 없군. 이 정도로 만족할까나."

아크메이지 시절에는 두 세 시간 이상 숲 속에 있어야 하루 동안 흡수할 마나량을 채울 수 있었지만 지금의 마나량으로는 10분만으로도 충분했다. 체내의 마나량 자체가 증가해야 흡수되는 마나량도 증가하기 때문이다.

새 옷으로 갈아입고 머리에 묻은 물기를 털어내던 도중, 극심한 졸음이 몰려들어 왔다.

"하암~ 확실히 무리하긴 했어. 피로도 장난 아니고."

랭크만 3으로 낮추었을 뿐이지 실력 자체는 엄연히 소드 마스터인 케인즈의 검을 받아내는 것만으로도 긴장과 피로의 연속이었다.

레이지는 수풀 위에 드러눕더니 졸음에 몸을 맡기고 두 눈을 감았다.

2

소년의 표정은 우울함 그 자체였다.

꾸중을 들을 때에도, 실수를 해서 반성실에 처박힐 때에도 이렇게 어둡지는 않았다.

소년의 시선은 짐을 챙기고 있는 한 여성의 뒷모습을 향하고 있었다.

「스승님.」

「왜?」

그녀는 자신의 어린 제자의 말을 대수롭지 않게 받아넘겼다. 아니, 일부러 제자의 말이 떨리고 있음을 알면서도 모른 척했을지도 모른다.

「스승님, 다른 마법사들은 전쟁에 안 나가려고 안달인데 왜 스승님은 자진해서 가시는 것입니까?」

제자의 질문에 가방 안에 포션을 집어넣었던 오른손이 멈췄다. 하지만 이내 쓴웃음을 지으면서 짐 챙기는 일을 계속했다.

「쓸데없는 속박에 얽매여서 그래.」

그녀는 등을 돌리고 있다는 걸 다행으로 여겼다.

제자 앞에서 대부분 찡그린 얼굴만을 보여주었지만, 지금의 표정만큼은 보여주고 싶지 않았다.

「비록 아버지, 어머니와 사이가 좋지 않았지만 그분들을 돌아가시게 한 원흉을 그대로 놔둘 정도로 난 마음씀씀이가 좋지 않아. 태어난 지 얼마 안 된 남동생은… 매우 안타까워. 아무것도 할 수 없었던 내 자신이 싫어질 정도였거든.」

「전 잘 모르겠습니다.」

부모의 따스한 손길 자체를 기억하지 못하는 소년으로선 이해가 불가능한 영역이었다. 하지만 그녀는 굳이 이해를 요구하지 않았다.

「복수라는 것에 얽매인 여자의 고집이라는 거지.」

그녀는 가방 입구를 닫고 뒤돌아봤다.

이번에는 어린 제자가 자신에게 등을 보이고 서 있었다.

독한 마법 시료를 다루느라 엉망진창이 된 제자의 오른손에 펜던트가 쥐어져 있었다.

「레이지, 부탁 한 가지만 할까?」

그녀는 어깨에 가방을 짊어지며 일어섰다.

「넌 절대로 복수라는 것에 얽매이는 바보 같은 남자는 되지 말거라. 복수는 그 어떤 것도 낳지 못해. 그저 파멸만을 가져올 뿐이지.」

이것은 복수라는 늪에서 빠져나올 수 없는 미련한 스승이 복수라는 걸 알지 못하는 어린 제자에게 해줄 수 있는 조언.

소년은 스승의 이야기를 들으며 펜던트를 쥔 손에 힘을 더욱 가했다.

「스승님, 그러면 대신 저와 약속해 주실 수 있습니까?」

「약속?」

아무리 힘든 수련을 시켜도 싫은 기색 한 번 보이지 않고 묵묵히 따라오던 소년.

뭔가 필요한 게 있냐는 질문에도 소년은 고개를 가로젓기만 했다. 그런 제자가 만난 지 5년이 넘은 지금 처음으로 그녀에게 뭔가 요청하고 있었다.

「어떤 일이 있어도 살아서 돌아오신다고 약속해 주십시오.」

그녀의 입에서 피식 하는 웃음소리가 새어 나왔다.

「물론이지. 난 절대 죽지 않을 거야.」

「반드시 지켜주셔야 합니다.」

「네 녀석이 만든 특제 감자 수프를 다시 먹기 위해서라도 돌아올 거다. 반드시.」

3

하지만 부탁과 약속 그 어느 것도 지켜지지 않았다.

"아……."

꿈에서 깨어난 레이지는 고개를 살짝 들어 가슴을 바라보았다. 아무것도 쥐고 있지 않은 오른손이 주먹을 굳게 쥐고 있었다.

'또 그때의 꿈을…….'

레이지는 두 손을 깍지 껴 머리 뒤에 두르고 하늘을 바라보았다.

구름 한 점 없이 맑은 하늘.

레이지가 처음 만났던 스승과 헤어질 때도 이런 날씨였다. 그는 손을 빼내 눈 밑을 매만졌다.

다행이랄까. 눈물은 흘러내리지 않았다.

'더 이상 흘릴 눈물 따위 남아 있지 않겠지.'

스승이 떠나 다시 돌아오지 못하게 된 이후 그는 레이지로 죽기 전까지 수십 번, 수백 번 이상 그때를 꿈속에서 반복했다.

처음 그 꿈을 꾸고 난 뒤 잠에서 깨었을 때 베개는 온통 눈물투성이였다. 꿈이 반복될수록 흘러내리는 눈물의 양은 차츰 줄어들었다.

꿈속에서 제자와 스승은 단 한 번도 주고받은 적 없는 약속과 부탁을 각자에게 말했다. 하지만 스승은 그와 처음 한 약속을 어겼고, 그 역시 스승의 마지막 부탁을 어겼다.

'지금 나이가 마침 딱 그때와 들어맞는군.'

그동안 쉬지 않고 수련에 매달려 왔기 때문일까.

진작에 알아챘어야 하는 사실을 뒤늦게 깨달은 그의 얼굴에 어색한 웃음이 자리 잡았다.

'감상적이 되기엔 나도 나이를 많이 먹었지. 이게 무슨 주책인가.'

어느새 그의 실제 나이는 스승의 나이를 훌쩍 뛰어넘었다.

감상적이 된 마음을 가라앉히기 위해 눈을 감으려던 그의 뒤에서 인기척이 느껴졌다.

"마리에타님, 웬일이십니까?"

"어? 어떻게 알았어요?"

"그야… 이곳에 올 다른 사람이 딱히 안 떠올라서요."

사실 마리에타의 육체에 흐르는 마나를 파악하고 그녀임을 안 것이다.

인간마다 마나의 흐름은 제각각이다. 특히 오러 유저와 매직 유저의 마나는 두드러지게 차이 난다. 물론 그 차이는 마나에 능통한 그이기에 쉽게 구별할 수 있는 것이다.

"그런데 무슨 일이시죠? 이런 곳까지 오시다니."

"무슨 일이긴요. 레이지 당신이 부탁한 일 때문이잖아요."

그녀는 입술을 삐쭉 내밀며 뾰로통한 표정을 지었다. 그리고 오른손에 쥐고 있던 두루마리를 슬쩍 레이지의 얼굴 앞에 불쑥 내밀었다.

"아, 그거로군요. 감사합니다. 이건 아무리 해도 얻을 수 없어서 말입니다."

"그야 마법사 협회 회원들에게만 배포되는 거니 구하기 힘들죠. 타국 거라 시간이 좀 걸리긴 했지만 과월호라 생각보다 수월했어요."

마법사의 경우 '마법사 협회'라는 이름의 단체가 각 나라별로 구성되어 있다. 그들이 각 나라 고유의 마법 체계를 정리하면서 마법사들을 관리한다. 고대 마법을 연구하기도 하고 전쟁 발발 시 지원자, 혹은 차출자를 통해 전쟁에 투입한다.

레이지가 그녀에게 건네 받은 두루마리는 예전 레이지가 머물던 '카르도니아' 왕국 소속의 마법사 협회에서 매달 발간하는 소식지였다. 길레터 왕국에서 멀리 떨어진 카르도니아의 문서를 입수하기엔 힘들었던 터라 현직 마법사인 마리에타를 통해 부탁했던 것이다.

"그런데 카르도니아어로 적혔을 텐데 읽을 수 있겠어요?"

"대충 읽는 것까지는 가능합니다. 룬 문자처럼 왠지 언어를 익히는 것은 그다지 어렵지 않더군요."

"하긴 당신은 워낙 유별나죠. 그런데 왜 하필 카르도니아 것이죠, 길레터 왕국 것이 아니라?"

"제가 룬 문자를 익힐 때 교본으로 산 책이 카르도니아 출신의 마법사가 쓴 것이더군요. 그래서 자연스럽게 그쪽의 마법

동향에 대해서 관심이 쏠려서 말입니다."

"흐응… 그런가요."

잔디밭 위에 드러누운 레이지 옆에 마리에타가 드레스 끝자락을 매만진 후에 자리를 잡고 앉았다. 이렇게 탁 트인 공간에 단 둘이 있기는 처음이어서일까. 그는 오래간만에 그녀의 얼굴을 뚫어지게 쳐다봤다.

"내 얼굴에 뭐라도 묻었나요?"

"아, 자세히 보니 주근깨가 좀 있군요."

"내 콤플렉스인데… 여자 마음 사는 법은 잘 모르네요."

"하하, 그렇습니까?"

레이지의 가벼운 웃음 이후로 대화가 끊겼다.

마리에타는 불어오는 바람에 휘날리는 앞머리를 다듬었고, 레이지는 물이 증발하면서 안겨주는 시원함에 두 눈을 감았다.

"요즘 케인즈님께 직접 훈련을 받고 있다면서요?"

"네, 매번 깨져서 이 모양이긴 하지만요."

레이지는 아무렇지 않게 팔에 감긴 붕대를 가리키며 대답했지만 마리에타의 얼굴에는 근심이 가득했다.

"너무 무리하는 거 아니에요?"

"강해지기 위해선 무리수도 둬야 하죠. 뭐, 아버지께서 상대해 주시니 죽을 걱정은 없습니다."

"그렇게까지 노력하는 모습을 보니 너무 낯설어요. 케이지님의 기록이라도 뛰어넘을 작정인가요?"

마리에타는 문득 기억을 잃기 전의 레이지를 떠올렸다.

자신에 대한 무조건적인, 집착에 가까운 애정과 함께 형에 대한 열등감을 표출하던 과거의 모습이 나타났다 사라졌다.

"기억이야 안 나겠지만, 당신은 예전에 형에 대해서 언젠간 뛰어넘고 말 거라고 독기 어린 말을 내뱉곤 했어요. 그런 모습을 볼 땐 저도 모르게 섬뜩한 기분이 들곤 했으니까요."

"기록이라면 형이 세운 길레터 왕국의 최연소 소드 마스터 탄생 말입니까?"

"네, 100년 만의 기록 경신이어서 꽤나 이슈가 되었어요."

"그렇습니까? 저도 지지 않기 위해 더 노력해야겠군요."

담담하게 말했지만 속내는 그렇지 못했다.

소드 마스터는 물론이고 오러 유저의 최고봉인 그랜드 마스터의 경지까지 도달해야 한다. 마법사로서 최고점에 도달했던 그의 자부심이 다른 영역이긴 해도 하위에 머무르고 있다는 걸 용납하지 않았다.

"뭐랄까, 레이지 당신과 이야기하면 뭔가 이상해지는 기분이에요."

"어떤 부분이 말입니까?"

"당신에게 휘말리는 기분이에요. 예전에는 정반대였는데…… 그래서 당신과 이야기하다 보면 내가 내 자신이 아닌 것 같은 기분까지 들어요."

'그야 그렇겠지. 지금 네 눈앞에 있는 레이지는 진짜 레이지가 아니니까. 그렇다고 쳐도 나 역시 납득하기 힘든 건 마찬가지로군.'

레이지로선 예전 레이지의 행동을 도저히 이해할 수 없었다.

남 앞에 떵떵거릴 만한 귀족 출신에 오러에 대한 놀라운 소질을 보유했음에도 열등감을 지니고 비뚤어졌다는 사실을 받아들일 수 없었다.

물론 형과 아버지가 훨씬 대단한 인물이었기에 그들의 그림자에서 벗어나기 위해선 보통 노력으로는 불가능했을 거라는 추측이 들었다.

하지만 그렇다고 불평불만을 터뜨리거나 일기장에 써 갈길 힘과 의지가 있었다면 그만큼 더 노력으로 승화시킬 생각은 왜 못했는가 하는 비웃음만 떠올랐다.

'뭐, 예전의 나도 스승님을 못 만났다면 똑같이 세상에 대해 불평만 늘어놨겠지.'

죽기 전 대마법사가 되긴 했지만 제이워드라는 이름으로 불리던 시절 그의 인생은 결코 평탄치 못했다.

빈민가 출신으로 태어나 아버지의 얼굴조차 모르고 어린 시절을 보냈다. 어머니는 다섯 살 무렵 술집으로 팔려 나간 뒤 소식이 끊겼고, 거지 소굴로 끌려가서 소매치기로 하루하루를 살아갔다. 자연스레 어머니의 얼굴도 기억 속에서 희미해졌다.

그러던 어느 날, 운명이 바뀌는 만남을 맞이했다.

실수로 소매치기에 실패해 한 여자의 손에 붙들렸는데, 그의 몸 안에 내제된 마나의 소질을 알아채고 그를 빈민가에서 끌어내 온 사람이 과거의 스승 샤를로트 M. 만델이었다.

그녀는 자신에게도, 그리고 타인에게도 엄격한 타입이었다.

데리고 온 제이워드에게 일체의 어리광을 용납하지 않았던 탓에 아무것도 모르는 어린 소년은 스승의 잡일 모두를 혼자서 처리하고 마법 수업까지 받느라 녹초가 되곤 했다. 매번 늦은 밤이 되어야 잠자리에 들 수 있었지만 행복했다. 미래가 보이지 않는 빈민가의 생활보단 훨씬 나았고, 엄하긴 했어도 실력이 늘어나는 걸 흐뭇하게 바라보던 스승의 미소가 큰 힘이 되었다.

그런 스승이 제국과의 전쟁이 터지자 마탑 내 누구보다 먼저 전쟁에 참여했다. 그리고 석 달 뒤 사망 소식이 전해졌다. 그녀가 전쟁터로 떠나기 전에 미리 남긴 유서에는 자신의 모든 재산을 레이지에게 물려주며 자신의 성(姓)도 대물림해 줬다.

그렇기에 그에게 있어서 제국은 절대 존재해서는 안 되는 악의 근원지였고, 충분한 배경이 주어짐에도 노력하지 않는 자들은 경멸의 대상이었다.

"뭘 그렇게 생각하나요?"

"아? 아아, 옛날 생각이 나서요."

"기억이 되살아났나요?"

"그런 것 같아요. 하지만 뭔가 머릿속에 안개가 낀 듯한 느낌이라 잘 모르겠군요."

잠시 '진짜' 과거를 떠올린 레이지는 대충 둘러대며 말을 얼버무렸다.

옛날에 집착할 이유는 하나도 없다. 예전에 소유했던 강함을 떠올리며 자신을 채찍질하는 원동력으로 쓴다면 모를까.

"참, 할아버지께서 당신을 보고 싶어하시던데, 시간 빌 때 없나요?"

펠튼이 언급되자 자연스레 레이지의 표정에 짜증이 자리 잡 았다.

"그 영감… 아니, 펠튼님께선 왜 그렇게 절 보고 싶어하는지 모르겠습니다."

"그야 당연하죠. 당신의 룬 문자 실력은 단순한 취미로 썩혀 두긴 너무 아까워요. 조만간 당신을 자신의 직속제자로 만들 고 말겠다면서 호언장담하시던데요?"

그녀의 말에 레이지는 고개를 설레설레 저으며 상체를 일으 켰다. 마리에타는 자연스레 손을 뻗어 그의 등에 묻은 흙을 털 어내려고 했지만 이내 멈추고 거두었다.

"지금의 저는 오러 수련에 몰두하고 싶습니다. 펠튼님께 죄 송하지만, 전 마법에 그리 관심없다고 전해주십시오."

어차피 레이지에게 있어서 마법으로 강해지기 위해선 마나 량만 보충하면 된다. 이미 다 알고 있는 마법 지식을 스승까지 두면서 억지로 익힐 필요는 조금도 없기도 하고.

"이런 말 하긴 뭐하지만, 그때 레이지가 한 말은 분명히 지 나쳤어요. 그때의 사과도 겸해서 할아버지를 뵙는 게 어때요?"

"전 그날 어떠한 사과를 할 일도 하지 않았습니다."

"왜 그렇게 고집을 부려요? 예전에 비해 훨씬 융통성 있게 변하지 않았나요?"

상대가 펠튼이었기에 망정이지 다른 귀족을 상대로 그렇게 독설을 내뱉었다면 가문끼리의 큰 문제가 발생할 수도 있다.

"별수 없군요. 당신의 고집을 꺾는 건 무리겠지요. 하지만 역시 매직 유저의 길로 바꾸어보는 건 어때요? 지난번 보여준 그 마법 실력은 결코 초보자의 것이 아니었어요."

마리에타 역시 펠튼과 마찬가지로 레이지에게 마법 스승이 있다고 확신했다. 단, 다시 레이지의 분노를 사기 싫어서 굳이 언급하지 않았다.

"마리에타님께서 말하지 않았습니까? 오러와 마법의 길은 양립할 수 있을 정도로 만만하지 않다고. 그렇다면 이왕 선택한 길을 계속 걷고 싶습니다."

"그러면서 왜 이런 마법사 협회 회지 같은 걸 구하려고 하죠?"

"취미란 그런 거죠."

사실 펠튼 이전에 마리에타 역시 몇 번이나 레이지를 설득했지만, 결국 마음을 돌리지 못했다.

오러에 한 번 눈뜬 자는 그 매력에 빠져 벽에 막히더라도 오러에 매달린다는 이야기를 들은 적이 있다. 그 대표적인 케이스를 바로 옆에 지켜보고 있는 그녀의 마음은 다소 착잡했다.

"왜 그렇게 강해지는 것에 몰두하는 거죠?"

마리에타의 질문에 레이지는 가볍게 미소를 지었다.

"강해져야 하기 때문이죠."

"단지 그것뿐인가요?"

"그러면 반대로 물어봐도 되겠습니까? 마리에타님은 왜 매직 유저의 길을 택했습니까?"

역으로 레이지 쪽에서 물어보자 그녀는 잠시 생각에 잠기더니 조심스레 입을 열었다.

"사실 전 마법을 배울 생각이 처음엔 없었어요. 아버지가 할아버지와 반드시 같은 길을 걷지 않겠다며 절연을 각오하면서까지 싸우신 적이 있었죠. 아버지는 자식인 저와 언니에게도 장래를 강요하지 않으셨어요."

"영감… 아니, 펠튼님 고집이 상당하셨을 텐데 용케도 꺾으셨군요."

마리에타는 잠시 회상에 잠겼다가 기억을 천천히 떠올리며 말을 이어갔다.

"다섯 살 때였던가? 아마 생일 때였을 거예요. 아버지와 잠시 화해하신 할아버지께서 제자들을 데리고 오셨죠. 그때 같이 온 제자 중 한 명이 여흥을 돋운다면서 화려한 마법을 보여주었어요. 마법을 구사하는 그 모습이 너무나 멋있었어요. 한눈에 반해 버린 거죠."

호수 정 가운데를 응시하는 그녀의 눈은 평소의 도도한 이미지와 달리 순진무구한 소녀의 이미지 그 자체였다.

"그래서 그 남자 분께 어필하기 위해 같은 길을 택했다 이겁니까?"

"아니에요. 그 제자는 얼마 지나지 않아 독립했죠. 지금쯤 자식이 세 명이나 있을 걸요? 마법을 쓰는 모습이 멋졌지만, 그 마법을 제가 구사한다면 어떨까 하는 생각에 마법의 길에 들어선 거예요."

"대부분 그런 상황에선 그렇게 멋진 남자와 결혼하겠다고 결심하는 게 보통 아닙니까?"

"원래 전 유별난 편이었죠. 다른 친구들은 벌써 결혼하고 애까지 낳았지만, 전 마법에만 매달리고 있으니……. 가끔 아버지께서 답답해하시더군요. 그냥 평범하게 여자의 삶을 살지 않고 왜 그 힘든 길을 걷느냐면서."

"이상하긴, 무슨 말씀이십니까. 실력이 있으면 여자면 어떻고 남자면 어떻습니까?"

마법의 길에는 남녀 구별이 무의미하다.

그의 스승은 여자였고, 일찍 죽지 않았다면 당연히 아크메이지의 경지에 도달했을 것이다.

"정말로 그렇게 생각하나요?"

"오히려 실력이 있음에도 평범하게 사는 쪽을 저는 경멸합니다."

마리에타 입장에서 여자가 마법의 길을 걷는 게 어떠냐는 말은 할아버지 이외의 남자에게 들어보긴 처음이었다.

"마리에타님은 그 마법을 썼던 할아버지의 제자에 반해서 마법의 길에 들어섰고, 전 단지 강해지기 위해 오러에 길을 자청했습니다. 이러면 충분하지 않습니까?"

"너무 쉽게 결론 내리는 게 아닌가요?"

"중간 과정이 어떠하든 간에 뭔가를 목표로 삼고 나아가는 게 중요한 거죠. 안 그렇습니까?"

4

마리에타와의 대화를 마친 레이지는 걸어서 저택으로 돌아왔다.

이왕 온 김에 차라도 한 잔 하고 가지 않겠냐는 레이지의 제안에 그녀는 고개를 가로저으며 괜찮다며 거절했다. 혹시 알 수 없는 이유로 기분이 상해서인가 레이지는 짐작했지만, 기쁜 표정으로 돌아가는 걸 보고 있자니 뭐가 뭔지 알기 힘들었다.

그는 갑옷을 하녀들에게 맡기고 방으로 올라가 침대에 드러누웠다.

"휴우, 역시 대련은 피곤해."

노곤함이 그를 사로잡았다.

레이지는 침대에 누운 상태에서 오른팔 근육을 매만져 보았다. 3개월 동안 누워 있던 탓에 연약해졌던 근육은 예전과 비교할 수 없을 정도로 튼튼해졌다. 체력 증강용 포션을 매일 마셔준 성과이기도 했지만 머리가 아닌 육체를 단련하는 건 그에게 새로운 도전이었기에 흥미도 더해졌다.

"이대로 쉬고 있을 시간은 없어."

그는 침대 위에서 벌떡 일어나 책상 앞에 앉았다.

매일 정해놓은 분량의 마법서를 읽고 마법을 실제로 구현하며 마나의 총량을 매일 측정한다. 이것이 그가 오러 수련 뒤에 반드시 하는 하루 일과였다.

그가 마법서를 읽는 데 열중하는 동안 노크 소리가 들렸다. 그가 반응하지 않고 계속 책에 몰두하자 문이 열리면서 페리슨이 들어왔다.

"도련님, 차입니다."

레이지는 책에 시선을 고정시킨 채 고개만 끄덕거렸다. 페리슨은 별말 없이 찻잔을 책상 위에 내려놓고 자리를 떴다.

"흐음……."

그는 차를 음미하며 페이지를 넘겼다.

워낙 괴팍한 성격이었던 예전의 그에겐 잡일을 도와줄 시중조차 없었다. 결국 먹는 일마저 스스로 해결해야 했고, 급기야는 끼니를 거르곤 했다. 지금은 귀족의 아들이니 알아서 모든 걸 돌봐주는 터라 순수하게 자신을 단련하는 데 모든 걸 투자할 수 있었다.

찻잔을 비운 레이지는 책을 덮고 마리에타로부터 얻은 두루마리를 집어 들었다.

"어떤 내용이 실려 있을까?"

카르도니아 왕국에서 발간된 거라 당연히 이곳의 언어와는 다소 달랐다. 대륙 전체로 공용어를 쓰긴 하지만, 표기 문자는 각 나라별로 다른 경우가 많아서 따로 익혀야 한다. 하지만 전 대륙의 마법을 연구하던 레이지는 거의 모든 나라의 문자를 알고 있어서 읽는 데 문제가 없었다.

'푸훗! 날 조문하는 인간들이 아직도 있나?'

소식지 한구석에 자리 잡은 기사를 보고 그의 입에서 웃음이 터졌다.

'전설의 대마법사 제이워드의 죽음을 추모하며' 라는 제목의 기사에는 제국과의 전쟁을 승리로 이끈 다섯 명의 영웅 중한 명인 제이워드 M. 만델이 불의의 사고로 사망한 지 몇 개월이 지난 지금에도 그의 묘소를 찾는 이들이 끊이지 않는다는내용이 적혀 있었다.

'불의의 사고? 역시 그냥 화재로 죽었다고 알려졌군. 뭐, 당연하다면 당연하다고 할 수 있지.'

그 영웅을 죽인 게 다름 아닌 같은 영웅 중 하나였던 나르디안이었으니 말이다.

그는 자신의 죽음을 애도하는 기사를 건너뛰고 다음 부분부터 읽기 시작했다. 돌연 그의 표정이 일그러지면서 짜증 섞인욕설이 튀어나왔다.

"젠장, 이년은 또 뭐야?"

제이워드의 유일한 수제자인 칸나 M. 오르덴이 스승 제이워드의 유지를 이어받아 그가 운영하던 마탑을 물려받게 되었다는 내용이었다.

레이지로서 기가 찰 노릇이었다. 그녀를 가르친 건 분명하나 고작 위치(Witch) 등급을 받고 도망친 주제에 지금 와서 수제자를 자청한다는 게 웃길 수밖에 없었다.

"칸나라는 이름이었군. 기억조차 나지 않았어."

자신이 이룩해 놓은 걸 아무런 노력도 없이 쉽게 집어삼키려는 옛 여제자에 대한 분노가 들끓었지만 이내 사그라졌다.

지금 와서 그녀를 어떻게 할 수 없는 처지이니 놔두는 수밖에 없다. 나중에 실력을 키워서 힘으로 압도하면 그만이다.

두루마리의 나머지 부분은 새로운 마법 발견이라든지, 새롭게 유망주로 떠오른 마법사에 대한 짤막한 기사 정도였다. 두루마리를 다 읽은 레이지는 뒤로 휙 내던졌다.

'진짜 내가 죽긴 죽었구나.'

다른 육체이긴 해도 계속 살아 있기에 예전의 죽음을 실감하지 못했다.

'오히려 잘된 거야. 진짜 내가 죽었다고 생각할 테니 이런 모습으로 나타날 줄은 꿈에도 모르겠지.'

그의 머릿속에 고스란히 남아 있는 강력한 마법 주문들은 마나량만 늘어나게 된다면 사용할 수 있다. 더군다나 오러 유저로서 강함까지 얻는다면 예전 제국을 짓밟을 때 이상의 압도적인 힘으로 복수를 이룰 수 있다.

그러기에 시간 낭비할 틈은 없다. 그는 내일 있을 수련을 위해 침대 위에 드러누웠다.

5

"레이지, 요즘 마리에타 양과의 사이는 어떠하냐?"

수련장이 아닌 집무실에서 아들과 자리를 함께한 케인즈는 우려가 섞인 얼굴로 말을 건넸다.

"글쎄요. 그냥 말상대나 해드리는 정도입니다."

"허허, 앞으로 사돈 관계가 될 아가씨 아니냐? 너무 차갑게 말하는구나."

어제 포르테 가문을 방문한 케인즈는 마리에타의 아버지 킬루스와 밤늦게까지 술자리를 가졌다.

두 사람 모두 술기운이 적당히 들었을 즈음 킬루스는 자신의 딸 중 둘째인 마리에타에 대해 이야기를 줄줄 늘어놓기 시작했다.

킬루스의 입에서 나온 말은 의외였다.

레이지가 마리에타에 대해 강한 호감을 품고 있다는 건 예전부터 알고 있었다. 하지만 친구의 입에서 나온 정황은 이제까지 알고 있던 사실과 너무나 달랐다.

레이지를 거들떠보지도 않던 딸이 어느 순간부터 그에 대한 이야기만을 늘어놓기 시작했다. 한번은 기가 죽어서 집에 돌아온 이후 레이지에 대한 사실을 아버지인 킬루스에게 꼬치꼬치 캐묻기 시작했다. 그리고 할아버지를 찾아가 레이지에게 마법사로의 감춰진 자질이 있다고 장황하게 이야기를 펼쳤다는 소식도 들었다.

그 이야기를 듣자 술이 확 깬 케인즈는 계속 킬루스의 이야기를 듣기만 했다. 딸은 다 키워봐야 소용없다는 한탄이 이어지더니 결국에는 겹사돈은 어떻겠냐는 이야기까지 나오자 취기는 더 이상 느껴지지 않을 정도였다.

"마리에타 양과 꽤 사이가 좋다는 이야기를 들었는데, 사실이냐?"

"특별한 일은 없습니다."

척 봐도 옛날과 확연하게 변한 태도에 아버지의 호기심은 사라지지 않았다. 거기에 흐뭇함까지 포함되었다.

아무리 봐도 마리에타 쪽에서 레이지에게 매달리는 구도로 변했다. 그만큼 자신의 아들이 잘났다는 의미로도 해석되니까.

"너도 이제 곧 열여덟 살이 되니 적절한 처자를 찾아 약혼을 치러야 하지 않겠냐?"

"약혼 말입니까?"

"따로 맘에 둔 여성이 있는 건 아니겠지?"

"그런 거에 신경 쓸 시간 따위 없습니다."

"어제 마리에타 양의 아버지와 이야기를 해봤는데, 그녀 쪽에서 너에게 상당한 호감을 지닌 것 같다고 이야기를 하더구나. 비록 겹사돈이라는 형태가 되겠지만, 네가 마리에타 양과 약혼한다면 포르테 가문과의 결속은 더욱 굳건해질 거다."

이미 장남 케이지와 안젤라 사이의 약혼만으로도 크로이덴 가문과 포르테 가문의 결속은 굳건한 상태다.

하지만 그 관계를 더욱 탄탄하게 만들고픈 마음이 들었다.

다행히 마리에타 쪽이 레이지에게 명백한 호감을 보이고 있음을 여러 사람의 입을 통해 재확인했고, 레이지 쪽에서 확답만 하면 되는 상황이었다.

'마리에타…… 지난번에 지적해 주니 군말없이 따라주고 있고 이젠 눈치도 제법 볼 줄 알게 되었지. 파티에서 가슴을 반씩이나 드러내는 드레스나 걸치고 남자와 밤일밖에 생각

안 하는 골빈 귀족 여성들과는 다르긴 하지. 도도하기만 한 줄 알았더니 그 나이답게 나름 귀여운 면도 있고.'

마리에타는 레이지가 가장 싫어하는 요소인 '귀찮음'을 빠르게 파악했다. 그래서 자신에게 호감을 얻기 위해 무언가 가져다주긴 해도 쓸데없이 잡담을 늘어놓거나 의미없이 방문하지는 않았다.

요즘 그녀가 레이지에게 해주는 이야기의 대부분은 마법사 협회의 동향이라든지 현 마법의 흐름 같은 실질적으로 도움되는 이야기였다. 현직 마법사인 그녀에게 듣는 정보는 꽤나 유용했고 마법 수련 시간을 줄일 만한 가치가 충분했다.

'하지만 약혼까지 이어진다면 이야기는 달라져. 지금의 나에게 여자 같은 건 필요없다고.'

한창 수련에 물이 오른 그에게 '약혼'은 그저 제약에 지나지 않는다. 상대방의 호감 따위 자신을 발전시키는 데 도움을 주지 않는다.

"요는 포르테 가문과의 굳건한 결속을 위해서입니까?"

"그렇지."

"그렇다면 굳이 제가 마리에타 양과 약혼할 필요는 없지 않습니까?"

"그게 무슨 소리냐?"

지금의 자신 대신 존재하던 진짜 '레이지'가 어떤 감정을 품고 있냐는 레이지 입장에서 고려할 필요는 전혀 없다.

어차피 귀족간의 약혼, 이미 두 가문이 연결된 상태에서 추가 접점은 필요하지 않다. 연결된 끈을 더욱 단단하게 동여매는 것으로 충분하다.

"형님의 약혼을 결혼으로 이어가는 것만으로도 충분하다고 봅니다."

"흐음……."

"제가 비록 아직 어리지만 귀족간의 결혼이 뭘 의미하는지 잘 알고 있습니다. 저는 포르테 가문 말고 다른 가문과의 결속을 위해 쓰여야 하지 않겠습니까?"

귀족간의 결혼은 단순히 남녀간의 애정으로 성립하지 않는다. 어디까지나 서로 다른 두 가문을 하나로 이어 더 강하게 만드는 수단에 불과하다.

"흐음, 그래도 말이다……."

케인즈 역시 그 점을 알고 있기에 킬루스에게 확답을 하지 않았다. 하지만 기억을 잃기 전의 레이지의 모습이 자꾸만 떠올랐다.

소극적이었던 레이지는 마리에타를 처음 보는 순간 한눈에 반해서 직접 케인즈에게 약혼을 성사시켜 달라고 애원할 정도였다. 겹사돈이라는 문제점은 제쳐 두고라도 둘째 아들이 이렇게 뭔가를 원한 경우가 한 번도 없었기에 평상시처럼 윽박지를 수 없었다.

그랬던 과거와 달리 지금 레이지는 마리에타를 거들떠보지도 않는다. 오히려 잘되었다고 생각하면서도 속내를 한 번 더 숨기기로 마음먹었다.

"그래도 마리에타 양은 너를 단순한 사돈 관계로 보고 있지 않던데, 그것까지 무시하기엔 좀 그렇구나."

"혹시 기억을 잃기 전 제 행동 때문입니까?"

"그렇다."

"그러면 신경 쓰실 필요 없습니다. 예전의 제가 그녀와 어떤 감정을 주고받았는지 모르지만, 그녀에 대한 추억이 하나도 기억나지 않는 지금 그녀에게 그 어떤 감정의 교류도 없었습니다. 물론 싫다는 이야기는 아니지만 그렇다고 약혼까지 고려할 필요는 없다는 판단이죠."

철저하게 계산된 생각을 늘어놓는 아들을 보는 아버지의 등에 소름이 돋았다.

세상을 너무 모르고 투정만 부리던 과거의 아들에게 혀를 차던 때도 있었다. 하지만 그와 반대로 이해관계를 명료하게 파악하는 아들 역시 그렇게 반갑지만은 않았다.

"어차피 포르테 가문과 결속만 되면 문제는 없습니다. 형과 안젤라님의 결혼이 이루어진다면 더 이상 결속을 다질 필요는 없을 겁니다. 게다가 두 사람은 서로 진실된 사랑까지 나누고 있지 않습니까?"

귀족끼리의 결혼에서 극히 보기 드문 케이스.

사랑이라는 조미료가 듬뿍 추가된다면 더 이상 결속이니 뭐니 할 필요도 사라진다.

"그러면 너는?"

"저 말입니까? 전 지금 이 상태가 딱 좋습니다."

3개월 전의 레이지였다면 마리에타와의 약혼 이야기에 진심으로 기뻐하며 환호를 질렀을 것이다.

반대로 거절당했다면 제대로 된 항변조차 못하고 홀로 방구석에 처박혀 있었을 것이 분명하다. 할 수 있는 일이라곤 고작 분노가 담긴 문장을 일기장에 거창하게 늘어놓을 뿐.

"전 지금부터 만들어가는 인연이 중요하다고 생각합니다. 과거는 과거일 뿐이죠."

"레이지, 많이 변했구나."

가문을 위해 오히려 더 좋은 쪽의 결과가 나오게 생겼지만 케인즈의 마음은 편치 않았다.

몇 달 전만 하더라도 마리에타와의 약혼을 빨리 성사시켜 달라고 애원하던 아들이 지금은 그딴 여자는 안중에도 없다는 식으로 말하자 뭐라 할 말이 없었다.

"그러면 그렇게 알고 있겠습니다. 크로이덴가를 위해선 절 다른 가문과의 결속용으로 쓰일 카드로 내놓아야 하지 않겠습니까?"

자신을 거리낌없이 '카드'로 지칭하는 아들의 말에 아버지는 더 이상 입을 열 수 없었다.

그 말을 끝으로 레이지는 밖으로 나갔다.

케인즈는 잎담배를 입에 물고 불도 붙이지 않은 채 멍하니 창문 너머를 바라보았다.

6

방으로 돌아온 레이지는 크레아를 시켜 페리슨을 불렀다.

얼마 지나지 않아 노크 소리가 들렸다.

"들어와."

노년의 집사 페리슨은 레이지가 특별한 이유 없이 먼저 자신을 불렀다는 것에 의아함을 느끼며 사뭇 긴장했다.

"페리슨, 물어볼 것이 있어."

레이지는 왼손으로 턱을 매만지며 고개를 숙인 채 시선만을 위로 들어 올렸다.

'내가 왜 이제까지 그 사람을 만날 생각을 단 한 번도 안 했지? 숨겨진 흑막일 수도 있었는데.'

단지 어설프다는 이유만으로 케이지에게 맹목적인 충성을 보낸 부하들만의 음모로 치부했다. 케이지 본인이 개입하지 않은 걸 확신하고 사라진 크루디아 제국과 관련이 없다는 것까지 확인하고선 이 인물에 대해서는 전혀 알아보지 않았다.

'이왕 이렇게 된 거, 예전의 레이지 녀석이 형성해 놓은 인간관계를 더 명확하게 파악해야겠어.'

과거의 레이지가 마리에타를 좋아하지 않았다면 이렇게 쓸데없는 겹사돈 제의가 들어올 리 없다.

그는 현재 자신이 단 한 번도 만나보지 않았음에도 그와 밀접한 관계에 있을, 그럼에도 아직까지 만나보지 않았던 단 한 명의 누군가를 보고픈 욕구를 느꼈다.

"새어머니 브렌다에 대해서야."

"브렌다님 말씀이십니까?"

현재 그녀는 건강상 교외로 요양을 떠난 상태다.

케인즈의 본처인 이상 배다른 아들로 들어온 '레이지'에게 뭔가 영향을 끼쳤음이 분명하다. 하지만 크레아에게 아무리 물어봐도 자세한 내용을 알 수 없었기에 가장 오랫동안 길레터 가문을 운영해 온 페리슨에게 직접 물어보기로 했다.

"일반적으로 말이야, 서자인 나에게 그분께서 잘 대해주셨을 거라고 생각되진 않거든? 새어머니와 내가 예전에 어떤 사이였는지 이야기해 줘."

"……."

"짧고 솔직하게."

부드러운 말투였지만, 레이지의 눈빛은 결코 그렇지 않았다.

"결코 좋지 않았습니다."

"역시 그랬군. 음식에 독을 탄다든지 그런 건 없었어?"

"비록 사이는 안 좋았지만, 마님께서는 도련님을 진심으로 사랑하셨습니다."

"사이가 안 좋은데 사랑? 앞뒤가 안 맞는다고 생각하지 않아? 더군다나 난 그분의 핏줄도 아니잖아."

자신이 힘들여 낳은 자식이 아니라면 친자식만큼의 애정을 쏟아붓는 경우는 극히 드물다.

하물며 권력 암투가 오갈 수밖에 없는 귀족에게서 복잡한 혈연관계가 형성된 경우는 두말할 나위가 없다.

"할아범, 솔직하게 이야기해 달라고 했지? 여기엔 나와 할아범 단둘밖에 없어. 일반적이라면 어머니… 아니, '마님' 께서 날 죽이지 못해 안달일 거 아냐? 혹시 지난번 쓰러져 누워 있었던 것도 마님이 꾸민 음모 아니야?"

"마님은 절대 그런 분이 아니십니다!"

페리슨은 그답지 않게 목소리를 높여가며 레이지의 의견에 반박했다.

"와, 나 할아범이 진심으로 화내는 거 처음 봐. 하지만 우선 감정을 가라앉히고 이성적으로 생각해 보라고. 내 말이 아주 틀린 것은 아니잖아?"

레이지는 이제까지 무수한 귀족 가문이 어떻게 무너져 가는지 수도 없이 봐왔다. 특히나 어머니가 다른 형제가 있는 가문은 '반드시' 라고 할 만큼 피를 봐야 했다.

크로이덴 가문의 이미지는 복잡한 가정사와 달리 꽤 안정된 형태를 유지하고 있었다. 하지만 안정이란 것은 조그마한 흔들림에도 쉽게 무너지게 마련. 이왕 흔들릴 가문이라면 가능한 한 레이지에게 유리한 입장으로 방향을 바꾸고 싶다.

그러기엔 레이지가 아직 단 한 번도 보지 못한 '어머니' 가 어떤 인간인지 파악해야 한다.

"물론 그런 경우도 있습니다. 하지만 마님의 경우 진심으로 레이지님을 사랑하고 계십니다."

"내가 친자식이 아닌데도? 친자식인 형이 있음에도?"

"네."

레이지가 반복해서 자신이 원하는 대답을 이끌어내기 위해 유도했음에도 페리슨은 같은 답변만을 되풀이했다.

'일기장에 적힌 내용과 영 딴판인데. 이것 참 의외야.'

예전의 레이지가 휘갈긴 일기장에서 브렌다는 증오의 대상에 지나지 않았다.

형에게 느낀 열등감, 아버지의 강요로 인한 스트레스, 절대 보답받지 못한 마리에타를 향한 애정.

이 모든 것의 분풀이 대상이 어머니 브렌다였다. 철천지원수마냥 묘사된 일기장의 내용과 페리슨의 말과 일치점은 전혀 찾을 수 없었다.

명백히 적의를 드러내고 있는 대상이기에 굳이 만날 필요성을 느끼지 못했다.

'일기장에 굳이 거짓말을 쓸 필요는 없을 거야. 그렇다면 이건 일방적인 증오에 가깝겠군. 레이지 쪽에선 브렌다를 증오하고, 브렌다는 반대로 그런 레이지를 사랑으로 감쌌다……. 뭐, 일기장에 적힌 그놈의 성격을 감안하면 아주 없을 수 없는 경우까진 아니겠어.'

아버지의 강압적인 태도와 친어머니가 아닌 브렌다의 따스한 손길.

두 상반된 상황에 예전의 레이지는 고통을 안고 있음에도 자신의 노력과 관계없이 위로받을 수 있었을 것이다. 자신이 그걸 전면적으로 거부함에 상관없이.

이런 경우 '위로'를 당연히 얻을 수 있는 거라 여기게 되고,

'고통'을 더욱 거부하면서 떨쳐내기 위한 노력에 소홀히 하게 된다.

'이야기가 복잡해졌어. 단순하게 흘러갔으면 오히려 좋았을 텐데.'

왜 예전의 레이지가 소극적이면서 동시에 더러운 성격으로 변했는지 조금은 이해할 수 있었다.

"그만 나가보도록 해. 혼자 생각할 게 있으니까."

페리슨이 나간 뒤 홀로 남게 된 레이지는 생각에 잠겼다.

조력자, 혹은 방해자.

둘 중 하나일 경우 대처하는 방법은 각각 다르지만, 방법 자체는 명확하고 간단하게 결정할 수 있다.

하지만 이 둘 어느 것에도 해당하지 않을 경우 직접 레이지 본인이 보고 판단해야 한다.

"역시 직접 보지 않고는 판단할 수 없어."

그는 자리에서 일어나 밖으로 나갔다. 마부를 불러 마차를 대기시킨 그를 페리슨이 허겁지겁 뒤따라왔다.

"부르려고 했는데 마침 잘되었어."

"어디로 가실 예정입니까?"

"마님이 살고 있는 곳을 알려줘. 어차피 그다지 멀지 않겠지?"

7

브렌다 크로이덴.

결혼 전의 성은 브로벤타인. 전 대륙을 뒤흔든 크루디아 제국과의 전쟁 이전까지만 하더라도 길레터 왕국 내에서 크로이덴 가문에 버금갈 만한 무가 집안의 막내딸이었다.

하지만 크로이덴 가문으로 시집간 이후 브로벤타인 가문에는 불행만이 찾아왔다. 가주였던 아버지는 물론 그녀의 세 오빠 모두 제국과의 전쟁에서 전사하고 말았다. 결국 브로벤타인 가문은 몰락했으며 그녀는 아버지와 오빠들의 죽음을 슬퍼하며 슬픔에서 헤어날 줄 몰랐다.

슬픔이 그녀를 약하게 만들어서였을까, 병을 얻은 그녀는 결국 시력을 거의 잃어버리고 말았다.

자연스레 케인즈의 마음은 다른 여인을 향했고, 그 여인은 레이지를 낳고 얼마 지나지 않아 사망했다. 원래 천성이 착하고 포용력이 있던 브렌다는 놀랍게도 친자식이 아닌 레이지에게도 사랑을 듬뿍 베풀었다.

물론 케이지와 달리 돌아오는 건 경멸에 찬 소년의 증오뿐이었지만.

*   *   *

"레이지! 몸은 괜찮으냐?"
"오래간만입니다."
브렌다는 갑작스레 찾아온 아들을 맞이하기 위해 불편한 몸임에도 침대 위에서 천천히 몸을 일으켰다. 하녀의 부축을 받아 간신히 침대에 걸터앉은 그녀는 두 손을 활짝 펴더니 레이지를 포옹하려고 했다. 평상시처럼.

하지만 레이지가 아닌 레이지는 멍하니 그녀를 바라만 볼 뿐이었다. 그렇다고 예전처럼 손을 거세게 쳐내지도 않았다.

"몸이 편찮으시다고 들었는데 괜찮으십니까?"

뭔가 달랐다.

레이지를 처음 만났을 때엔 이미 두 눈의 시력을 완전히 상실한 후라 얼굴조차 보지 못했다. 대신 알 수 없는 강렬한 증오를 온몸으로 받아야 했다.

그녀의 양손에는 크고 작은 흉터가 자리 잡았다.

시력을 거의 상실한 이후 손의 감각으로 물체를 확인해야 했던 탓도 있었지만, 흉터의 대부분은 레이지 때문에 생겼다.

아주 어릴 적의 레이지는 그녀를 진짜 어머니로 알았다. 하지만 서자라는 걸 알게 된 순간부터 자신에게 쏟아진 브렌다의 사랑은 그저 같잖은 동정으로 인식되었다.

열등감에 사로잡혔던 소년은 브렌다에게 물건을 마구 던지며 화풀이를 일삼았다. 눈이 보이지 않는다는 점을 이용해 그녀를 괴롭혔고, 그녀는 그런 수난을 당해도 남편이나 친아들인 케이지에게 단 한 마디도 하소연하지 않았다.

그래도 상관없었다. 귀족의 부인임에도 극히 드물게 욕심 하나 없는 그녀는 언젠가 자신의 마음을 레이지가 알아주기만 하면 충분했다.

"레이지? 진짜 레이지가 맞느냐?"

그녀는 또 하나의 아들이 혹시라도 사라졌나 하는 불안감에 이름을 불렀다. 그런 그녀를 레이지는 꼼꼼히 살펴보며 오른손으로 턱을 매만졌다.

'흐음, 진짜로 이 여자는 친자식도 아닌 레이지를 아꼈나 보군. 진짜 특이해.'

첫인상만으로도 충분히 파악이 가능했다.

레이지의 눈에 비친 브렌다는 극히 보기 드문, 사심을 거의 지니지 않은 인간이었다.

웃음 뒤에 숨겨진 인간의 흉악한 면을 그 누구보다 많이 접했던 레이지 앞에서 어설프게 사랑스러운 어머니 흉내를 냈다면 진작에 들켰을 것이다.

'뭔가 김이 팍 새는 느낌이야. 한바탕 할 각오까지 하고 왔는데 심심할 정도로군.'

레이지가 예상했던, 미소 뒤에 감춰져 있을 거라 예상했던 일그러진 표정은 도저히 찾아볼 수 없었다.

"혹시 제 이야기를 들으셨습니까? 일어난 이후로 기억을 대부분 잃어버려서……."

"그래서 나를 남 대하듯 하는 거구나. 어디 아픈 곳은 없느냐?"

"네. 지금이야 너무 튼튼해서 문제랄까요?"

"다행이야. 정말로 다행이로구나."

브렌다는 안도의 한숨을 내쉬면서 성호를 긋고 두 손을 모아 기도했다.

하지만 레이지는 포기하지 않았다. 어떻게든 이 어머니라는 작자가 숨기고 있을 욕망을 끄집어내고 싶었다.

"혹시 그 소식 들으셨습니까?"

"그 소식이라니? 무슨 말이니? 말해보려무나, 레이지."

한적한 곳에서 홀로 요양 중인 그녀에겐 바깥세상의 이야기만큼 흥미로운 게 없었다. 브렌다는 기대감에 부푼 얼굴로 두 눈을 감은 채 레이지 쪽으로 얼굴을 향했다.

"마리에타 양을 아시는지요?"

"펠튼님의 손녀 마리에타 양 말이냐? 혹시 그 아가씨와 무슨 일이라도 있었냐?"

"저와의 약혼 이야기가 오갔다고 하더군요."

그녀는 두 손바닥을 치며 미소를 지었다.

"다행이로구나. 네가 그토록 원하던 약혼이 아니더냐. 나도 곧 있으면 손주를 볼 수 있겠구나."

병 때문에 생기가 없던 그녀의 얼굴에 혈색이 돌기 시작했다.

레이지가 쓰러졌다는 소식을 들은 이후 그녀는 매일 밤 신에게 기도를 올렸다. 그 기도에 신이 응해서였을까, 다시 깨어난 레이지를 본 것도 모자라 또 하나의 축복을 내려주었다는 생각에 기쁨을 감출 수 없었다.

"아, 그런데 제 쪽에서 거절했습니다."

"그게… 무슨 소리냐?"

"간단히 이야기하도록 하겠습니다. 기억을 잃은 이후 저는 마리에타 양에게 그다지 끌리지 않더군요. 무엇보다 이미 형님과 안젤라님이 약혼 상태인데 굳이 겹사돈 관계를 만들 필요가 없지 않습니까? 이왕이면 다른 가문의 여성과 약혼해서 크로이덴 가문의 영향을 더 키워야 하는 게 상식이죠."

레이지는 마치 다른 집안의 사정 마냥 이야기를 술술 풀어나갔다.

브렌다의 얼굴에선 이미 기쁨이란 감정은 완전히 사라져 있었다.

"아버님께선 이미 찬성하셨습니다."

"레이지, 괜찮으냐?"

"저 말입니까? 저는 문제없습니다. 약혼이니 결혼이니 귀족 가문에서야 뭐 흔히 있는 일 아니겠습니까?"

브렌다는 레이지의 얼굴을 향해 두 손을 뻗었다.

하지만 레이지가 아닌 레이지는 살며시 몸을 옆으로 피했다.

"하아……."

그녀는 두 손을 거둔 뒤 고개를 숙이며 깊은 한숨을 내쉬었다.

"어머니, 왜 기뻐하시지 않습니까? 어머니 입장에서야 형과 안젤라님의 약혼만 있는 상태가 최적 아닙니까?"

'어머니' 라는 단어에 브렌다의 얼굴에 화색이 돌았다.

"지, 지금 다시 한 번 말해줄 수 있겠느냐?"

"어떤 말 말입니까?"

"어머니… 날 분명히 어머니라고 불렀지?"

"죄송합니다. 제가 실수를 했군요, 마님."

레이지가 마님으로 호칭을 정정하자 브렌다의 얼굴에 어두움이 자리 잡았다.

"혹시 마님이라는 호칭도 맘에 안 드신다면 어떻게 불러드릴까요?"

"나는… 너에게 어머니라고 불리길 바란단다."

"알겠습니다, 어머니."

항상 감겨져 있던 그녀의 두 눈 아래로 맑은 물방울이 천천히 흘러내렸다.

"나, 난 지금 가슴이 벅차 올라 뭐라 말할 수 없겠구나. 이전까지 내가 들었던 말에 비하면……."

'더러운 년, 돼지 같은 계집, 이따위 단어뿐이었지. 이제야 생각났어.'

그는 브렌다의 눈물을 보면서 일기장에 거칠게 휘갈겨 있던 욕설을 떠올리며 쓴웃음을 지었다.

'레이지 녀석, 완전 후레자식이었잖아. 이런 여자에게 그따위 말이나 내뱉고 말이야.'

원래의 레이지가 다시 돌아오지 않아야 할 이유 중 하나는 명확하게 자리 잡았다. 상대를 알아보는 눈이 아무리 없다고 해도 과거의 레이지가 브렌다에게 한 짓은 그 누구에게도 용서받을 수 없는 죄였다.

웬만해서 감정의 동요가 일어나지 않는 레이지의 마음속에 뭔가가 흔들리기 시작했다.

"난 네가 마리에타 양과 진심으로 잘되길 바랐다. 요즘 마리에타 양이 날 찾아올 때마다 항상 네 이야기를 해서 잘 되어 가는 줄 알았는데 너무나 아쉽구나."

"그렇습니까? 하지만 이제 의미없는 이야기에 불과하죠."

마리에타에 대한 이야기는 약혼을 레이지가 거절한 시점에서 어찌 되든 상관없다.

그가 듣고 싶은 대답은 이런 게 아니었다.

"혹시 이번 일에 대해 어떻게 할 작정이십니까?"

바로 이 질문에 어떻게 대답하느냐를 기다렸다.

레이지는 브렌다의 얼굴에 시선을 떼지 않았다. 혹시라도 보여줄지 모르는 미세한 표정 변화 같은 걸 단 하나라도 놓치지 않을 작정이었다.

"나는 네 아버지가 내린 결정에 대해 의견을 내세울 생각은 없단다. 하지만 네가 마리에타 양의 마음을 받아들이지 않았다는 점만은 여전히 아쉽구나."

전혀 기대하지 않았던 대답이 나오자 레이지의 표정은 살짝 일그러졌다.

'참으로 드문 타입이야. 복잡한 혈연관계가 명백히 존재하고 있음에도 왜 이 가문이 평화로웠는지 알 수 있을 거 같아.'

욕망.

욕망만큼 인간을 조정하고 다룰 수 있는 유용한 수단은 드물다.

아버지 케인즈와 이복형 케이지는 보기 드물게 욕망을 거의 드러내지 않는 타입이었다. 그나마 케인즈는 명예와 가문의 위치에 대해 기본적인 욕구를 소유하고 있었다.

냉정히 따지면 케이지 역시 기사단장이라는 자리에 올라선 이상 권력에 대해 조금이나마 욕망을 소유했다고 볼 수 있다.

하지만 케인즈의 부인이며 케이지의 친어머니인 브렌다는 진심으로 욕망을 포기한 타입 같았다.

'과거의 레이지야 후레자식이 맞지만, 왠지 지금의 나까지 나쁜 인간이 된 기분이 들어. 왠지 모르지만 불쾌해.'

나름 귀족 가문의 암투가 어떠한지 직접 경험하고픈 마음도 적지 않았다. 마법사 출신인 그에게 접하지 못한 경험이란 강렬한 호기심의 근원이기도 했기에.

'녀석의 몸이라서 그런가? 결코 기분이 좋지 않아. 녀석의 몸이 죄책감이라도 느끼고 있는 건가?'

더 이상 이곳에 있을 필요성을 느끼지 못했다.

브렌다를 볼 때마다, 그녀의 감긴 두 눈과 손에 자리 잡고 있는 흉터가 시야에 들어올 때마다 가슴 한구석이 쿡쿡 쑤셨다.

"갑작스레 찾아와서 죄송합니다. 전 이만 물러가야겠습니다."

"좀 더 있으면 안 되겠느냐? 실비아에게 차를 타오라고 이야기했으니……."

"어머니의 몸 상태를 보니 오래 이야기하시기엔 무리로 보입니다. 죄송합니다."

말을 마치고 일어나려던 그의 손을 브렌다가 다급히 붙들었다.

"레이지······."

레이지는 순간 그녀의 손을 거세게 쳐내려고 했다.

하지만 간절한 표정을 보니 차마 그러지 못했다. 결국 그는 도로 자리에 앉았다.

10분 넘게 두 모자 사이에 침묵이 감돌았다. 문을 열고 방 안으로 들어온 하녀 실비아가 두 사람 앞에 차를 놓고 나갈 동 안에도 그 침묵은 계속 유지되었다.

브렌다는 손으로 탁자를 더듬어 나가더니 자신 앞에 놓인 찻잔을 확인했다. 그리고 팔을 더 앞으로 뻗더니 레이지 앞에 놓인 찻잔을 들어 올리고선 자신의 찻잔에 살짝 기울였다.

위치를 대충 감으로 파악했기 때문에 그녀의 찻잔은 위에서 부은 차 때문에 엉망이 되어버렸다.

브렌다는 손에 차가 묻는 것도 아랑곳하지 않고 찻잔을 들 어 올렸다. 그리고 한 모금 들이켠 뒤 찻잔을 내려놓았다.

도저히 이해가 가지 않은 행동에 레이지는 고개를 갸웃거렸 다.

"제 차까지 왜 맛보시는 것입니까?"

"아, 미안하구나. 습관대로 해버렸구나. 보다시피 네 차에 는 독이 없으니 걱정하지 말거라."

순간 레이지는 어금니를 꽉 깨물면서 탁자 위에 올려놓은 왼 손을 브렌다의 손에서 살며시 빼낸 뒤 소리 나도록 꽉 쥐었다.

"레이지?"

"죄송합니다. 순간 제 자신에 대해서 엄청나게 화가 나서 말입니다."

어려서 사람을 볼 줄 몰랐다는 변명에도 한계가 있다.

일기장에 적힌 브렌다에 대한 레이지의 독설에는 일체의 죄책감이 느껴지지 않았다. 대신 그것을 진짜 레이지가 아닌 자신이 받아야 한다는 사실을 용납할 수 없었다.

그는 최대한 감정을 억누르면서 찻잔을 들어 올렸다.

"아주 맛이 좋은 차로군요."

이제까지처럼 자신을 속이기 위한 거짓말이 일체 없는, 순수한 느낌을 담은 말이 그의 입에서 자연스레 흘러나왔다.

브렌다는 두 눈을 감은 채 미소를 지으며 찻잔을 두 손으로 어루만졌다.

"네가 기억을 잃기 전이든 잃은 후이든 간에 너는 내 자식이란다. 그것만큼은 순수하게 받아들여 줄 수 없겠니?"

레이지는 말 대신 고개를 끄덕거렸다.

그의 소리없는 대답이 전달되어서였을까.

그녀의 표정은 그 어느 때보다 인자하고 부드러워 보였다.

'하지만 이 여자가 원한 건 그 후레자식 레이지겠지. 나는 아냐.'

자신이 고통을 이기고 낳은 자식이 아님에도 사랑을 베풀어주었고 지금 이 순간에도 친자식처럼 대해주는 브렌다를 레이지는 더 이상 속이기 싫었다.

제이워드임을 알리겠다는 것은 아니다. 단지 지금의 자신이 예전의 레이지가 아닌 것만은 명확히 표현해야 했다.

"마님."

레이지의 입에서 더 이상 어머니라는 단어는 나오지 않았다.

"전 이만 물러나겠습니다. 건강하십시오."

그 말을 끝으로 그는 자리에서 일어나 방 밖으로 나갔다.

복도를 지나 계단을 내려가는 동안 그와 마주친 하녀들이 다급히 허리를 숙이며 인사했지만, 레이지의 눈에 하나도 들어오지 않았다.

'레이지 녀석, 죽길 잘했어.'

그까짓 열등감 때문에, 보상받지 못하는 일방적인 사랑 때문에 일그러졌던 소년.

처음부터 그 녀석의 육체를 대신 가져갔다는 죄책감은 레이지에게 없었다. 대신 그가 살아 있을 때 저질러 놓은 죄에 대해 대신 죄책감을 느끼는 지금을 도저히 버티기 힘들었다.

예전의 레이지가 건드렸던 하녀들이나 모욕감을 주었던 케이지의 부하들처럼 물질적인 것으로 해결할 수 없는 거라 더욱 괴로웠다.

그는 손바닥에 남아 있는 브렌다의 따스한 체온을 되새겼다.

'따뜻하지만 지금의 나에겐 필요없는 것이지.'

지금의 그에게 필요한 것은 자신의 감각과 사고를 극도로 날카롭게 만들어주는 치밀함이지 마음의 여유 따위는 아니다.

'의미없는 시간 낭비였어. 찾아오지 않았어야 하는데.'

*　　　*　　　*

카르도니아 왕국 외곽에 자리 잡은 언덕 위.

작년에 타계한 위대한 대마법사 '아크메이지' 제이워드 M. 만델의 마탑 앞에 세 명의 남녀가 서로를 마주 보고 서 있었다.

불탄 흔적이 아직도 남아 있는 10층 높이의 마탑은 그의 유일한 제자라 알려진 칸나의 소유가 된 까닭에 울타리가 쳐졌고, 출입금지라는 팻말이 턱하니 자리 잡고 있었다.

만일 죽게 된다면 묘지 따위 만들지 말고 그냥 화장해서 바다에 뿌려달라는 유언에 따라 그의 무덤은 존재하지 않았다. 대신 그가 머물렀던 마탑에 추모의 행렬이 한동안 붐빌 정도로 이어졌다.

그 행렬이 사라진 지 몇 달째가 되는 오늘.

"오래간만이로군."

"그러게. 켈티스 성 함락 이후로 처음이지?"

"베른과 너는 같은 왕국 출신이니 종종 봤겠군."

"그래 봤자 각자 바빠서 얼굴 보기 힘들었어."

프레드릭과 베른, 그리고 나르디안.

그와 함께 크루디아 제국과의 전쟁을 치렀던 네 명의 영웅 중 베아트리체를 제외한, 제이워드와 생사를 넘나들었던 이들이 한자리에 모였다.

각자 모국의 일로 바빴던 터라 다시 만나기까지 3년이라는 시간이 흘렀다.

"미안해, 제이워드. 이제야 찾아와서."

프레드릭은 들고 온 꽃을 제이워드를 기리는 비석 앞에 내려놓고 고개를 숙였다.

제이워드가 살아 있을 당시엔 그와 의견 차이가 심했지만, 죽은 이후엔 마치 혈육이 죽은 것처럼 슬퍼하고 안타까워하던 이가 바로 프레드릭이었다.

베른은 말없이 조용히 프레드릭의 옆에 서서 들고 온 술병의 마개를 땄다.

붉은색의 포도주가 비석 위에 천천히 흘러내렸다.

"제이워드, 난 네가 이런 식으로 갈 줄은 몰랐어."

프레드릭은 제이워드의 사망 소식을 들은 이후 자신의 정보망을 총동원하여 배후가 누구인지 파악하려고 바쁘게 움직였다.

하지만 결국 크루디아 제국의 잔당이 저질렀을 거라는 추측만 얻었을 뿐 허탕만 쳤다.

"너의 복수는 반드시 해주겠어. 내 생명을 걸고서라도."

그는 숙였던 고개를 들고 하늘을 바라보았다.

유달리 맑고 푸른 하늘이 그의 마음을 더욱 심란하게 만들었다. 프레드릭은 아랫입술을 깨물며 무언가 터져 나오려는 걸 간신히 참았다.

"나르디안, 뭔가 알아낸 건 없어?"

"나름 조사해 봤는데 헛수고였어. 은밀하게 진행된 것만은 분명하지만 뜬구름 잡는 격에 불과해."

"그런가."

예상은 했지만 허망한 마음은 어쩔 수 없었다.

프레드릭은 베른의 어깨를 툭툭 두들긴 뒤 홀로 자리를 떴다. 오래간만에 만난 전우지만 마음 편히 이야기할 수 있는 상황은 아니었다. 제국 전쟁 이후 프레드릭과 베른, 나르디안의 모국 사이가 그다지 좋다고 할 수 없었기에.

프레드릭의 모습이 시야에서 완전히 사라지자 나르디안은 품에서 편지 봉투를 꺼내 베른에게 건넸다.

"오늘은 반드시 확답을 해주길 바라."

"……"

"당신만큼은 날 실망시키지 않겠지? 제이워드와 달리."

나르디안은 요염한 미소를 지으며 베른을 등 뒤에서 껴안았다. 베른의 오른손에 쥐어진 편지 봉투를 봉하고 있는 인장은 3년 전 사라진 한 나라의 문양을 또렷이 나타내고 있었다.

『불멸의 대마법사』 2권에 계속…

秘武潛虛

비룡잠호

오채지 新무협 판타지 소설

『백가쟁패』, 『혈기수라』의 작가 오채지가 돌아왔다!
그가 선사하는 무림기!

비룡잠호!

야만의 전사 오백으로 일만 마병을 쓰러뜨리고
홀연히 사라진 희대의 잠룡(潛龍).
그가 십 년의 은거를 깨고 강호로 나오다.

"나를 불러낸 건 실수야."

**이가 갈리고 치가 떨리는
경험을 만들어주겠다!**

장강삼협
長江三峽

조돈형 新무협 판타지 소설

『궁귀검신』, 『마도십병』, 『운룡쟁천』의
작가 **조돈형**
그가 장강의 사나이들과 함께 돌아왔다!

굽이쳐 흐르는 거대한 장강의 흐름 속에서
선혈처럼 피어나 유성처럼 지는 사내들의 향취!

장강삼협(長江三峽)!

하늘 아래 누구보다 올곧았던 아버지의 시신을 이끌고
고향으로 돌아온 유대웅을 기다리고 있던 것은
천오백 년의 시공을 뛰어넘은 패왕(霸王)의 무(武)와 검(劍)!

패왕칠검(霸王七劍)과 팔뢰진천(八雷振天)의 무위 아래
천하제일검(天下第一劍)으로 우뚝 설 한 소년의 일대기!

장강의 수류는 대륙을 가로질러
이윽고 역사가 된다!

Book Publishing CHUNGEORAM

유행이 아닌 자유추구
www.chungeoram.com

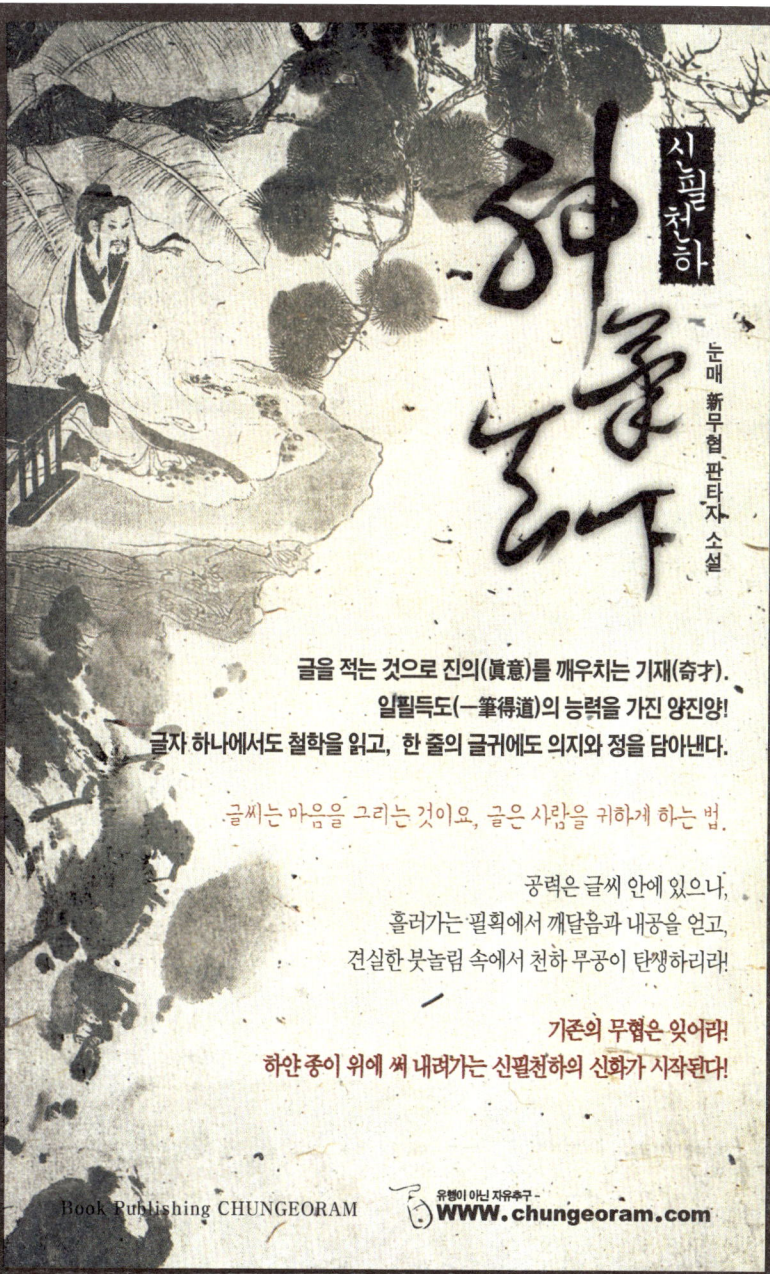

시필천하

神筆天下

눈매 新무협 판타지 소설

글을 적는 것으로 진의(眞意)를 깨우치는 기재(奇才).
일필득도(一筆得道)의 능력을 가진 양진양!
글자 하나에서도 철학을 읽고, 한 줄의 글귀에도 의지와 정을 담아낸다.

글씨는 마음을 그리는 것이요, 글은 사람을 귀하게 하는 법.

공력은 글씨 안에 있으니,
흘러가는 필획에서 깨달음과 내공을 얻고,
견실한 붓놀림 속에서 천하 무공이 탄생하리라!

기존의 무협은 잊어라!
하얀 종이 위에 써 내려가는 신필천하의 신화가 시작된다!

Book Publishing CHUNGEORAM

유행이 아닌 자유추구 -
WWW.chungeoram.com

김현석 현대 판타지 소설

전능의 팔찌

THE OMNIPOTENT BRACELET

『신화창조』의 작가 김현석이 그려내는
새로운 판타지 세상이 현대에 도래한다!

삼류대학 수학과 출신, 김현수
낙하산을 타고 국내 굴지의 대기업 천지건설(주)에 입사하다!

상사의 등쌀에 못 견뎌 떠난 산행에서, 대마법사 멀린과의 인연이 이어지고……

어떻게 잡은 직장인데 그만둘 수 있으랴!!

전능의 팔찌가 현수를 승승장구의 길로 이끈다!

통쾌함과 즐거움을 버무린 색다른 재미!
지.구. 유.일.의 마법사 김현수의 성공신화 창조기!

Book Publishing CHUNGEORAM